光文社文庫

バイター

五十嵐貴久

光　文　社

contents

「いままでは脳天をたたき割られれば人は死んだ、それでおしまいだった。いまはふたたび立ちあがる」

シェイクスピア『マクベス』（小田島雄志訳　白水Uブックス）

the beginning
大川豆島《おおかわずしま》

＊　＊　＊　＊

八月四日、午前七時五十五分。

伊豆《いず》半島南東沖二五キロ地点に位置する大川豆島、万泉浜《まんせんはま》海岸を海上自衛隊護衛艦及び海上保安庁巡視艇、特殊警備救難艇その他約八十隻の船舶が包囲していた。海岸線までの距離、約五〇〇メートル。強い雨が降っている。

上空では、二機の自衛隊ヘリコプターが旋回していた。他に数十機のドローンが大川豆島上空全域を飛行、撮影している。

海自機動運用部隊第一護衛隊群、第一護衛隊七番艦〝いかづち〟艦橋の司令室で、バイター殲滅《せんめつ》作戦総指揮官、松平元紀《まつだいらもとのり》艦長は巨大モニターに目を向けた。映っているのは横須賀《よこすか》基地護衛艦隊司令部にいる統合幕僚長、久原順市《くはらじゆんいち》だった。

「幕僚長、命令に変更は？」

自分の声がかすかに震えていることに、松平は気づいていた。何もかもが異常だ。隣に立っていた陸上自衛隊普通科連隊の軽部《かるべ》一等陸佐も、不安そうな表情を浮かべている。

変更なし、とモニターの中で久原が低い声で言った。その顔も真っ青だった。

「一時間前、相澤《あいざわ》総理大臣は大川豆島完全封鎖とバイター殲滅作戦を許可した。児玉《こだま》防衛大臣、国家安全保障局の了解も取れている。本作戦の実施については、統合幕僚長である私に全権が委任された。君の任務は陸自、空自、そして海保と共に大川豆島で発生したバイターを掃討することだ」

了解しましたと敬礼し、松平は横に視線を向けた。

「作戦準備は？」

完了しています、と軽部が答えた。一瞬、目を閉じてから、松平は無線のスイッチを入れた。

「海保、佐古水《さこみず》です」

海上保安庁第三管区本部長、佐古水利男《としお》の声がスピーカーから流れた。防衛省と国土交通省の協議により、海自、陸自、空自、海保が特別編制を組んでいる。トップに立つのは自衛隊統合幕僚長の久原、現場の総指揮官は松平、その下に全部隊が集結していた。

「命令を受領。二分後、〇八〇〇《マルハチマルマル》に作戦を開始する」

了解、と佐古水が答えた。ほとんど聞き取れないほど、その声は小さかった。

腕時計に目をやった松平は、始めろと鋭い声で命じた。甲板上に設置されているスピーカーからフルボリュームで音声が流れ出した。人間の悲鳴だ。

「海自、海保、全艦に命令」松平が作戦指示書を読み上げた。「各艦、微速前進。その後万泉浜海岸一〇〇メートル地点で停止。海保の消防船〝きりゅう〟その他巡視艇は可能な限り海岸に接近、ホースによる放血を開始せよ。終了後は海岸東側に移動、別命あるまで待機」

その間も、凄《すさ》まじい悲鳴が流れ続けている。バイター殲滅作戦のために録音したものだとわかっていても、耳を塞ぎたくなるような恐怖と絶望に満ちた声だ。

司令室の巨大モニターに、海保の船舶が映っている。強い雨が降る中、先頭の消防船〝きりゅう〟を中心に、十艦の巡視艇が展開していた。

万泉浜海岸は遠浅で、五〇メートル地点まで船舶の接近が可能、という情報を松平以下〝いかづち〟司令室の全幕僚が共有している。〝きりゅう〟が長いホースを限界まで伸ばした。他の巡視艇も同じだ。

午前八時ジャスト、ホースから真っ赤な液体が海岸に向けて放出された。水ではない。人間の血だ。

あっと言う間に、白い砂浜が赤く染まった。五分が経過し、放血を終えた船舶から順に、海岸の東側へ移動していく。

うまくいきますかね、とモニターを見ていた軽部が言った。わからん、と松平は首を振った。

過去、自衛隊はもちろんだが、世界中の軍隊が遭遇したことのない未曽有《みぞう》の事態だ。医師、科学者等専門家によるチームが立案した作戦だが、成功する保証はない。

出てきました、と軽部がモニターを指さした。強い雨の中、背の高い草むらをかき分けるようにして、海岸にいくつもの人影が現れていた。

体をやや前に倒し、腕を伸ばしたまま、のめるように歩を進めている。そのスピードは遅く、動きも鈍い。ドローンを、と松平は命じた。

モニターが切り替わり、ドローンが撮影している映像が映った。バイターの数は四、五十体ほど、男、女、老人、子供もいる。

いずれの顔にも表情はなく、目が白濁《はくだく》化していた。どこまで接近できますかと尋ねた軽部に、艦船は一〇〇メートルが限界だ、と松平は唇を真一文字に結んだ。

「台風が再接近している。海は荒れ、波も高い。不用意に海岸へ近づけば、座礁その他不測の事態が起きる恐れがある。そうなったら、バイター殲滅も何もない」

モニターを切り替えろ、と命じた。広い甲板で、陸自第一師団普通科小銃小隊陸士が89式5・56ミリ小銃、通称ハチキュウを構えている。その数、三十人。

他の海自護衛艦にも、十人から三十人の陸士が乗船している。いずれも狙撃専門部隊から選抜された優秀な狙撃手だ。雨のため、全員の体がずぶ濡《ぬ》れになっているが、その姿勢は微動だにしていない。

船上からでは厳しいです、と軽部が顔をしかめた。

「一〇〇メートルは有効射程内ですが、これだけ艦が揺れていると、照準を定めることさえできるかどうか……それに、相澤内閣はバイターを〝人に非ざる者〟と閣議決定していますが、彼らの外見は人間です。非戦闘員の狙撃は、陸自も想定していません。統合幕僚長命令だとわかっていても……」

無言のまま、松平は顔を背《そむ》けた。陸自、海自、空自を問わず、非戦闘員に銃口を向けることに抵抗のない者はいない。

バイターの心肺機能が停止していることは確認済みだ。彼らは死人であり、人間ではないと内閣は規定しているが、死人であっても人の形をしたものを撃つことはできない。

だが、バイター殲滅作戦の実施は、相澤総理大臣以下全国務大臣による緊急閣僚会議の決定だ。命令に従うしかない。松平は軽部の肩に手を置いた。

「奴らは死人だ。バイターを殲滅しなければならない理由は、君もわかっているだろう。海自の私が陸自小銃部隊に命令することはできない。君が指揮するんだ」

小さく息を吐いた軽部が、無線のマイクを摑《つか》んだ。

「陸自小銃部隊総員に命令。バイター狙撃を許可する」

小銃部隊員全員がハチキュウのスコープに目を当て、次の瞬間、甲板の至るところから銃声が上がった。

高波によって船体が激しく上下動している。それ以外の条件も最悪だ。台風が再接近しているため、気圧が低下している。

強い雨に加え、横風も強い。気温、風力、風向きの変化、一〇〇メートルの距離、さまざまな要素が狙撃の精度を低くしていた。

ただ、狙撃手の数は二百人以上、銃弾も無尽蔵に準備されている。一斉射撃により、十発に一発前後の確率で、銃弾がバイターの体を貫いた。

だが、驚くべきことが起きていた。バイターたちは、撃たれても前進を止めなかった。

銃弾によって腕を失った者、腹部に大きな穴を開けた者、更には足がちぎれても、匍匐《ほふく》姿勢で進み続けている。彼らが求めているのは、人間の血と肉だった。

万泉浜海岸は地獄絵図と化していた。美しい砂浜一面にバイターの内臓が飛び散り、黒い血の染みが全体を覆っている。

腕や足、頭部、その他、体のパーツが波打ち際に転々と落ちていたが、それでもバイターの行進は止まらない。モニターを見ていた幕僚の一人が、その場で嘔吐《おうと》した。

「……奴らは死なないのか？」

つぶやいた松平に、既に死んでいますと軽部が言った。

「死者を殺すことは、誰にもできません……松平艦長、奴らが海自艦に接近してきた場合、どう対処しますか？　報告こそありませんが、バイターは泳げるかもしれません。最も海岸に接近している海保艇は、一〇〇メートル地点にいます。後退を命じるべきでは？」

この時化《しけ》では、人間であれバイターであれ、一〇メートルも泳げない、と松平は首を振った。

「海はそれほど甘くない。だが、このままではどうにもならん。本艦には62口径76ミリ速射砲、高性能20ミリ機関砲が装備されているが、あれを使うべきか……君の意見は？」

高性能20ミリ機関砲は、発射速度毎秒五十発以上の殺人兵器だ。連続射撃を続ければ、バイターたちはミキサーにかけられたように粉砕されるだろう。

バイターは死人だ。死んだ者が歩き、移動し、生者を襲っている。

だが、と松平は額を押さえた。災いをもたらす死者であっても、その体を跡形もないほど損壊することは人道上許されるのか。

内閣はバイターを害獣と規定している。外来種被害防止法の解釈を変更した上で、殲滅作戦が決定していたが、その姿は人間だ。単に機銃で殺すのではなく、重火器による人体破壊は簡単に決断できない。

艦長、と軽部が松平の腕を摑んだ。

「動きを止めたバイターがいます」

仰向けに倒れているバイターの姿が、モニターに映し出されていた。数メートルの距離まで近づいたドローンが、全身を撮影している。その体に銃弾の跡はなかったが、一カ所だけ、額に穴が開いていた。

やはり脳です、と軽部がうなずいた。バイターの頭部を狙え、と松平は低い声で言った。

「運動神経路は、脳幹上位中枢から脊髄にかけて繋《つな》がっている。そこを破壊すれば、運動神経路が遮断《しやだん》され、バイターは活動を停止する」

厳しいでしょう、と軽部が口元を歪《ゆが》めた。揺れ動く船上から、ピンポイントでバイターの頭部を狙い撃つのは、ほぼ不可能に近い。

見ろ、と松平はモニターを指した。甲板中央部で、大柄な男が伏射の体勢で引き金を引いている。そのたびにバイターが倒れ、動かなくなった。

梶原達也《かじわらたつや》二尉です、と軽部が肩をすくめた。

「狙撃能力の高さは、他の追随を許しません。陸自内でも最高の技術を持っていますが、彼には問題が……」

二人の目の前にある電話が鳴った。横須賀司令部との直通電話だ。

「直ちに狙撃を中止せよ」久原統合幕僚長の怒声が響いた。「即時狙撃中止。全艦、大川

「豆島南西一キロ地点まで後退、そこで別命あるまで待機」

松平と視線を交わした軽部が、狙撃中止とマイクを通じて命令した。銃声が止《や》んだが、梶原二尉だけが引き金を引き続けている。モニターに映る横顔は、悪鬼そのものだった。

FEAR 1
バイター

1

八月四日午前十一時、叩《たた》きつけるような雨が降り注ぐ中、パトカーから飛び出した藤河《ふじかわ》徹《とおる》はお台場《だいば》のダイバーシティアネックスに駆け込んだ。ブルートゥースイヤホンから、警視庁警備部警備第一課、SAT（特殊部隊）草薙《くさなぎ》班長の指示が続いている。

「……詳細については、直接井間枝《いまえだ》首相補佐官から説明がある。今言えるのは、お前がSATを一時的に離れ、警視庁警察官二名と自衛隊特殊部隊に合流することだけだ。長谷部《はせべ》警察庁長官、永倉《ながくら》警視総監、そして俺、三人で協議した結果、お前が選ばれた」

わかっています、と耳のイヤホンに指を当てた藤河に、わかってない、と草薙が怒鳴った。

「警察庁《サッチョウ》も桜田門《さくらだもん》も混乱している。命令系統も確定していない。俺が把握しているのは、自衛隊から四人、こっちから三人、全部で七人のチームになることだ。チーム名は〝ブラッド・セブン〟と決まったようだが、この件に関しては自衛隊主導で話が進んでいる。チームを指揮するのも、自衛隊側の人間だ」

ずいぶん手回しがいいですね、と藤河はエレベーターに乗り込んだ。皮肉は止《よ》せ、と草薙が舌打ちをした。

「お前のことは俺が一番よくわかっている。優秀なのは認めるが、独断で行動する悪い癖がある。去年のハイジャック事件の際、指揮官の桑名《くわな》警部の命令を無視して訓告処分を受けたのを忘れたか？ 上が俺でなけりゃ、とっくに都下の交番勤務になってる」

「ですが、あの時桑名警部の命令に従っていたら、間違いなく四人の人質は殺されていましたよ」

藤河は巡査部長で、年齢は三十五歳、警部補で四十七歳の草薙とは階級も年齢も違ったが、互いに現場のプロとして認め合っている。藤河は草薙を、草薙も藤河を信頼していた。

「馬鹿野郎が……聞け、警視庁からは警備課の女性SP（セキュリティ・ポリス）、浜井《はまい》裕子《ゆうこ》巡査長と、元法医で現在は捜査一課の掛川睦雄《かけがわむつお》巡査が加わる。年齢、経験、いずれもお前が上だ。二人に対し、責任があることを忘れるな。状況の深刻さはわかってるはずだ。今回の件では自衛隊も警視庁もない。指揮官の指示に従い、協力を――」

藤河はイヤホンを外した。最上階七階に着き、エレベーターのドアが開くと、立っていたスーツ姿の二人の男が、ＩＤをと同時に言った。

警察手帳を提示し、警視庁藤河徹巡査部長と名乗ると、スーツ男の一人がバンケットルームのドアを大きく開いた。広い空間に巨大な円卓があり、座っていた三十名ほどの男女が一斉に視線を向けた。

こちらへ、という野太い声が聞こえた。円卓の最奥部に、制服姿の二人の男が並んで座っている。右が長谷部警察庁長官、左は児玉防衛大臣だ。二人の後ろに、巨大なマルチモニターがあった。

長谷部の右横に座っていた永倉警視総監が、無言で空いていた席を指した。そこに腰を下ろすと、藤河さんが最後です、と並びの席にいた浜井裕子が囁《ささや》いた。

四年前の冬季オリンピックで、クロスカントリースキー女子一〇キロクラシカルに日本代表として選出された経歴の持ち主だ。藤河より頭ひとつ低いが、一七〇センチの長身に小さな頭が載っている。今年二十九歳だが、二、三歳若く見えた。

裕子の横で、小太りの男が頭を下げた。直接の面識はないが、草薙が話していた掛川睦雄巡査だろう。医師免許を持つ刑事がいる、という噂は藤河も聞いたことがあった。

額が大きく後退しており、若いのに四十代半ばに見える。かなりの老け顔だ。

向かい側に目をやると、制服を着た四人の自衛官が並んで座っていた。詳しいわけではないが、階級章の見分けぐらいはつく。真向かいに座っている長身の男は二尉、他は三尉だ。

あの連中と組むのかと囁くと、そう聞いていますと裕子が答えた。他の二十人ほどの男たちは、各省庁から集められた官僚だろう。全員がスーツを着用していた。

全員揃ったようだな、と児玉防衛大臣が口を開いた。

「憂慮すべき事態が起きている。諸君に集まってもらったのはそのためだが、とにかく状況の説明が先だろう。井間枝補佐官、よろしく頼む」

指名されて立ち上がった痩身の男が前に出て、銀縁眼鏡のフレームに触れた。一六〇センチない小柄な男だが、眼光が異様に鋭い。経済産業省出身、相澤総理の側近で、懐刀《ふところがたな》であり、陰の総理と呼ばれることもある。

「バイター発生の経緯について、詳細を説明します」前置き抜きで井間枝がマルチモニターに視線を向けた。「七月十日、伊豆半島沖の大川豆島仙石岳《せんごくだけ》で中規模噴火があり、その後も余震が続いたため、八月一日、東京都防災対策室、気象庁が現地調査のため科学者十二名を派遣しました。東大地震研の数理火山学の織倉《おりくら》教授他、電波物理学、グローバル地震学など各方面のエキスパートによるチームです」

井間枝の声は淡々としていた。丁寧語で話しているが、慇懃《いんぎん》無礼《ぶれい》を絵に描いたようだと藤河は苦笑した。

モニターに映像が映し出された。初老の男性を中心に、背広を着た男たちが噴火口を指さしている。右端に映っているのが、と井間枝が僅《わず》かに声を高くした。

「立東《りっとう》大学理学部地質学科の処田《ところだ》教授です。彼が噴火口付近でミイラ化した動物の死体を発見したわけですが――」

映像が切り替わった。総白髪の処田教授を中心に、数人の科学者が四肢を硬直させて横たわっている茶色い塊《かたまり》のサイズを測っていた。

野犬ですか、と真向かいの二尉がモニターを睨《にら》みつけた。上半身の筋肉が、制服を突き破らんばかりに隆起している。野犬、と言った本人が闘犬のようだ。

「体長約九〇センチ、体重二一キロ」体のあちこちに茶色の体毛が残っています、と井間枝がレーザーポインターを向けた。「野犬に見えますが、正確なところは不明です。ニホンオオカミではないか、という意見が多かったと報告書にありました。チーム長の織倉教授は、噴火口から噴出された噴石の中にミイラがあった可能性を示唆していますが、ニホンオオカミは環境省レッドリストでも絶滅種とされており、過去に大川豆島、その他伊豆諸島で生息していた記録はありません。発見されたミイラが野犬なのかニホンオオカミなのか、それを調べるために処田教授他二名の科学者が八月一日夜、東京へ持ち帰ることになったわけですが……」

映像がある、と児玉大臣が口髭をしごくと、井間枝が手元のキーボードに触れた。

2

今、午後八時半だ、と処田はカメラを構えている相政《そうせい》大学グローバル地震学科の轡田《くつわだ》准教授に自分の腕時計を見せた。

「急ごう。ヘリコプターは九時に来るんだね？」

そうです、と立東大学歴史災害科学研究室の望月《もちづき》准教授が答えた。三人の科学者は大川豆島の中心部である元屋町《もとやちょう》から三キロほど離れた中学校の校庭にいた。大川豆島に飛行場はないが、急病人が出た時に備えて、中学校をヘリコプターの発着場にしている。

うなずいた処田は足元に目を向けた。大きなブルーシートの上に、動物のミイラが横たわっている。

本当にニホンオオカミなんでしょうか、と望月が首を捻《ひね》った。私の専門は古生物学だ、と処田は小さく笑った。

「研究対象は恐竜の化石で、実のところ哺乳類については詳しくない。ただ、犬ではなく狼《おおかみ》の可能性が高いのは確かだ。見たまえ、耳が大きいだろう？　頭骨の位置も明らかに高い。頭から鼻先まで、ほぼ直線になっているのも狼の特徴だ」

そのままミイラの足を持ち上げて、カメラに向けた。

「肉球が細長いのがわかるかな？　犬はもっと丸い。足の裏全体が楕円形《だえん》になっているが、狩猟動物である狼は、獲物を追うため長距離を走らなければならないからだ。他の要素を考え合わせると、狼と考えていいと——」

直接触って大丈夫ですか、と轡田が不安そうな声で言った。

「正直、ちょっとぼくは……気持ち悪くて触れません」

ミイラは君が思っているより清潔だ、と処田は動物の尖《とが》った唇に爪を当てた。

「雑菌による腐敗がなかったために、ミイラ化している。乾燥した風通しのいい場所で死んだんだろう。これは映るかな？　アップにしてくれ、唇が固まっているが、牙が口からはみ出ている。これもまた、犬ではない証拠だ。狼のDNAは柴犬が最も近いというから、体長で判断すると立派な成犬……成狼《ろう》と言うべきかもしれない」

十分後にヘリが到着するそうです、と携帯電話を耳に当てていた望月が報告した。うなずいた処田に、教授、と轡田が声をかけた。

「今……それに触れましたか？」

ここかい、と処田はミイラの口を指した。違います、と轡田が首を振った。

「後ろ足です。動いたような気がしたんですが……」

そりゃ凄《すご》い、と処田は頬に苦笑を浮かべた。

「ミイラが動く？　昔のホラー映画じゃないんだ。そんなことあるはずな——」

悲鳴を上げた望月が飛びすさった。それの二本の後ろ足が、もがくように宙を搔《か》いている。

「まさか――」

腰を抜かして、処田は尻から地面に落ちた。ニホンオオカミらしきミイラが四本の足で立っている。体が小刻みに震えていたが、生まれたての子馬のようだ。

あり得ないとつぶやいた処田の肩に、望月が手を掛けた。

「教授、下がりましょう……こいつは生きてるんですか？」

望月の声に反応するように、ミイラがゆっくりと首を曲げた。飴《あめ》色に変色している目に、変化はない。

だが、数秒後、尖った鼻先に僅かな歪みが生じた。見る間にその歪みが大きくなり、亀裂に変わっていく。鈍い音と共に、顔の左側だけが下に大きくずれた。

その直後、ミイラの目、鼻、耳、口、尻、あらゆる部位からどす黒い血が飛び散った。血の飛沫《しぶき》を浴びた処田と望月は、転がるように後ろへ下がった。

全身を血に染めたミイラが、その場に崩れ落ちていく。どうなってる、と処田は背後の轡田に顔を向けた。

「今のは……撮影したか？」

血がかかったビデオカメラの液晶モニターを指で拭《ぬぐ》った轡田が、映像を確認している。

大丈夫ですか、と望月がハンカチで自分の顔を拭った。

「信じられません……あの狼は完全にミイラ化していました。それなのに動き、立ち、そして……」

こいつは酷《ひど》い、と処田は着ていたジャケットをその場に脱ぎ捨てた。ワイシャツの前が真っ赤になっている。手のひらで顔を拭うと、べったりと赤黒い血が付いた。

「シャワーは……無理だろうな」

夏休みなので、中学校には誰もいない。トイレがあります、と轡田が校舎を指さした。

「水は使えるでしょう。顔だけでも洗ってきては？ ヘリコプターが来たら、ぼくの方から事情を説明しておきます」

五分、十分遅れたところで問題ない、と処田はブルーシートの端を持ち上げた。

「望月くん、手伝ってくれ。とにかく、こいつを梱包しよう。顔や手を洗うのは、その後でいい」

うなずいた望月がブルーシートに手を伸ばした時、携帯電話の着信音が鳴った。三人が夜空を見上げると、闇の中に光が点滅していた。

3

午後九時半、処田は望月、轡田と共に調布《ちょうふ》飛行場に降り立った。約三十分のフライトだった。

立東大学処田研究室の二人の大学院生が、一〇〇メートルほど離れた場所に立っている。仙石岳噴火口で動物のミイラが発見されたという連絡を受け、大学の研究室へ運ぶため、二人は大型のワゴン車で飛行場へ来ていた。

ヘリの後部に積んでいるミイラを車に積み替えるように命じて、処田は大きく深呼吸をした。

「ヘリ酔いかな。気分が悪い……君たちはどうだ？」

ぼくは大丈夫ですと轡田が言ったが、望月が自分の腕で肩を抱くようにしている。全身が激しく震えていた。

「望月くん、どうした？」

寒いです、とかすかな声で望月が答えた。八月の夜、猛暑日が続いている。この時間でも気温は三十度を超えていた。寒いはずがない。

しゃがみ込んだ望月の額に、処田は手を当てた。すごい熱だ、と離した手が小さく震えていた。

「マラリアかもしれない。高熱、体の震え、いずれもマラリアの症状だ……江戸時代には大川豆島の風土病だったと聞いたことがある。十中八九、間違いない。轡田くん、病院へ行く方が先だ。私も少し……」

「どうしました、教授？」

轡田の腕にすがるようにして、処田は自分の体を支えた。

「目眩《めまい》がしただけだ。ただ……悪寒もする。ここは調布だったな？　杏杜《きょうと》大の付属病院が近い。友人のドクターがいる」車を回してくれ、と処田は大学院生に命じた。「轡田くんは望月くんを頼む。一人では立てんようだ」

飛行場の端からバックしてきたワゴン車が、三人の前で停《と》まった。二人の大学院生がブルーシートを抱え、後部トランクに積み込んでいる。まず病院へ行く、と処田は声をかけた。

「望月くんの体調が悪い。私たち三人はマラリアに罹患《りかん》した可能性がある。君たちへの感染リスクは低いが、念のため受診しておいた方がいい。心配することはない。杏杜大の松《まつ》任谷《とうや》ドクターは感染症の専門家だ。今、連絡を取る」

乗ってください、と大学院生が後部座席のドアを開いた。轡田が望月の肩を支えてシートに押し込み、自分も続いた。最後に乗り込んだ処田は、ポケットのスマホを取り出した。

「もしもし、松任谷くんか？　立東大の処田だ。今、どこに……病院？　助かったよ、頼みがある。今から私を含め五名がそっちへ行く。大川豆島にいたのは知ってるだろう？　そうだ、例の火山噴火だ……事情は後で説明するが、一人が高熱で意識が混濁《こんだく》している。発汗も酷いし、全身が痙攣《けいれん》するように震えて……私もそう思う。マラリアだろう」

不意に手から力が抜け、スマホが滑り落ちた。大丈夫ですかと轡田が呼びかけたが、うなずくのがやっとだった。

どうした、という男の声がスピーカーから聞こえている。処田はシートからスマホを拾い上げた。

「今、調布飛行場だ。三十分ほどで着くだろう。私も体調がおかしい。君に診《み》てもらいたい。よろしく頼む」

スマホをポケットに戻すと、望月くんの震えが止まりましたと轡田が言った。それならいい、と処田はつぶやいた。

体の奥で大量の虫が這《は》っているような感覚がある。錯覚だとわかっていたが、吐き気が止まらなかった。

4

ここまでの映像は轡田准教授が撮影したものです、と静止画面になっているモニターを井間枝が指さした。

「午後九時半、ワゴン車が杏杜大付属病院に到着した時点で望月准教授、その一時間後、処田教授も意識を喪失しています。更に午前一時、轡田准教授も同様の状態に陥りました。待機していた松任谷教授が三人を診察し、その時には意識があった処田教授、轡田准教授から説明を受け、治療が行なわれましたが、翌八月二日の午前六時に処田教授、十時に轡田准教授、そして午後一時に望月准教授が相次いで死亡しています」

左右に目を向けた井間枝が、銀縁眼鏡のフレームに手を掛けて位置を直した。

「八月一日深夜十二時前後、大川豆島でも二人の科学者が同様の症状を発症した後、二日の午前中に大川豆島総合病院で死亡していますが、その説明は後にします。二日の午前六時、処田教授が死亡した時点で、治療に当たっていた松任谷教授はマラリアという当初の診断に疑問を持ち、他の病気の可能性もあると考え、死亡した処田教授の解剖を検討していました」

なぜです、と藤河は手を挙げて質問した。

「ぼくは素人ですが、映像を見ている限り、高熱、悪寒、激しい体の震え、いずれもマラリアの症状だということぐらいわかりますよ。どうして松任谷教授は他の病気の可能性について考えたんですか？」

マラリアは原虫感染症です、と座ったまま掛川が小さな声で言った。

「マラリア原虫は赤血球内に潜伏しますが、検査によって比較的容易に発見できます。松任谷医師はその確認ができなかったようです。それに、媒介となる蚊によってマラリア原虫が体内に侵入したとすれば、発症するまでの潜伏期間は一週間から二週間ほどです。八月一日の朝に大川豆島に着いた科学者チームがマラリアに感染、その夜に発症、死亡するということはあり得ません。他に原因があると松任谷教授が考えたのは当然です」

説明を続けます、と井間枝が昆虫のような細い指でキーボードに触れると、モニターが切り替わり、粗い画質の映像が浮かび上がった。

「二日午後十時、約十六時間前に死亡が確認されていた処田教授が蘇生しました。専門家によれば、蘇生自体はそれほど珍しいと言えないそうですが、この時処田教授の意識は明確で、松任谷教授と会話もしています。しかし、約二時間後の午前〇時、容体が急変し、再び死亡しました。あえてかみ砕いて説明しますが、処田教授は一度死亡し、その後蘇生し、再び死んだのです。更に不可解な現象が起きたのは、その五分後でした。死亡したはずの処田教授が動き出したのです」

これは病室内の防犯カメラ画像です、と井間枝がモニターを指した。一番奥のベッドで、総白髪の男が上半身だけをゆっくりと起こしている。映像の左上に、12：05と時刻が小さく表示されていた。

「処田教授は立ち上がり、自らの足でベッドを下りています。いわゆる蘇生において、このような事例はまず考えられません」

まったくないということではありませんと掛川が言ったが、無言のまま、井間枝がモニターに顎の先を向けた。

駆け寄った二人の看護師の一人の喉《のど》に、処田が異常な速さで咬《か》み付き、切断された頸動《けいどう》脈《みやく》から大量の血が迸《ほとばし》った。

「もう一人の看護師は病室から逃げ出し、松任谷教授及びその他関係者に報告、病院の警備員が処田教授を取り押さえました。時間差はありますが、望月、轡田の二人の准教授も死亡が確認された後蘇生し再び死んでから動き出し、やはり医師、看護師を襲っています」こちらの映像はもっと悲惨です、と井間枝がキーボードを叩いた。「大川豆島で死亡した二人の科学者は病院内の霊安室に安置され、監視している者はいませんでした。彼らも同じ経過を辿《たど》った後霊安室を抜け出し、病院内にいた医師、看護師、入院患者その他に咬み付き、十人以上を殺しています」

モニターに映し出されたのは、大川豆島の病院の待合室だった。二人の男がそこにいた人たちを手当たり次第に襲っている。そのたびに血が飛び散り、逃げ惑う人たちが恐怖の叫びを上げていた。

処田教授と二名の准教授は、拘束された上で杏杜大付属病院内の病室に隔離されました、と井間枝が表情のない顔で言った。

「医師が三人を調べたところ、心肺停止、無呼吸、脳波停止、体温二十度、瞳孔反応なし、死亡していることが確認されました。にもかかわらず、両手両足を拘束されたまま、三人とも動き続けている……つまり、彼らは生きている死人になったのです」

ゾンビですかとつぶやいた藤河に、認めたくはありませんが、と井間枝がモニターの画像をアップにした。

「処田教授の最新画像です。眼球は白濁化し、意味不明の唸《うな》り声を上げるだけです。私は観たことがありませんが、ホラー映画のゾンビはこんな感じだそうですね。呼びかけには一切答えず、酷く暴力的になっています。処田教授は六十歳ですが、拘束されるまでに二人の警備員を殴り倒しました。その際、腕の骨を折っていますが、痛みを感じていないようです。ゾンビと呼ぶしかないのかもしれません」

この時点で管轄《かんかつ》は我々警視庁だった、と永倉警視総監が充血した目をこすった。

「どう対処すればいいのか、皆目《かいもく》見当がつかなかった。生きている死人と言われてもね……喉を食いちぎられた看護師は死亡、その他数名の負傷者が出ているが、処田教授他二名を確保、隔離したことで、事態は収束したと考えていた」だが、八月三日夕方、松任谷教授が昏倒《こんとう》し、その他医師や看護師も意識不明状態に陥ったと永倉が言った。「彼らに共通しているのは、処田教授他二名の治療を担当していたことだ。病院も警察も関連性があると考え、処田教授たちを隔離した後、国立感染症研究所に原因不明の伝染病もしくは感染症が発生していると連絡し、調査を要請した。それが同日午後八時だ」

今日の早朝、調査報告書が上がった、と児玉が円卓にあったファイルを取り上げた。

「結論から言うと、処田教授の体内から未知のウイルスが発見された。大川豆島に残っていた七人の科学者にも聞き取り調査をしたが、〝生きている死人〟となった五人全員がニホンオオカミと見られるミイラに直接触れていたことが判明している。接触感染、あるいは飛沫感染した可能性が高い。感染研は〝他の人間を咬む〟ことから、彼らをバイターと呼んでいる。今後、我々もこの呼称で統一する。以降も大川豆島で数十人が意識不明になるなど、感染が拡大していることがわかり、災害対策基本法に基づき、全島隔離命令が相澤総理大臣によって発令され、同時に管轄が警視庁から我々防衛省に変更された。隔離とは、要するに封鎖だ。自衛隊及び海上保安庁が大川豆島を包囲、人の出入りを厳重に監視している。だが――」

八月一日夜から三日午前中にかけては何も手を打っていない、と長谷部警察庁長官が奥歯を嚙《か》みしめた。

「今は夏休み期間だ。観光客が大川豆島を訪れるのも、この時期が最も多い。我々が把握しているところでは、全国から約三千人が大川豆島に入っているし、漁業、観光業、その他ビジネス目的で、一日、二日の両日、大川豆島から東京を含め他県に移動した者も相当数いる。確定数は不明。ウイルス保菌者が島を出ている可能性は非常に高い。それについては、警察庁が各道府県警と連絡を密にし、追跡調査中だ」

それも憂慮すべき問題ですが、事態が深刻なのは大川豆島です、と井間枝がレーザーポインターをモニターに向けた。

「島のインフラですが、東山《とうざん》電力大川豆島内燃力発電所が全島に電力を供給しています。八月二日、風邪で通院していた東山電の社員が病院でウイルス感染者に咬まれ、手当てを受けた後、夜勤についていました。この男性は仮眠時間に死亡し、その後蘇生・死亡を経たのち、バイターとして蘇《よみがえ》ったと考えられます。東山電力の防犯カメラに、二日深夜、仮眠室から出てきた男性が同社社員を襲っている画像が残っていました。数名の社員が発電用ディーゼル機器に転落、焼死し、そのため発電不能になり、現在全島が停電状態にあります。発電所内にバイターが多数いるため、電力復旧の見通しは立っていません」

三日深夜、バイター殲滅作戦の実施命令が出た、と児玉が円卓を叩いた。

「録音した人間の悲鳴をスピーカーで流し、大量の血液を海岸に撒《ま》くことでバイターをおびき寄せ、射殺するというのが作戦の骨子だ。あくまでも断片的な情報を元に立案した作戦だがな……。大川豆島島民は約七千人、観光その他の目的で島を訪れている者が約三千人、トータル一万人全員がバイターウイルスに感染しているとは考えにくい。だが、感染者を放置しておけば、いずれ全員がバイターと化す。外見上、人間とバイターに大きな差はない。最も大きな特徴は眼球の白濁化だが、すべてのバイターがそうなるのかは不明だ。作戦の目的はバイターの殲滅だったが……」

感染研から新たな報告がありました、と井間枝がモニターを指した。数枚の写真がそこに映っていた。

「ミイラの体内に残っていた血液中のバイターウイルスを詳しく調べたところ、構造が狂犬病ウイルスと酷似していることが判明しました。正確に言えば、狂犬病ウイルスと未知のウイルスが結合し、その結果バイターウイルスに変容した、というのが感染研の推測です。右が狂犬病ウイルスの写真、左がバイターウイルスです」

確かに似てますね、と掛川が広い額に浮いていた汗をハンカチで拭った。狂犬病は発症すれば治療不能、ほぼ一〇〇パーセント死亡します、と井間枝が言った。

「ただし、一カ月から三カ月の潜伏期間があり、その間に狂犬病ワクチン、抗狂犬病ガンマグロブリンを投与すると、発症を防ぐことができます。この治験に基づき、杏杜大付属病院で処田教授他二名に咬まれ、バイターウイルスに感染し、意識不明となった者に、緊急措置としてガンマグロブリン製剤、通称ラザロワクチンを投与したところ、一定の効果が実証されました。意識混濁状態、つまり昏睡期《こんすいき》は短ければ一、二時間、最大二十時間と考えられますが、この間にラザロワクチンを注射すると、バイター化しない者が一定数いることが確認されています。現在も経過観察中ですが、対象者十人中六人にバイター化の兆候はありません」

ラザロワクチンって何だと囁いた藤河に、『ヨハネによる福音書』です、と裕子が答えた。

「聖ラザロはイエス・キリストによって死から蘇っています。ラザロは復活の代名詞ですから、その引用でしょう」

詳しいなとつぶやくと、常識ですと裕子が微笑んだ。ラザロワクチンの有効性について、と掛川が挙手した。

「治癒率はどれぐらいですか?」

先ほども言いましたが、現段階で六〇パーセントです、と井間枝が答えた。

「この情報は大川豆島総合病院にも伝えられ、バイターに咬まれ、意識不明状態に陥った者に緊急空輸したラザロワクチンを注射したところ、投与直後にショック死した者が一割、効力のないままバイター化した者が三割いましたが、六割は高熱こそ続いていますが、人間としての意識を保っていると報告がありました。このため、バイター殲滅作戦の即時中止、方針変更が決定しました。大川豆島に自衛隊員、警察官、消防士、医師団が入り、バイターに咬まれた、あるいは濃厚接触により意識を喪失し、昏睡期にある者にラザロワクチンを接種する方向で検討中です。二年前のCOVID-19、新型コロナウイルス感染対策として、特別措置法が改正されましたが、それに基づく措置です。ただし、既にバイター化している者は、即時殺処分せざるを得ません」

殺処分、と裕子が息を吞《の》んだ。犬じゃないんだぞとつぶやいた藤河を無視して、昨日の午後から大川豆島は全島停電となっています、と井間枝が繰り返した。

「従って固定電話、携帯電話、衛星電話は使用不能状態です。役場、ホテル、病院等、自家発電機能を備えている施設があり、連絡を取ることは今のところ辛うじて可能ですが、現場は大混乱に陥っています。また、東京その他でバイターが出現する恐れもあり、予断を許さない状況です」

概要はわかっただろう、と児玉が井間枝を着席させた。

「現在、自衛隊を中心に約二千人が大川豆島に入り、治安維持とラザロワクチン投与の準備を進めている。だが……諸君を呼んだのは別の任務のためだ」

別の任務、と藤河は右側に視線を向けた。長谷部と永倉が同時に目を逸《そ》らした。

「自衛隊員と警察官による特殊チームを組むと聞きました」藤河は不精髭の残る顎に触れた。「チーム名は〝ブラッド・セブン〟だそうですが、ネーミングに凝るのは誰の趣味です？」

嫌みは止せ、と永倉が不快そうに言った。任務について説明する、と児玉が背後のモニターに体を向けた。

5

映っていたのは、笑みを浮かべた少女の写真だった。整った愛らしい顔は、まるで天使のようだ。白いブラウスに紺のリボン、薄いグレーのスカートという姿に、藤河も見覚えがあった。

自修館《じしゅうかん》中学校の制服です、と裕子が言った。明治十年に創立された名門校だ。

相澤彩香《あやか》、十四歳、と児玉がため息をついた。

「言うまでもないが、相澤統一郎《とういちろう》現内閣総理大臣の一人娘だ。今、彼女は大川豆島にいる」

どういうことですと質問した掛川に、彼女は自修館中学の二年生で、美術部に所属していると児玉が説明を始めた。

「八月一日昼、彼女は美術部の夏合宿に参加し、大川豆島に入った。同行しているのは顧問の女性美術教師、部員五人、もう一人、中学一年生の女子部員の母親だ。その子は病弱で、母親の希望もあり、保護者代表という形で参加している。それとは別に、警視庁警備部からSP一名が相澤彩香警護のため大川豆島に入っているが、連絡が取れない。理由は不明だ。バイター化した可能性もある。以下、時間軸に沿って話す。その方がわかりやすいだろう」

九人全員が大川豆島に入ったのは八月一日午後一時、と児玉がモニターに目を向けた。

「島の中心部にある元屋町のパラダイスホテルにチェックインしたことは確認済みだ。この時点で、島では何も起きていない。電気も通じていたし、電話による連絡その他も可能だった。相澤総理自身、娘とスカイプで話している。総理は六年前に夫人を亡くされている。娘が可愛いのは、父親なら誰だってそうだ。母親がいなければ、なおさらだろう」

相澤総理が娘を溺愛《できあい》していることは、本人も親馬鹿と認めており、アメリカ大統領が国賓《こくひん》として来日した際、小さなファーストレディと呼んだのは有名な話だ。

「翌二日、美術部員はホテル周辺で写生するなど、予定通りの行動を取った。この段階で二人の科学者が島内の病院でバイター化していたが、それは島民も知らされていない。そして昨日、三日の朝に美術教師と保護者代表の母親が引率して、観光名所として知られる八幡山《やわたやま》へ向かい、展望台でそれぞれが風景画を描いていたところまでは確認が取れている。同日午後三時、全島は停電状態に陥っていたが、まだ陽《ひ》も高い時間だ。全員がスマートフォンを所持していたが、八幡山付近は電波状態が良くない。通信不能になっても、特に気にしなかっただろう」

問題はそれ以降だ、と児玉が胸ポケットから取り出した電子タバコをくわえた。バンケットルームは禁煙だが、止める者はいなかった。

「午後三時頃、展望台で彼女たちを見たという話を警察官が観光客から聞いているが、その後の情報は一切ない。今は四日午前十一時半だが、安否すら不明だ。諸君に集まってもらったのは、この後直ちに大川豆島へ向かい、相澤彩香を発見、保護するためだ。現在、島内がどういう状況にあるか、他の島民、観光客その他について、留意する必要はない。〝ブラッド・セブン〟の目的は相澤彩香の救出、それだけだ」

総理自らの命令と考えてください、と井間枝が左右に目を向けた。

「自衛隊の最高指揮官は総理大臣です。警察庁の上部機関は国家公安委員会で、その最高責任者も総理大臣と法律で規定されています。この命令に関して、拒否権はありません」

どうして七人なんです、と藤河はしかめ面で言った。

「総理大臣の娘だから優先して保護するのはどうなんだとか、そんなことを言っても始まらないのはわかっています。総理への忖度《そんたく》なんでしょうが――」

黙れ、と永倉が机を叩いた。言いたいことは言わせてもらいます、と藤河は腕組みをした。

「命令には従いますよ。行方不明の中学生を捜すのは、警察の仕事ですからね。ですが、もっと大人数を動員すべきでは？　たった七人でどうしろと？」

警察、自衛隊の大部隊を編制し、娘の捜索に当たれと総理からも要請がありました、と井間枝がため息をついた。

「ですが、全国務大臣、また与党民自党《みんじとう》から強い反対があり、やむを得ずこの形に……詳しい事情は話せません」

想像はつきますと藤河は言った。

「二年前の新型コロナウイルス流行時に、総理は自分自身のみならず、母親と娘、親戚や友人のPCR検査を優先的に実施、治療をさせています。野党はもちろんですが、世論の批判は凄まじく、一時は内閣総辞職も取り沙汰されましたが――」

つまらんことは言うな、と児玉が電子タバコの先端を藤河に向けた。

「危機的状況にある娘を救うためなら、父親は何だってするさ。島民その他に対しては、我々が組織的に救助に当たる。他に何もせず、総理の娘だけを救おうというわけじゃない。だが、マスコミ、世論がこのことを知ったらどうなると思う？　ネットに至ってはどうにもならん。総理、内閣、与党民自党が袋叩きになるのは目に見えている。情報漏れは絶対に防がなければならん。大人数での捜索、救助が困難な事情はわかったな？　小人数で発見、保護しなければならない。迅速かつ極秘裏にだ。そのために君たちが選ばれた」

藤河は裕子と掛川に目をやった。二人とも肩をすくめただけだ。向かい側の席では、制服を着た自衛隊員たちがうなずいている。

目の前のパソコンに目をやった井間枝が、児玉大臣、と囁いた。

「総理官邸で緊急のバイター対策会議が開かれます。都内でバイターに襲われた者が出たと、たった今報告がありました。至急、総理官邸へ向かうようにとのことです。長谷部警察庁長官、永倉警視総監も同行願います。私もすぐに行きます」

立ち上がった児玉に続き、長谷部と永倉がバンケットルームを出て行った。ひとつ空咳《からせき》をした井間枝が、藤河巡査部長、と細長い顔を向けた。

「〝ブラッド・セブン〟は自衛隊と警視庁の有志による合同チームです。バイターの発見、処理は自衛隊だけでも可能ですが、少女の捜索、発見、救出には警察官の協力が必要だと私たちは考えています。警視庁の三人が中心となって少女を捜索し、自衛隊員はバイターからの襲撃に備え、必要に応じて撃退するということになるでしょう。どちらが欠けても作戦は成功しない、というのが私たちの結論です」

苦しい言い訳ですね、という皮肉を藤河は呑み込んだ。自衛隊、警視庁の有志による合同チームと井間枝は言ったが、それは藤河たちが〝自発的に〟行動したという建前が必要なためだ。

万が一、相澤彩香救出作戦を世間が知れば、ネット民を中心に、総理への総攻撃が始まるだろう。自分の娘を特別扱いした総理大臣というレッテルは、政治家にとって命取りになる。

だが、自衛隊、警視庁の人間が独自の判断で動き、偶然総理の娘を救出したのであれば、批判を抑えることができる。小人数のチームにせざるを得なかったのは、組織的な動員があった場合、相澤総理、あるいは政府の関与が疑われるためだ。

非常に危険な任務です、と井間枝がネクタイを締め直した。

「自衛隊員四人、警察官三人というバランスは、バイターの襲撃を考慮してのものです。装備も基本的には自衛隊の物を使用することになります。救出計画は自衛隊統合幕僚本部が立案しましたが、現場での指揮はすべて陸上自衛隊梶原二尉に一任されています。彼の指揮に従ってください」

立ち上がった梶原が敬礼した。一九〇センチ近い長身、体重も一〇〇キロを超えているだろう。耳がカリフラワー状になっているが、豊富な格闘技経験があるようだ。

「彼は普通科所属の狙撃手で、藤河巡査部長と同じ三十五歳、その実力については自衛隊内で誰もが認めるところです。他に同じく狙撃手として友部《ともべ》一利《かずとし》三尉、松崎《まつざき》香澄《かすみ》三尉が加わります」

名前を呼ばれた友部が席を立って、梶原と同じように敬礼した。一七〇センチほどで、大柄とは言えないが、冷たい刃《やいば》のような雰囲気が全身から漂っている。

「松崎です。よろしくお願いします」

友部に続いて立ち上がった女性が頭を下げた。友部より一〇センチ以上身長が低い。自衛官の制服を着ていなければ、どこにでもいる普通の会社員に見える。

そんな顔をするな、と梶原が苦笑した。

「松崎は観測手で、おれたちの目だ。狙撃能力も高い。現場に立てば嫌でもわかる」

安野《やすの》三尉は通信担当です、と井間枝が四人目の男を指さした。丸い顔がかすかに青ざめている。

藤河巡査部長は警視庁SAT所属です、と井間枝が顔を梶原たちに向けた。

「SATについては説明するまでもないでしょう。彼は対テロリスト急襲制圧第一班の班長で、去年のハイジャック事件の際、犯人グループを逮捕したのは藤河巡査部長率いる第一班です。浜井裕子巡査長は警備課所属のSPで、非公式にですが、亡くなられた相澤総理夫人の警護を担当していました。総理の娘さんとも親しく、彼女をメンバーに加えたのは、そのためでもあります」

最後に捜査一課の掛川巡査ですが、非常に珍しい経歴の持ち主です、と井間枝が眼鏡の縁に触れた。

「聖光《せいこう》大学医学部を卒業、法医として警視庁に入庁しましたが、その後捜査一課に転じています。経験は浅いですが、今回の作戦において最も重要な役割を担うことになります」

相澤彩香さんですが、と井間枝が足を組み替えた。

「彼女について、三つの可能性が考えられます。まず、無事でいること。次に、バイターと接触し、バイターウイルスに感染、昏睡期にあること。もうひとつ、既にバイター化していることですが、その判断は医師にしかできません。掛川巡査が選ばれたのは、相澤彩香さんの診断、その後の処置に医師が必要だからです」

午後二時、ダイバーシティアネックスのヘリポートから、自衛隊ヘリがブラッド・セブンを大川豆島へ運ぶ、と梶原が腕時計に目をやった。

「三十分で島に到着するが、今日の日没は午後六時四十三分だ。できれば少しでも明るいうちに少女を発見したい。夜間の捜索は危険だ」

どのような状況であっても、と井間枝が静かに首を振った。

「必ず相澤彩香さんを発見してもらわなければなりません。十四歳の少女を救えるのは、あなたたちしかいないんです」

別室に装備を用意している、と梶原が奥のドアを指した。

「操作法は我々が教える。相手はどんな凶悪犯より危険な存在だ。自分の身は自分で護《まも》ってくれ」

立ち上がった梶原がドアに向かった。ひとつだけいいですか、と藤河は井間枝の目を見つめた。

「少女が無事であれば保護します。昏睡期に入っていた場合は、掛川がラザロワクチンを注射することになります。ですが……バイター化していた時は、どう対処しろと？」

梶原二尉の指示に従ってください、とだけ答えた井間枝が鳴っていたスマホを耳に当て、そのままバンケットルームを後にした。

早く来い、と梶原が振り返った。藤河は裕子と掛川を促し、席を立った。悪い予感しかしなかった。

FEAR 2
八幡山《やわたやま》

1

第三会議室、とプレートのかかった部屋のドアを梶原が押し開けると、そこに数人の制服を着た自衛官がいた。

梶原が敬礼すると、一人だけ座っていた五十代の男が答礼した後、自衛隊陸自東部方面総監部武器科の西条《さいじょう》陸将補だ、と名乗った。握り拳のような顔をしているが、どこか人好きのする雰囲気がある。

「ブラッド・セブンの任務について、説明は受けたな？　既に政府は東京に対策本部を設置《と》しているが、私は君たちの統括指揮官を任じられている。現場での指揮は梶原二尉が執るが、作戦立案、装備、救援態勢は私の担当だ。諸君の任務は総理の娘さんの救出で、それ以外ではない。大川豆島にはバイターが多数いると考えられる。情報は未確認な部分もあり、詳細は不明だが、バイターが人間を襲うという想定の下、必要と思われる装備を準備した。ただ、自衛隊と警察では装備に大きな違いがある。まず、私の部下がブラッド・セブンに加わる三名の警察官への装備品供与、及びその使用法を説明する」

装備品供与というのは、と藤河は長机に置かれていた銃を指さした。

「要するに武器ですね？」

装備品だと繰り返した西条が、これを着用してもらう、と別の長机の上にあった紺色の服を指さした。

「合成繊維で編み上げた特殊アサルトスーツ一式だ。重量七キロだが、行動に支障はないだろう。バイターの主武器は歯……牙と言った方がいいかもしれないが、特殊グローブ、防護靴、フルフェイス型面体《めんたい》を装着すれば、体の九〇パーセント以上を守ることができる」

顎を向けた先に、アサルトスーツを着用した自衛官が立っていた。露出部分は手首、足首などの僅かな隙間だけだ。

次に銃器類だが、と立ち上がった西条が正面の長机の前に回った。

「基本装備はスナイパーライフルAK-18と二十発装塡《そうてん》の9ミリ口径ベレッタP4、そしてマグナムリボルバーMR73となる。AK-18の暗視スコープは、取り外し可能だ。銃弾はライフル四百発、拳銃がそれぞれ三百発ずつ、合わせて一人千発、総重量は約二〇キロだ。弾倉は一人につき、六個支給、三十発の弾丸が装塡済みだが、弾切れの場合は自分で再装塡のこと」

待ってください、と藤河は手を上げた。「ベレッタは麻薬取締官も使用してますし、特殊事件捜査係も採用しています。ですが、マグナムリボルバーを正式採用している警察本部はありません。自衛隊もその事情は同じはずです」

映画ではよく出るぞと薄笑いを浮かべた梶原に、フィクションと一緒にするな、と藤河は言った。

「MR73は破壊力が高く、威力のある拳銃ですが、その分反動が強く、腕力のある者でなければ使いこなせません。照準を合わせるのも難しく、撃った反動で肩や手首を骨折する者も少なくありません。威力の割に実用的ではないと――」

今回は違う、と西条が首を振った。

「藤河巡査部長の指摘は正しいが、バイターについて認識が甘いと言わざるを得ない。現在判明しているのは、脳幹を破壊しない限り、バイターは死なないという事実だ。遠距離であればライフル、中距離ならベレッタで対応可能だが、一〇メートル以内の接近戦では、脳幹を狙い撃つわけにもいかなくなる。その時はマグナムを使用し、頭部そのものを撃つしかない。リスクがあるのは確かだが、他にバイターを止める方法はないんだ」

そういうことですかとうなずいた藤河に、ベレッタについては特に説明する必要もないだろう、と西条が言った。

「AK-18については、別途担当者が使用法を教える」

それは、と掛川が不安そうに長机を見つめた。ショットガンだ、と西条が太い銃身を手にした。

「ベネリM3T。装塡弾数は七発、セミオートマチック機能を採用し、連射速度は他のショットガンを上回る。ポンプアクションも可能で、再装塡に時間がかかるという欠点こそあるが、実戦向きの銃だ。横にあるのは自衛隊陸自普通科に配備されている携行型火炎放射器だが、どちらも操作法を速成で教えることはできないし、重量三〇キロと重いため、自衛隊員が一台ずつ所持する。他にサブマシンガン4・6ミリMP7、手榴弾などを準備しているが、その使用は梶原二尉の指示に従うこと」

戦争ですねとつぶやいた藤河に、それ以上だと表情を変えずに西条が言った。

「全員の面体に無線機がついているが、これはブラッド・セブン隊員相互の通信用で、混乱を避けるため、東京の対策本部からの連絡は通信担当の安野三尉が受け、全員に伝える。そして、最も重要なのはこれだ」

西条が取り上げたのは、銀色のアタッシェケースだった。蓋を開くと、厳重に梱包された十本の注射器が入っていた。

「君が責任を持って管理するように」西条がアタッシェケースを掛川に渡した。「注射器内にラザロワクチンが入っている。総理の娘さんがバイターウイルスに感染していなければ問題はないが、我々としてはあらゆる事態を想定しなければならない。私も今の会議の様子をモニターで見ていたが、バイター化についてもっと詳細な説明が必要だろう。いいか、感染研によれば感染からバイター化には六つの段階がある」

西条がホワイトボードに、1と数字を書いた。

「まず、バイターとの接触によって、ウイルスは感染する。ただし、詳しいメカニズムはまだわかっていない。単にバイターに触れただけでは感染しないようだ。また、空気感染も今のところ報告されていない。だが、ウイルスに感染すると第二段階、発症に進む。頭痛、発熱、吐き気、悪寒、体の震え、嗅覚の減退、下痢、その他だ。この症状が現れた場合、感染を疑う必要がある。隊員が何らかの症状を訴えた場合、隔離することも考えておくべきだろう。潜伏期と言った方が正確かもしれん。その後、感染者によって時間的な差があるが、現時点で判明しているのは、最大十二時間の潜伏期間の後に第三段階、昏睡期に入る。意識不明の状態が続き、最新の報告では昏睡期に入った直後に死亡した例もある」

「昏睡期にラザロワクチンを注射すれば六割がバイター化しない……井間枝首相補佐官はそう言ってましたが」

掛川の問いに、基本的にはそうだ、と西条がうなずいた。

「ただし、その判断は難しい。他の理由で意識混濁状態に陥っている者にラザロワクチンを注射すれば、それが原因となって死亡する可能性もある。掛川ドクターをブラッド・セブンに加えたのは、医師でなければ判別不能なケースも考えられるからだ。もし総理の娘が昏睡期に入っていた場合、ラザロワクチンの注射を許可する。注射した際の拒否反応によって一割がショック死し、三割の感染者にはワクチンの効果がないが、六割が助かる。昏睡期に注射する以外、バイター化を防ぐ方法はない」

間に合わなかったらどうなるんです、と質問した藤河に、第四段階だと西条が言った。

「現段階で、昏睡期は最大二十時間続くとされているが、もっと長時間に及ぶかもしれん。いずれにしても、最終的には死亡する。その後蘇生し、一、二時間人間としての意識を取り戻す。意思疎通も可能になるが、これを我々は第五段階と規定した。だが、結局のところ再び死亡し、次に蘇った時にはバイターになっている。これが第六段階だ。バイター自身が保菌者であり、ウイルスの感染源となる。非常に危険な存在だ……アタッシェケース内の十本の注射器は、ブラッド・セブン隊員が昏睡期に入った場合に使用のこと。一本は相澤彩香用、二本は予備だ」

アタッシェケースを受け取った掛川が、医療器具はどこに、と左右を見回した。AEDを含め、医療キットが準備してある、と西条がうなずいた。

「他に質問は？　なければ銃器類その他の使用法を担当の大山《おおやま》三尉が説明する」

がっちりした体格の男が前に進み出た。藤河は裕子と掛川を目で促し、並べられていた椅子に座った。

2

肩に触れた手を、相澤彩香は反射的に振り払った。ぼくだ、という声がした。

「大丈夫か？ 寝てないんだろ？」

宅間和実《たくまかずみ》が顔を覗《のぞ》き込んでいる。自修館中学の三年生で、同じ美術部員だ。

すみません、と彩香は頭を下げた。

「怖くて、つい……」

無理するな、と宅間が軽く肩を叩いて笑った。少しだけ、頬の辺りが引きつっていたが、それ以外はいつもと変わらない。

自宅の部屋にあるテレビラックに隠しているスケッチブックのことが、彩香の頭を過《よぎ》った。そこには宅間のスケッチが何枚も描かれている。

端整な顔とバランスの取れた体格はモデルのようだが、彩香の描いたスケッチは横顔しかない。恥ずかしくて、正面から顔を見つめることができないからだ。横から宅間を描き続けて約一年四カ月、先輩と後輩という関係は変わっていない。

宅間のスケッチを知っているのは、彩香だけだ。もう一人いたが、今はいない。

ドアの隙間に目を当てた宅間が、すぐに離れた。かわいそうに、とやや厚い唇からつぶやきが漏れた。

彩香は辺りを見回した。六畳ほどの部屋にベッドがひとつあり、今はそれで窓を塞いでいる。空いたスペースに、四人の中学生、そして小杉加代《こすぎかよ》の母親、誠子《せいこ》が横になっていた。

この部屋に辿り着いたのは、昨日の夜九時半頃だった。あの時は、隠れることしか考えられなかった。その判断自体は正しかった、と思っている。

ただ、もっと慎重に行動するべきだった、という悔いがあった。注意していれば、気づいたかもしれない。逃げることもできただろう。一花《いちか》があんなことになってしまったのは
――

君の責任じゃない、と宅間がドアを背に座った。

「誰のせいでもない。一花ちゃんは運が悪かった。どうにもならなかったんだ」

「どうして……こんなことに？」

わからない、と宅間が首を振った。彩香はドアに近寄り、数センチほどの隙間から隣のリビングルームを見た。そこにいたのは、三十代の女だった。

低い唸り声を上げ、足を不自然な角度で曲げたまま座り、上半身を左右に揺らしている。

外の光が窓から差し込んでいるため、顔がはっきり見えた。

口元が真っ赤に染まっている。口だけではない。顔も、服も、腕もだ。

女の顔に表情はない。血しぶきを浴びた顔の中で、目だけが真っ白だった。

両腕を伸ばした女が、足元の塊を摑んだ。指をめり込ませ、引きちぎると、肉片が手の中に残った。

口の中にそれを入れた女が、ゆっくりと嚙み、そして呑み込んだ。唇の端から、赤黒い血が滴《したた》り落ちていく。

(一花)

彩香は視線をそのまま右にずらした。床にポニーテールの少女の頭部が載っている。同じ二年生、神部《かんべ》一花の残骸だった。

女の足元にあるのは、一花の体のパーツだ。両腕、両足、そして胴体。今、女が呑み込んだのは、肩の肉だった。

リビングルームは赤いペンキをぶちまけたようだ。彩香は目をつぶった。

(どうして、こんなことに)

頭に浮かんだのは、一昨日《おととい》から今日までの出来事だった。

3

自修館中学美術部の夏合宿に参加するため、東京の竹芝桟橋《たけしばさんばし》からフェリーで大川豆島へ向かったのは八月一日朝八時だった。

引率者は美術部顧問で美術教師の川島久美子《かわしまくみこ》、参加したのは一年生の武藤信也《むとうしんや》、小杉加代、二年生の彩香と神部一花、そして三年生の宅間和実と大沼博《おおぬまひろし》の六人。保護者代表として加代の母親、小杉誠子、もう一人、警視庁警備部のSP大和大幸《やまとひろゆき》が加わり、トータル九人だ。部員は他に五人いるが、自由参加のため、今回はメンバーに入っていない。

彩香は現内閣総理大臣、相澤統一郎の娘だ。六年前、母親が病死している。

相澤の娘への愛情は深く、思春期の少女なら誰でもそうであるように、煩わしいと思うこともあったが、一般的な父娘《おやこ》と比べると関係はいい方だ。

日本の法律では、内閣総理大臣の家族は警護対象者とならない。だが、相澤は彩香に警視庁警備部のSP、大和をつけていた。実質的にはガードマンだ。

六年前、相澤が総理大臣に就任した時、娘を誘拐、殺害するという脅迫状が何度も総理官邸に送られてきた。そのため、相澤自身が警察庁にSPの派遣を要請している。

大和の役割は彩香の身辺警護で、中学生としての生活には干渉しない。公私混同と批判する者もいたが、殺害予告に対する当然の措置だ、と相澤は一笑に付していた。

この日は快晴で、海は凪《な》いでいた。彩香も含め、全員がそれぞれのスマートフォンでお互いを撮影し、フェイスブックにその写真をアップするなど、大川豆島へ着くまでの五時間を楽しく過ごした。

一花に肩をつつかれ、デッキに出たのは、到着まで三十分ほどですというアナウンスが流れてきた時だった。

「どうすんの、彩香」

一花が丸い目を見開いた。顔も体も何もかもが丸っこく、ぬいぐるみのような体型をしている。

「マジで告《こく》るの?」

強い風が吹いているので、話し声は誰にも聞こえない。どうしよう、と彩香はデッキのバーで体を支えた。

「そのつもりだったけど、やっぱり……恥ずかしいし」

海に顔を向けたまま、目線だけを右にずらした。他の部員がペットボトルを手に、話している。見ていたのは、その輪の中心にいる宅間和実だ。

「わかるけど、この夏合宿がラストチャンスなんだよ」

励ますように一花が言った。そうなんだけど、と彩香は海に視線を戻した。

自修館は小学校から大学までの一貫校だが、中学、高校、そして大学はそれぞれ場所が違う。中学は久我山《くがやま》、高校は府中《ふちゅう》、そして大学は御茶ノ水《おちゃのみず》に校舎がある。

来年の四月、宅間は府中の自修館高校へ進む。三年生になる彩香は久我山に残り、会う機会はほとんどなくなる。

中学での部活動は、今回の夏合宿までだ。ラストチャンスと一花が言ったのは、その意味があった。

「だって、宅間さんだよ？ あたしなんかじゃ、ゼッタイ無理だって」

ぶるよねー、と一花が人差し指を左右に振った。

「そりゃ、ハードルは高いよ。宅間先輩は誰が見たってカッコイイもん。ルックスもいいし、背も高い。成績だってトップだし、みんな憧れてる。うちだって、付き合えるもんなら付き合いたい。それこそ無理だから諦めてるけど、彩香ならイケるって」

そうかなあ、と彩香は一花を見ずにつぶやいた。ケンソンも過ぎるとイヤミだよ、と一花が背中を強く叩いた。

「夏合宿の前、さんざん話したじゃん。宅間先輩も彩香のこと意識してるって。信じなさい、信じる者は救われるって言うでしょ？ だってさ、宅間先輩は誰にでも優しいけど、彩香には特別優しいじゃん。自分でもそう思うでしょ？」

「でも、それは……」

お父さんが総理大臣とか、そんなの関係ないってと一花が肩をすくめた。

「中学三年でそこまで考えると思う？　彩香は可愛いし、性格もいい。それはうちが保証する」

「ありがとう」

どういたしまして、と一花が一礼した。

「いや、マジだって。小一からの付き合いだもん。性格悪かったら、とっくにバイバイしてる。彩香だったら、みんなも認めるよ。だいたい、自分が言い出した話でしょ？　何でいきなり腰が引けちゃうわけ？」

それは、と彩香は唇を嚙んだ。

「夏合宿で告白するって言ったけど……でも、断られたら恥《は》ずいじゃない。それに、スケジュール見たでしょ？　川島先生、マジメだからさ、東京へ戻るまでに五枚提出とか言ってるし、時間だってないし、二人きりになれるはずもないし……」

そこは任せなさい、と一花が自分の胸を叩いた。

「わたくし、神部一花が何とか致しましょう。彩香は絵なんか描かなくたっていいじゃん。家にスケッチが山のようにあるんだからさ」

止めてよ、と彩香は熱くなった頰に手を当てた。宅間のスケッチを描いているのは、一花と二人だけの秘密だ。

「いやあ、恋してますなあ」真っ赤ですけど、と一花が顔を指さした。「とにかく、覚悟だけ決めておけばそれでオッケー。大丈夫、シャイだから言えないだけで、宅間先輩も彩香のことを好きだから、心配しなくていいって」

そうかなあ、と海を見つめた。一花が言うように、自分への接し方は他の一、二年生へのものとは違う気がする。

でも、それは思い込みかもしれない。単なる後輩として見ているだけ、ということもあり得る。告って断られたら、帰りのフェリーから海へ飛び込むしかない。

おまえはカワイイのお、と一花が彩香を抱きしめた。

「よしよし、大丈夫大丈夫。ぜーんぶうちに任せなさい。大船に乗ったつもりで、どーんと構えてればいいの」

「泥舟じゃないの？」

そういうことを言うとバチが当たるぞ、と一花が脇腹をくすぐった。やり返していると、全員集合と美術教師の川島が手を叩いた。

彩香は一花と手を繋いで、デッキを駆け出した。海が太陽の光を反射して、美しく光っていた。

4

午後一時、大川豆島に着き、島の中心部の元屋町のホテルに入った。夕方まで周辺を散策し、それでその日は終わった。

長時間フェリーに乗っていたことで、誰もが疲れていた。一年生の武藤は、夕食の席で眠ってしまったほどだ。

翌日、八月二日は朝から天気が悪かった。前日とは打って変わり、厚い雲が空を覆っている。今にも雨が降り出しそうだ。

「台風が近づいているそうです」

ホテルの大食堂で朝食を食べ終えたところで、川島が言った。四十五歳で、やや小太りな体型だ。いつも笑顔でいるため、部員からはビッグマミーと呼ばれている。

「でも、今日は雨が降らないみたいだから、予定通り椿《つばき》トンネルで写生をします。いいですね？」

わかりました、と部員全員がうなずいた。七月末の週間予報で、台風が接近していることはわかっていたから、レインコートなど雨具は用意してある。

大川豆島を台風が直撃することはないと聞いていたし、雨足が強くなればホテルに戻ればいい。不安はなかった。

きっと降るぞ、と三年生の大沼がつぶやいた。

「まあ、別にいいけど」

同じ三年生の宅間とは違い、脂肪の塊のような体つきだ。常に冷笑を浮かべ、他の部員と距離を取っている。

相変わらずキモいよね、と一花が囁いた。絵を描くセンスとテクニックはあるが、彩香もほとんど話したことがないし、話したいと思ったこともなかった。

椿トンネルはホテルから一キロほど離れた観光名所で、本来椿は冬から春にかけて咲く花だが、大川豆島では品種改良されたウミツバキが八月終わりまで咲いている。街路を白い花のトンネルが覆っていることから、その名前で呼ばれていた。

全員が徒歩で椿トンネルへ向かった。風が強くなっていたが、日差しは柔らかく、過ごしやすい日だった。

午前十時からランチを挟み、夕方までそれぞれ思い思いの場所で絵を描いたが、三時過ぎにサイレンの音が聞こえた。救急車だ、と近くにいた武藤が言った。

「急病人かな……相澤さん、あそこを見てください。もう一台来ましたよ」

何だろうね、と彩香は椿トンネル近くの道路を走っている救急車を目で追った。大川豆島にはひとつだけ総合病院があると聞いていたが、救急車はそこへ向かっているようだ。

すぐにサイレンの音が聞こえなくなった。夕方まで絵を描き続け、五時過ぎに川島と美術部員全員、そして同行していた大和とホテルへ帰ると、フロント前のロビーで待っていた小杉誠子が、変な話を聞いたんです、と駆け寄ってきた。

「大川豆島総合病院で、患者がお医者さんを嚙んだと……」

まさか、と川島が小さく笑った。

「きっと動物病院の話ですよ。犬が獣医を嚙んだんです。患者がお医者さんを嚙むなんて、あり得ません」

わたしもそう思うんですけど、と小杉誠子が首を振った。川島がホテルの従業員に尋ねたが、詳しい話は知らないようだった。

部員たちはそれぞれの部屋に戻り、着替えてから大食堂で夕食を取った。島内で何が起きているのか、誰も気づいていなかった。

5

八月三日は朝から小雨が降っていた。

この季節、大川豆島の平均気温は三十度以上、三十五度に達することも珍しくないが、この日の最高気温は二十五度と予想されていた。

美術部員はそれぞれ雨具を用意していたが、着ている服が夏服だったため、彩香を含め、他の部員たちから、肌寒いという声が上がった。

予定では朝食を取った後、バスで八幡山へ向かい、風景画を描くことになっていたが、雨が上がるまで待ちましょう、と言ったのは川島だった。大川豆島へ来る前から風邪気味だった一年生の小杉加代を気遣ったためもあったのだろうが、SPの大和が腹痛を訴え、朝食前に大川豆島総合病院へ行ったことが待機を決めた理由だと彩香にはわかっていた。大和は責任感の強い男だ。自分が戻るまで出発を見合わせてほしい、と川島に言ったに違いない。

だが、美術部員の側から八幡山へ行きたいという声が相次いだ。今回の夏合宿でメインとなるのは、八幡山展望台からの風景を描くことだ。

生徒たちの希望を受け、川島が大和と連絡を取り、病院での診察が終わったら八幡山へ直接向かい、登山口のバス停で合流することになった。十一時過ぎ、雨が小降りになったため、予定より二時間遅れで八幡山へ向かうことが決まった。

天気予報では、この日の夜六時以降台風が島に最も接近する、とアナウンサーが注意喚起していたが、午後五時に八幡山を下り、バスでホテルに帰る予定だったので、天候を不安視する者はいなかった。五時前に風雨が強くなるようなら、川島の判断で下山することも全員が了解していた。

八幡山には奇石奇岩が数多くあり、過去の噴火で流れ出した溶岩が織り成す山肌は〝鬼の機織《はた》り〟と呼ばれ、観光客の多くが訪れる大川豆島最大の名所だ。展望台からは太平洋が一望でき、その美しさは比類ない、と言われている。

八幡山は島の最南端に位置し、島の中心地である元屋町からは約三〇キロ離れていたが、数台の循環バスが運行しており、彩香たちが泊まっているパラダイスホテルの前にも停留所がある。

循環バスに乗り込んだのは午前十一時半だった。この時、雨は止んでいた。

八幡山登山口に着くのは午後一時になります、とバスの後部座席に座っていた美術部員に川島が説明した。

「そこから展望台まで、一時間ほど登ることになります。下りる時間も同じぐらいだから、今日の写生時間は長くても三時間。これは必ず守ること。いいですね？」

ホテルから海沿いの道路を三十分ほど走ると、そこから山道に入った。それまでは舗装されていたため、乗り心地は東京のバスと変わらなかったが、山道ではタイヤが上下に跳ね、スピードが極端に落ちた。

八幡山は標高八一二メートルで、高いとは言えない。島内でも観光の目玉になっているため、登山道は整備されている。子供や老人でも、六〇〇メートル付近にある展望台まで簡単に登ることができるという。

八幡山登山口に着いたのは、ちょうど午後一時だった。他の観光客を含め、四十人ほどが降り、待っていた者たちが乗り込むと、バスがUターンして戻っていった。

「雨が降らないといいけど」

彩香は空を見上げた。八月の午後一時、太陽はほぼ真上にあるはずだが、空は夕暮れ時のように暗い。分厚い雲が太陽の光を遮っている。

大丈夫だって、と一花がリュックサックを背負い直した。

「彩香ってさ、そういうところあるよね。降ったら降ったでしょうがないじゃん。バス停に屋根付きの待合所があったでしょ？　雨が強くなったら下山して、あそこにいれば濡れることもないし」

「でも……」

二人はいつも一緒だな、と背後で声がした。振り向くと、笑みを浮かべた宅間が立っていた。

「君たちがどこにいるか、見なくてもわかる」何しろ喋《しゃべ》りっ放しだからね、と宅間が自分の耳に手を当てた。「よく話の種が尽きないなって、いつも感心してるんだ」

仲良きことは美しきかなです、と一花が胸を張った。

「もしかして、羨ましいんですか？　あたしたちと話したいなら、言ってください。いつでも仲間に入れてあげます」

止めなよ、と彩香は一花の袖を引いた。名コンビだな、と宅間が笑った。

「いいボケとツッコミだよ……でも、言う通りだ。たまにはぼくも入れてくれよ。二人のやり取りを聞いてるだけでも、笑えそうだ」

行きますよ、と川島が声をかけた。先頭は川島、最後尾には小杉誠子がつくことになっている。

最初の予定では、大和が先頭に立つことになっていたし、登山口で落ち合うはずだったが、大和の姿はなかった。連絡を取ろうと川島がスマホで電話をかけたが、圏外の表示が画面に浮かぶだけだった。

八幡山付近は電波状態が悪い、とホテルの従業員から聞いていた。先に登って、展望台で大和を待つと決めたのは川島だ。

最初の一〇〇メートルほどは丸太を繋げた道で、足場が悪かったが、それを越えると緩やかな上り坂になった。

地面には木の板が敷かれているため、登るというより歩いているのと同じだ。感覚としてはハイキングに近い。

夏休みシーズンだが、思っていたより人の数は少なかった。天気が悪いためだろう。

一時間ほどで、八幡山展望台休憩所に到着した。山の斜面を利用して建てた施設で、いくつもテーブルが並び、自動給湯器やジュースやハンバーガー、カップラーメンなどの自動販売機が設置されているので、お茶を飲んだり軽食を取ったりすることもできる。

空いていたテーブルに全員の荷物を置き、小杉誠子がそこで待つことになった。持参していた弁当で昼食を簡単に済ませ、それぞれがリュックサックから画材その他を取り出し、二時過ぎに休憩所の外に出た。いつ雨が降り出すかわからない、という思いが誰の胸にもあった。

簡易イーゼルの組み立てに手間取り、彩香は最後に休憩所を出た。出入り口の上部に設置されている液晶テレビから、病院の入院患者が逃げ出しましたというアナウンサーの声が聞こえたが、気にはならなかった。自分たちとは関係ない。

休憩所の周囲は柵で囲われ、安全対策が施されている。そこに十カ所の展望スポットがあった。

それぞれのスポットから何が見えるか、案内図に説明が記されている。八幡山は海に面しているが、暖流と寒流が交差しているため、東側と西側では海の色が違う。

特に人気があるのは、休憩所から直接海の上に延びているガラスブリッジだと書いてあった。そこに立つと、空中から海を見下ろすことができるという。

だが、彩香は8番スポットへ向かった。山と海が同時に見えるのはそこだけだ。せっかく来たのだから、どちらも描きたかった。

十カ所の展望スポットは、二、三〇メートル間隔で並んでいる。百人ほどの観光客が写真や動画を撮っていた。バエるわあ、という若い女性の声も聞こえた。

「晴れてたら、もっときれいだったろうな」

イーゼルを立てていた彩香に、声をかけたのは宅間だった。一五五センチの彩香より、一五センチ以上背が高いので、見上げる形になった。

「宅間さんは……ガラスブリッジに行かないんですか？」

声を絞り出すと、あんまり興味がないと宅間が言った。

「風景としてはきれいだと思うけど、何でだろう……描きたいとは思わない。どこを選んでもいいんだから、自分の好きな場所で描くよ」

「宅間さんはどうしてここに？」

海と山を同時に描きたかった、と宅間が正面に目を向けた。

「両方とも見たいし、両方とも描きたい。そう思ったんだ」

あたしもですと言いかけて、彩香は口を閉じた。合わせていると思われたくなかった。

水滴が頬に当たり、彩香は空に目を向けた。手のひらを上に向けた宅間が、雨じゃないと首を振った。

「海では雨が降ってるんじゃないか？　その滴《しずく》が風に乗って来ただけだ。もっとも、いつ降り出すかわからないのは本当だ。見てごらん、空が真っ暗だ。川島先生としては、すぐにでも山を下りたいんじゃないかな」

「安全第一って、何度も言ってましたね」

自然に話せているのが、自分でも信じられなかった。美術部の部活は週に二回で、美術教室に集まり、川島の指示で絵を描くだけだ。その間、部員同士が話すことはほとんどない。

部活が終われば、同じ学年の部員が集まり、ファストフード店に寄ってお喋りを楽しむことはあったが、学年が違うとそんな機会はめったにない。

同じ美術部員だから、宅間と話したことは何度かあった。ただ、どうしていいのかわからないまま、会話はいつも中途半端に終わっていた。

それなのに、今は当たり前のように話が繋がっている。何も考えていないのに、勝手に言葉が溢《あふ》れてくる。

「先生が下山するって言い出す前に、一枚ぐらい描いておかないとな」宅間が自分のイーゼルにスケッチブックを挟み込んだ。「ぼくはこの夏合宿が最後だからね」

うなずいて、彩香も絵筆を取った。海と山を描くつもりだったが、視線が宅間の方に向いてしまうのを、止めることができない。

大和さんはどうしたんだろう、と海に目をやっていた宅間が言った。

「まだ病院にいるのかな？　あの人の方が先に来てると思ってたんだけど……」

電話してみます、と彩香はスマホを取り出したが、圏外という表示が画面の左上にあった。ぼくもだ、と宅間が自分のスマホをジーンズのポケットに突っ込んだ。

「心配だよ。大和さん、顔が真っ青だったろ？　あの人、昨日の夜、生ガキばっかり食べてたからな。そりゃ食中毒にもなるよ。笑い事じゃなくて、あれは大変なんだ。上から下からいろんな物が出て……汚い話でゴメン」

大丈夫です、と彩香は微笑んだ。宅間の声をいつまでも聞いていたかった。

6

宅間くん、相澤さん、と呼びかける川島の声が聞こえたのは、それから一時間ほど経《た》った頃だった。

「ここにいたの？　ずいぶん探したのよ」早足で近づいてきた川島が膝に手を当てて、息を整えた。「他のみんなはガラスブリッジにいたけど、あなたたち二人だけどこにもいなくて……とにかく、すぐに休憩所に戻って」

どうしてです、と宅間が左右を見回した。

「雨は降ってませんよ？」

何か変なの、と川島が彩香の二の腕を摑んだ。

「十分ぐらい前、休憩所の照明が突然消えて……非常灯だけはついてるけど、テレビも自動販売機も動かないって、小杉さんのお母さんが言ってる。山を下りましょう」

休憩所へ戻る途中、登山道へ向かう観光客たちとすれ違った。誰もが不安そうな表情を浮かべている。

「照明が消えたっていうのは、ブレーカーが落ちたとか、そんなことじゃないですか？」

宅間が空中に張られている電線を指した。「休憩所へ直接送電されているみたいです。島全体が停電したわけじゃないでしょう。そんなに慌てなくても……」

小杉さんのお母さんが休憩所で待っていた時、と川島が顔を二人に向けた。

「周りの人たちの話が聞こえたって……元屋町の総合病院から、入院患者が脱走したみたい。詳しいことはわからないけど、その患者が医師や看護師を殺したらしいの」

「……殺した？」

宅間の問いに、確かな話じゃない、と川島が首を振った。

「でも、ラジオを持っていた人がいて、臨時ニュースを聞いたと……」

テレビでも入院患者が病院から逃げ出したって言ってました、と彩香はうなずいた。

「休憩所にあったテレビです。でも、お医者さんや看護師さんを殺したとか、そんなことは言ってなかったと思います」

待って、と川島が二人を手で制した。

「聞こえる？　サイレンの音が……」

強い風に乗って、かすかなサイレンの音が途切れ途切れに聞こえていた。パトカーや救急車ではない。そんな音が六〇〇メートルの高さまで届くはずもなかった。

何が起きてるんだろう、と宅間が眉間に皺《しわ》を寄せた。

「先生、病院と刑務所は違います。入院患者は自分の意思で病院を出ることができるはずです。脱走なんかしなくたって……」

「だから、詳しいことはわからないって言ってるでしょ！」

顔を強《こわ》ばらせた川島が、甲高い声で叫んだ。いつもと違う、と彩香は思った。

「少し前から、他の人たちは下山を始めている」何があったのかわからないけど、と川島が言った。「わたしたちも早く山を下りた方がいい」

休憩所のドアを押し開けると、端のテーブルに四人の美術部員、そして小杉誠子が座っていた。他には誰もいない。

「……どうなってるの？」

一花の隣に座ると、いつものあれだと思うよ、と囁きが返ってきた。

「マミー、心配性だからさ。気にし過ぎなんだよ。マジで病院から人殺しの患者が逃げ出したのかもしんないけど、だから何なのって。そりゃ怖いけど、元屋町の病院から八幡山まで来るわけないじゃん。三〇キロ離れてるんだよ？　まだ三時半だし、登山口まで下りてバスでホテルに帰ればいいだけのことでしょうに」

雨が、と彩香はガラス窓の外を指した。大粒の雨がガラスに当たって、大きな音を立てている。

うへ、と一花が少年のように肩をすくめた。

「いきなり降ってきたね。山の天気は変わりやすいっていうけど、ゲリラ豪雨みたい」

彩香はスマホを取り出した。大和と連絡を取ろうと思ったが、圏外という表示はそのままだ。

他の部員たちが窓に近づき、外を見ている。ぽつぽつと降り始めていた雨が、数分も経たないうちに叩きつけるような勢いになっていた。これでは動きが取れない。

「先生、どうしますか？」小杉誠子の低い声が聞こえた。「酷い雨です。今、登山道を下りるのは危ないと思いますが……」

腕時計に目をやった川島が、少し様子を見ましょうと言った。

「でも、なるべく早く下りないと……最終バスは六時です。それまでに登山口バス停に着いていないと、元屋町まで歩いて帰るしかありません。三〇キロ離れてますし、日が暮れたら真っ暗ですから、かえって危険です」

登山道に照明はありませんでした、と宅間が二人の前に立った。

「ぼくと大沼はともかく、真っ暗な中、一、二年生が歩いて下りるのは厳しいんじゃないですか？　それなら、この休憩所で朝を待った方がいいかもしれません」

もいいのでは？　この休憩所にいれば、濡れることもありません。トイレだってあるし

「怪我《けが》をしたら、山の中で立ち往生です。宅間さんが言ってるように、無理に下りなくて

滑って転ぶこともあり得ます、と彩香は宅間の横に並んだ。

……」

でも食べ物がない、と川島が首を振った。休憩所にはドリンクやフードの自動販売機が

あったが、電源が落ちているため、どちらも使えなくなっている。

水はありますよ、と宅間が外を指した。雨水を溜《た》めて飲めばいいという意味だ。

最悪の時はそれでもいいけど、と川島が苦笑した。

「ここには毛布もないし、寝るスペースこそあるけど、夜になったら冷えてくる。雨が止

んだら下りた方がいい。明るいうちなら、登山道を下りることもできる。人を殺した入院

患者が本当にいるなら、ホテルに戻った方が安全よ」

小杉誠子が大きくうなずいた。宅間も他の部員も、中学生に過ぎない。大人の指示に従

うしかなかった。

一時間ほど待っていると、雨の勢いが少し衰えた。雨雲が強風によって流されていった

のだろう。

川島と小杉誠子が相談し、下山すると決めたのは午後四時半だった。一時間あれば、八

幡山登山口バス停に戻れるはずだ。八人が休憩所を出たのは、その五分後だった。

7

登山道の勾配《こうばい》はなだらかで、下りだから楽なはずだと彩香は思っていたが、それは間違いだった。

雨のため靴が滑り、転ばないように一歩ずつゆっくり進むしかない。登りよりキツいと一花が荒い息を吐いたが、それは他の部員たちも同じだった。

幸い、登山道には手摺《てす》りがついていたので、それに摑まっていれば転倒することはない。雨も小降りになっている。雨が激しくなれば、休憩所へ戻るしかないが、このままなら無事に下山できるだろう。

ただ、そうは言っても雨は雨だ。レインコートを着ていても頭からつま先まで濡れていた。

自分の体が激しく震えていることに彩香が気づいたのは、山を下り始めてから三十分ほど経った頃だ。気温は二十度以上だが、風速一メートルで体感温度は一度下がる。

台風が接近しているため、強風が吹いていた。正確ではないが、風速一〇メートルを超えているだろう。

全員が軽装だ。八月、標高約八〇〇メートルの山に登るため、重装備をする者などいるはずもない。

部員たちはジーンズにポロシャツやサマーカーディガン姿で、薄いビニールのレインコートこそ着ていたが、強い風が容赦《ようしや》なく体温を奪っていく。八月にもかかわらず、冬のように寒かった。

振り返ると、後ろに続いている一花の顔が真っ青になっていた。自分も同じなのだろう、と彩香は思った。

午後五時五十分、ようやく八幡山登山口バス停に着いた。そこに屋根付きの待合所があり、雨を凌《しの》ぐことができたが、壁はない。吹きさらしの待合所で、八人は体を寄せ合うしかなかった。

「大丈夫、大丈夫」川島が全員の肩や背中を手で強くこすった。「すぐにバスが来る。あと十分待つだけだから」

彩香たちが下山するのを待っていたように、雨の勢いが強くなっていた。あと三十分遅かったら遭難していたかもしれない、と彩香はハンドタオルで顔や首筋を拭った。

空の雲は分厚く、太陽の光を遮っているが、日没までまだ三十分以上ある。暗くなり始めていたが、お互いの顔は見えた。後はバスが来るのを待つだけだ。

スマホの画面に目をやると、六時ちょうどになっていた。圏外でも時間の表示はある。

もうすぐよ、と川島が道路を見つめた。

「バスは遅れるからな」全員を励ますように、宅間が大声で言った。「しかもこの雨だ。十分、二十分遅れたって不思議じゃない。でも、必ず来る。ホテルに戻ったら風呂に入って、夕食だ。のんびり待っていればいい。焦ることなんかない」

電話が通じない、と一花が震える指でスマホの画面をスワイプした。

「彩香、どうなってるの？」

落ち着いて、と彩香は一花のポニーテールの髪にハンドタオルを押し当てた。

「宅間さんも言ってたでしょ？　バスは電車とは違う。時刻表通りには来ない。遅れることもしょっちゅうある。ここは東京じゃない。島なんだから、そんなの普通だよ。でも、待ってれば絶対来る」

雨が、と川島が空に視線を向けた。小降りだった雨が、気まぐれを起こしたように止んでいた。

着ていたTシャツやポロシャツを交替で脱ぎ、それを絞って体を拭いていると、三十分ほどが過ぎた。辺りが暗くなっていた。

日没だ、と宅間がつぶやいた。田舎のバスはオンボロ車、と歌い始めた一花が、続きは何だっけと強ばった笑みを浮かべた。

「しょうがないよね、あんなに酷い雨だったんだから、三十分や一時間遅れることだってあるよ」

何度も言うな、と大沼が薄い唇を動かした。不機嫌そうな声だった。

「いくら何でも遅過ぎないか？　もう六時半だぞ。バス停の時刻表には、元屋町行き18：00と書いてある。島だからって、こんなに遅れていいのか？」

怒るなよ、となだめるように宅間が言った。

「あるあるじゃないけど、田舎のバスは遅れがちってことだ。元屋町を出た後、山道が悪路だったのは覚えてるだろ？　雨でぬかるんだ道を、普段通りのスピードで走るわけにはいかない。遅れる時は遅れるさ。文句を言っても始まらない。待つしかないんだ」

大沼が顔を背け、重苦しい沈黙が辺りを包んだ。それから三十分経ち、七時になってもバスは来なかった。

「川島先生、どうしましょう」小杉誠子が娘の細い肩を抱きながら言った。「もしかしたら……バスが運行を止めたのかもしれません」

そんなことはないと思いますと川島が言ったが、自信はないようだった。台風が接近しているため、バス会社が運行を停止した可能性はある。

「……加代が熱を出しています」娘の額に手を当てた誠子が低い声で言った。「雨に濡れたせいでしょう。たいしたことはないと思いますが、やっぱり心配で……」

加代の額に手を当てた川島が、熱いですねと囁いた。よくあることなんです、と誠子が首を振った。

「この子はあまり体が強くないので……ただ、それは他の生徒たちも同じでしょう。みんなびしょ濡れですし、風が吹き続けていますから、体温も下がるはずです。ここではどうすることもできません。低体温症になったら、本当に危険です」

数年前まで誠子が病院の看護師として働いていたのは、彩香も聞いていた。ため息をついた川島に、歩いて戻ってはどうでしょう、と誠子が言った。

「元屋町まで三〇キロほどですが、途中に民家がありました。三、四キロ歩けば着くと思います。携帯電話は通じなくなっていますけど、家なら固定電話もあるでしょう。タクシーを呼ぶなり、ホテルの車で迎えに来てもらうこともできるはずです。子供たちも疲れています。でも、まだ歩けるでしょう。このままバスを待っていて、時間だけが経って疲れ切ってしまったら、動くこともできなくなります」

道は一本ですから、バスが来ればわかりますと最後に言った。どうなんでしょう、と川島が自分のスマホのライトを前に向けた。

「道路が酷くぬかるんでいます。来る途中に民家があったのは覚えてますけど、そこまで行けるかどうか……道には街灯もありません。真っ暗な中、子供たちが歩けると思いますか？」

ぼくと大沼は大丈夫です、と宅間が一歩前に出た。

「彩香ちゃんと一花ちゃんは？　歩けると思う？」

彩香は一花と顔を見合わせた。普通の道路なら、四、五キロの距離は一時間もあれば歩けるが、未舗装で泥だらけの道となると、話は違ってくる。

二十分ほど前、陽が沈んでいた。伸ばした手の先さえ見えないほど、辺りは暗くなっている。まだ七時を過ぎたばかりだが、感覚としては深夜に近かった。

強風が周囲の木々を揺らしている。うっすら見える枝が悪魔の腕のようだったが、怯えるほどのことではない。

「歩くだけなら、何とかなると思います。武藤くんは？」

尋ねた彩香に、みんなが一緒ならと武藤が答えた。全員の視線が集まったのは加代だった。

息は荒く、虚《うつ》ろな表情を浮かべている。一人では歩けないだろう。

この子はわたしが背負っていきます、と誠子がうなずいた。

「少し遅れるかもしれませんけど、そこは何とか……」

うちも歩いた方がいいと思う、と一花が立ち上がった。

「バスが来るかどうか、わかんないでしょ？　来なかったら、ひと晩中ここにいなきゃならない。また雨が降ってきたら、もっと寒くなるよ。それだったら、歩いて体を動かした方がいいんじゃない？　気も紛れるし、バスが来れば乗せてもらえばいいんだし……」

賛成、と彩香は手を挙げた。普段の倍の時間がかかったとしても、二時間あれば四キロは歩ける。

それに、民家はもっと近かった。四キロと誠子が言っているのは、アパートのような建物があった場所のことで、二キロほど先に四、五軒の民家が立ち並んでいたのを覚えていた。

武藤が自分のスマホのライトを道路に向けた。ゆっくり行けば大丈夫ですと宅間が言うと、わかった、と川島がうなずいた。

「とにかく、気をつけて。転んで怪我でもしたら、本当にどうにもならなくなる……順番を決めましょう。先生が先頭に立ちます。その後ろに一、二年生、加代ちゃんとお母さんは、その後に続いてください。宅間くんと大沼くんは一番後ろについて、誰かが遅れるようなら先生に教えて。いいわね？」

川島の指示に従い、全員がバス停の待合所を出たのは午後七時半だった。

8

思っていたより厳しい、と並んで歩いていた一花が言った。本当だ、と彩香は首を縦に振った。

バスが通っているぐらいだから、道幅はそれなりに広いが、山道で土の道路だ。雨がそれを泥に変え、一歩踏み出すだけでも、足に力を込めなければならなかった。

ソフトボール大の石があちこちに転がっているため、つまずいて転ばないように、スマホのライトで常に足元を照らす必要もある。両手でバランスを取ることができないので、歩き辛《づら》かった。

先頭を進んでいる川島が足で泥を踏み固めているが、しばらく進むとまた小雨が降り始め、足元がぬかるんできた。それでも進むしかない。

バスさえ来れば と前を見たが、ヘッドライトの光は見えなかった。台風のせいだと思ったが、どこか違和感があった。

今日、八人が八幡山展望台へ向かったことは、ホテルの従業員も知っている。この時間になっても帰ってこないのはおかしい、と誰もが考えるだろう。

携帯が圏外になっているから、連絡が取れないのはやむを得ないにしても、そうであるなら誰かが探しに来るはずだ。ホテルにはマイクロバスもあったし、運転手もいた。

現内閣総理大臣の娘がいることも、彼らは知っている。放っておけるはずもない。それなのに、どうして誰も捜索に来ないのか。

大和さんは何をしているんだろう、と彩香は首を傾《かし》げた。食中毒のため病院へ行ったが、動けないほどではなかった。少なくとも話はできるはずだ。

大川豆島には交番もある。当然、警察官もいる。中学生六人を含む八人が行方不明になっていれば、それが誰であっても探すのが警察官の義務だ。なぜ動こうとしないのか。

何もわからないまま歩き続けていると、ストップと川島がスマホを掲げた。歩き始めて、一時間半が経っていた。時刻は九時を回っている。

前方に明かりが見えた。非常灯のようだ。

近づくと、大きな平屋の民家があった。助かった、とその場にしゃがみ込んだ大沼を見てから、川島が腕時計をスマホのライトで照らした。

「九時ね……迷惑かもしれないけど、電話さえ貸してもらえれば、ホテルに連絡を取って迎えを呼べる。みんなは――」

先生、と一花が前を指した。玄関の前に黒い影があった。

全員が一斉にスマホを向けた。止めなさい、と川島が手を広げた。

「そんなことをしたら失礼でしょう。ここで待ってなさい、先生が話してきます」

玄関から一〇メートルほど離れたところに彩香たちを残し、すいません、と川島が声をかけた。

「こちらの家の方でしょうか？　わたしは東京の自修館中学校の教師で――」

黒い影がゆっくりと腰を上げた。川島が掲げたスマホのライトに照らされたのは、Tシャツを着た中年男だった。

顔を左右に振りながら歩み寄り、無言でいきなり川島の手首に嚙み付いた。凄まじい悲鳴を上げた川島が、左手で右手を押さえている。手首から先がなくなっていた。

中年男がゆっくりと両腕で川島の首を右に曲げていく。左手と血の迸る右腕で男の体を叩いていた川島の動きが、不意に止まった。

顔が背中の側に裏返っている。首の骨が折れたのが、彩香にもわかった。

小雨の降る中、男が川島の首に歯を当て、肉を食いちぎっている。彩香は目を閉じることができなかった。

ひと口肉を食《は》んでは、それを咀嚼《そしやく》し、呑み込む。男がその緩慢な動きを繰り返している。

逃げるぞ、と誠子に代わって加代を背負っていた宅間が囁いた。

「病院で人を殺して脱走した患者だろう。川島先生を助けることはできない。静かに動くんだ。ライトを消せ」

堪《こら》えきれなかったのか、大沼がその場で嘔吐した。固まったまま動けなくなっている武藤の手を握り、しっかり、と彩香は囁いた。

先頭を行く宅間の後に彩香と武藤、そして一花が続いた。誠子が大沼に肩を貸して立ち上がらせ、川島の肉を貪《むさぼ》り食っている男から離れていく。見ないで、と彩香は武藤の目を塞いだ。

玄関の非常灯が男の姿を照らしている。半袖のTシャツ、七分丈のズボン。どこにでもいる普通の男だ。それが人間を襲い、肉を食らい、血を啜《すす》っている。

一人だけライトを照らしていた宅間が、泥の道をしゃにむに進み続けている。ついていくのがやっとで、振り向くこともできない。怖くて、何も考えられなかった。

途中に数軒の民家があったが、どこも明かりが消えている。誰もいないのか、それともあの男に襲われたのか。

どれぐらい歩き続けたのか、それさえわからなくなっていた。宅間が足を止めたのは、一軒のマンションの前だった。

三階建てで、それほど大きくはない。正面の扉に、「中畑《なかはた》農機具㈱社員寮」というプレートがかかっている。

しばらく周囲の様子を窺《うかが》っていた宅間が、玄関のドアノブに手を掛けた。きしむような音を立てて、ドアが開いた。

ここに隠れよう、と宅間が囁いた。

「部屋の明かりは消えている。人の気配もない。何があったのかわからないけど、ここにいた人たちは逃げたんだろう。さっきの男が追ってくるかもしれない。ここに隠れて、やり過ごすんだ」

あいつがおれたちを探すかもしれない、と大沼が呻《うめ》いた。うなずいた宅間が上を指さした。

「三階へ上がろう。階段をバリケードで塞げば、あの男は上がれない。部屋に入って、鍵をロックし、窓も塞ぐ。警察があの男を捜しているのは間違いない。隠れていれば、必ず助けが来る」

宅間くんの言う通りよ、と誠子がうなずいた。先に行きます、と加代を背負った宅間が一階の通路の端にあった階段を上がっていった。

三階には廊下を挟んで左右に三つずつ、六つの部屋があった。宅間が右手前の部屋、大沼が左手前の部屋のドアノブを摑み、二人が同時にゆっくり回すと、宅間の側のドアが開いた。1LDKの部屋がそこにあった。

若い女性が住んでいたのだろう。インテリアやカーテンに女性らしさが残っている。

誰かいますか、と宅間が低い声で言った。返事はない。

開いたままのドアに近づいた大沼が、誰もいないと囁いた。中に入った宅間が、リビングの椅子に加代を座らせた。

「まず、階段を塞ごう。このテーブルや椅子を使う。他に何かないか？」

彩香は冷蔵庫を開いた。ミネラルウォーターの二リットル入りペットボトルが二本、そしてヨーグルトとチーズがあった。奥の寝室へ運んでくれ、と宅間が言った。

「電話はないか？」

ない、と辺りを見回していた大沼が舌打ちした。一人暮らしの若い女性で、固定電話を引いている者などいるはずもない。

「趣味はゴルフか」大沼が玄関脇にあった女性用のゴルフバッグを引きずってきた。「だけど、こいつは使える。あの男が押し入ってきたら、ぶん殴ってやればいい」

ドライバーを抜き取った大沼が、加代以外の五人にそれぞれクラブを渡した。護身用だ、と宅間が軽くクラブを振った。

「あの男はただの人殺しじゃない。川島先生の肉を食べていた……まともじゃないのは確かだ。みんな、気をつけろ。とにかく、まずは階段だ。大沼、手伝ってくれ。テーブルを外に運ぶ」

二人がテーブルの端を摑んで、ドアの外に出た。トイレかな、と一花がバスルームの横にある小さなドアを開けた。

何が起きたのか、彩香にはわからなかった。顔を真っ赤に染めた女が、一花の髪の毛を摑んで喉を食いちぎり、一瞬で壁が血に染まった。ふた嚙み目で一花の頭部が床に落ち、鈍い音を立てた。

彩香の悲鳴に、宅間と大沼が部屋に飛び込んできた。小刻みに頭、首、肩、腕を震わせながら、女が二人に顔を向けた。

持っていたアイアンを宅間が思い切り横に振ると、女のこめかみに当たった。顔の形が変わるほどの打撃だったが、痛みを感じていないのか、腕を伸ばしたまま近づいてくる。

もう一度アイアンを振り上げた宅間の顔を、女が長い爪で引っ掻いた。目を押さえた宅間が、その場に膝をついた。

女がまた体の向きを変えた。その先にいたのは、加代だった。かばおうとした誠子を突き飛ばした女が、加代の肩に嚙み付いた。

大沼が宅間に肩を貸し、隣の寝室に逃げ込んだ。彩香は自分のサンドウェッジを背後から女の後頭部に叩きつけた。骨に食い込む感触が手に伝わってくる。

倒れた女がすぐに体を起こし、振り返った。表情は全くない。目が白く濁っている。

誠子が泣き叫ぶ加代を抱いて、寝室に飛び込んだ。後頭部に刺さったサンドウェッジが椅子に引っ掛かり、女が仰向《あおむ》けに倒れた。

「こっちだ！」

宅間の叫び声に、彩香は寝室に頭から滑り込んだ。大沼がドアを叩きつけるようにして閉め、鍵をロックした。起き上がった女が肩からぶつかる音がしたが、ドアは開かなかった。

FEAR 3
蠢《うご》めく死人

1

八月四日、午後二時。アサルトスーツを着用し、ベレッタとマグナムリボルバーを専用のホルスターに差し込んだ藤河は、他の六人と共にエレベーターに乗り込んだ。スナイパーライフルは別に担当者が運んでいる。

屋上のヘリポートから大川豆島へ向かう、と梶原が言った。四〇キロ近い重量のバックパックが、肩に食い込んでいる。

「どこへ降りるつもりだ？」

八幡山展望台から二〇〇メートル下にある高台だ、と梶原が答えた。

「他に八幡山付近でヘリが着陸できる場所はない。相澤彩香の現在地は不明だが、昨日の昼に八幡山へ向かっている。引率の教師も、異変に気づいただろう。登山口バス停へ下りたと考えられるが、時間は不明だ。諸情報を総合すると、登山口にいたのは夕方以降、六時前後だった可能性が高い」その時点でバスの運行は停止していた、と梶原が先を続けた。

「従って、美術部員たちは徒歩で元屋町を目指したことになるが、約三〇キロの距離だ。相澤彩香は八幡山登山口から元屋町を結ぶバス通り付近の家屋に隠れている、というのが我々の想定だ。作戦の目的は少女の発見、保護、それだけだ」

難しいだろうと肩をすくめた藤河に、それが命令だと梶原が言った。

「到着予定時刻は一四三〇《ヒトヨンサンマル》。質問があるなら今のうちだ。バイターに咬まれてからじゃ遅い」

エレベーターを降り、短い階段を上がった。四〇キロの装備を背負っているため、一段上がるだけでも汗が滲《にじ》んだ。

待機していた大型ヘリコプターの操縦士が、サングラスに手を掛けた。開いたままになっていたドアを指した梶原が、先に乗れと命じた。

「ヘリでの飛行は、警察官より自分たちの方が慣れてる。多少揺れるが、酔う前に島に着く」

雨が強くなってる、と藤河は真っ暗な空を見上げた。

「風も強い。この天候で飛ぶのか？」

さっさと乗れ、と梶原が怒鳴った。裕子と掛川がヘリに乗り込み、その後に三人の自衛官が続いた。

ひとつだけ言っておく、と梶原が射るような視線を向けた。

「藤河巡査部長、ブラッド・セブンの指揮権は自衛隊にある。現場での指揮は自分が執る。総理の娘の捜索に警察官の力が必要なのは確かだが、指揮官は自分だ。それを忘れるな」

行け、と梶原が肩を押した。王様の命令は絶対とつぶやいて、藤河はヘリの後部スペースに腰を下ろした。

2

大粒の雨がヘリコプターの窓を叩いている。午後二時にもかかわらず、空は暗く、厚い雲が壁のようだ。

行ったり来たりだ、と振り返った梶原が大声で怒鳴った。

「昨日の真夜中、海自の艦で大川豆島へ向かい、バイター殲滅作戦に参加したが、突然中止命令が出た。総理大臣の娘を捜せ、と東京に呼び戻されたのは朝八時半だった。そっちはどうだ？」

似たようなもんだ、と藤河は前屈《まえかが》みになり、梶原に顔を近づけた。

「昨日の夜中、大川豆島で原因不明の伝染病が発生し、感染者が都内にもいる可能性があると緊急招集を受けた。部署も階級も関係ない。交通検問に加わり、不測の事態に備えろと命じられたが、朝九時に任務を解かれ、ブラッド・セブンに加われと……正直なところ、何がどうなっているのか、今もよくわかっていない」

ローター音で声がかき消されるため、大声を出さなければならない。ヘリが激しく上下動している。接近中の台風のため、風雨が激しくなっていた。

十分以内に到着します、と操縦士が合図した。何も見えません、と裕子が藤河の耳に形のいい唇を近づけた。

「この天候で着陸できるんですか？」

任せるしかない、と藤河は安全ベルトを確認した。警視庁地域部に所属する警視庁航空隊は十四機のヘリを運用しているが、SATの任務と関係ないため、数回しか乗ったことがない。

「警視庁航空隊より、自衛隊の方がヘリの扱いには慣れているだろう。無理なら帰投するだけのことだ」

ヘリが高度を下げている。島影が見えたのは二分後、八幡山に近づいているのが視認できたのは、更にその一分後だった。

大型ヘリなので、操縦支援士がついている。GPSで位置を確認し、方向を指示しているが、強い横風に煽《あお》られ、機体が大きく揺らいだ。

あれは何です、と掛川が窓の外を指した。八幡山近くの港で、大勢の作業員がプレハブ小屋を組み立てている。全員合羽《かっぱ》を着ていたが、その意味がないほど全身ずぶ濡れになっていた。

わからん、と藤河は首を振った。大川豆島に大小六つの港があるのは、事前に確認済みだ。

最も大きいのは元屋港で、他は漁船等小型船舶が主に使用する。掛川が指さしたのは八幡港だった。

「何を作ってるんだ?」

梶原の肩を叩くと、ヴィジットルームだと返事があった。

「ヴィジットルーム? それは何だ?」

「感染者及び感染の疑いがある者を隔離するための施設だ」八幡港だけじゃない、と言ってから梶原が大きな音を立てて鼻をすすった。「元屋港では、数百のヴィジットルームを仮設している。他の港も同じだ」

「何のためだ?」

バイターウイルスに感染した者が、即バイターになるわけじゃない、と梶原が言った。

「仮に十人の感染者がいたとしよう。まだ確実とは言えないがいずれかの時点で、彼らは昏睡期に入る。バイター化を防ぐには、昏睡期にラザロワクチンを打つしかないが、一人はショック死する。平時なら許されんが、今は非常時だ。その判断については、自分に聞くな。自分だって、何が正しいかわかっていない」

続けてくれ、と藤河は促した。残りの九人は昏睡期から覚め、ラザロワクチンの効果があった六人は人間として生還する、と梶原が言った。

「だが、残りの三人は死ぬ。ここからが厄介なところで、その三人も蘇生するんだ。そして平均一、二時間、人としての意識を保ち、感情を持ち、会話もできる。その後もう一度死に、次はバイター化する。問題なのは、一度蘇った時点では人間だってことだ。家族、恋人、友人、誰だって最後に話しておきたいことがあるだろう。ヴィジットルームはそのための施設だ。単純に言えば面会室だな」

「面会室……」

許可された者はヴィジットルーム内で感染者に会える、と梶原が言った。

「警察官なら、刑務所の面会室に入ったことがあるはずだ。構造は同じだと聞いてる。分厚いアクリル板で隔てられているが、顔を見ることもできるし、マイクやスピーカーで話すことも可能だ。もうひとつ、感染が疑われる者を隔離するためにも使われると聞いた。感染研の医師たちも、バイターウイルスにはまだ不明な点が多いと認めている。感染経路だってよくわかっていない。初期症状はマラリアと酷似している。無自覚、無症状のままウイルス保菌者となり、感染を広めている可能性だってあるんだ。疑わしいと思われる者はヴィジットルームに隔離するが、本来の目的は最後の面会のためだ」

三分以内に到着します、と操縦士が指を三本立てた。面会を終え、二度目の蘇生後、バイターになるわけだな、と藤河は顔をしかめた。当然そうなる、と梶原がうなずいた。

「バイター化してしまえば、どうにもならん。手の施しようもないし、ウイルスを撒き散らすだけの危険な存在となる。だから、ヴィジットルーム内で処分する」

「処分？」

感染者の体は椅子に固定されている、と梶原が座っていた座席の背に両手を回した。

「詳しいことはわからんが、デススイッチと呼ばれるボタンがあると聞いた。面会者がそのボタンを押せば、ヴィジットルーム内に設置されている拳銃から発射された弾丸が、椅子に固定されたバイターの頭部を撃ち抜く。一種の安楽死だな。脳死状態の人間の延命措置停止と同じと考えた方がいいかもしれん。デススイッチを押せるのは、家族や近親者だけだ。医師だろうが何だろうが、殺す権利はない。理屈はわかるな？」

「家族に……殺させるのか？」

「汚い仕事を自衛隊に押し付けられても困る。他にどうしろって言うんだ？　おれたちは処刑人じゃないんだぞ」

「生命維持装置のスイッチを切るのは家族の役目ってことか」

そうだとうなずいた梶原が、ヘリの窓外を指さした。杉林が見えている。

操縦士がレバーを動かして、左へ旋回した。そこに直径五〇メートルほどの平地があった。

「着陸します」

操縦支援士の声と共にヘリコプターが降下を始め、地面にスキッドが着いた。梶原がドアを大きく開け、装備品の入っているバックパックを放り投げた。

「後に続け。全員、頭を下げろ。面体着用の上、装備品の搬出を急げ」

友部三尉の指示で、ヘリ後部に置かれていたバックパックをリレーの要領でドアから外へ出した。姿勢を低くしたまま、梶原が周囲にライフルを向けている。

藤河、裕子、掛川の順でヘリを降り、それに松崎三尉が続いた。最終確認を終えた安野が地面に降りると、ローターの回転が速くなり、ヘリが飛び立っていった。

「こっちだ」

面体内のスピーカーから梶原の声が聞こえた。激しい風雨の中、藤河はバックパックを引きずって、杉林に飛び込んだ。

裕子と掛川が後ろに続いている。林の中に入ると、雨と風を避けることができた。

ここから登山口まで下りる、と梶原が胸ポケットの地図を取り出した。全員タブレットを所持しているが、ネットの接続がないため使用不能だ。故障が起こり得るデジタル機器より、このような場合はアナログな地図の方が実用的だった。

「約四〇〇メートルだが、三十分もかからんだろう。今、一四二八《ヒトヨンフタハチ》だから、一四五〇《ヒトヨンゴマル》には登山口バス停に着ける。日没は一八四三《ヒトハチヨンサン》、四時間近くある。その間に総理の娘を発見、保護して戻る。任務は以上だ」

それはいいが、と藤河は地図を指さした。

「八幡山登山口バス停まで、自修館中学美術部員が下りたのは昨日の夕方だ。諸情報からの推定だが、午後六時前後と考えていい。そして、相澤彩香を含め、教師、部員、保護者、SPは発見されていない」

「だから？」

君から話せ、と藤河に促された裕子が前に出た。

「非公式にですが、わたしは亡くなられた総理夫人の警護を担当していました。女性同士ということもあり、他の警備関係者より親しかったと思っています。夫人が亡くなられた後も、彩香さんとは何度か会っています」

だから何だ、と梶原が鋭い目を向けた。あの子のことはよく知っています、と裕子が言った。

「中学二年生ですが、父親は総理大臣、母親は元外務省キャリアでしたから、精神年齢はもっと高いでしょう。頭も良く、判断力も備わっています」

結論を言え、と梶原が苛立《いらだ》った声を上げた。登山口バス停から元屋町までは約三〇キロ、と裕子が地図を指した。

「彼女たちが昨日の午後六時前後に下山したのは確実と思われますが、ホテルには戻っていません。異変に気づき、どこかに隠れて救助を待っていると考えるべきです」

「そんなことはわかってる。捜索し、発見すればいいだけの話だ」

簡単ではありません、と裕子が梶原たちを見つめた。

「三〇キロは短い距離と言えません。地図にも載ってますが、その間には民家、アパート、マンション、農家、ホテル、民宿、雑貨店、食料品店などもあります。バス通りの両サイドは林で、そこを進んでいるのかもしれません。七人で捜せると思いますか？」

登山口バス停まで下りるのは早い方がいい、と藤河はバックパックを背負った。

「可能であれば、日没までに少女を発見したい。だが、何しろ三〇キロだ。闇雲に捜索しても、見つかるはずがない。少女も含め、美術部員、教師、保護者、ＳＰの計九人がどこにいるか、今のうちに検討しておく必要があるんじゃないか」

おっしゃる通りだとうなずいた梶原に、装備の点検が完了しました、と安野と友部が報告した。

「あんたは相澤彩香について詳しいようだ。性格もわかってるってことだな？」

そのつもりです、と裕子がうなずいた。状況を整理した上で、彼女がどこに隠れているか考えておけ、と梶原が命じた。

「まずは下山だ。バイターが八幡山まで来ているとは思えないが、何があるかわからん。自分の身は自分で護れ。自分たちは警察官のお守《も》りじゃない」

右手にライフル、左の肩にショットガンを提《さ》げた梶原が林を出た。その後に続き、藤河は空を見上げた。雨の勢いが強くなっていた。

3

緊急召集を受け、総理官邸に集まっていたのは、防衛省、厚生労働省、国土交通省、外務省の国務大臣、警察庁、警視庁、自衛隊の幹部、加えて都内の大学病院その他医師によるチーム、そして国家公安委員会、国家安全保障局、内閣情報調査室、更に内閣官房の関係者、トータル五十人だった。

十一時半に始まった会議は、二時間半を経過しても、終わる気配がなかった。議事進行を務めているのは、官房長官の那須田貞春《なすださだはる》だ。腕を組んだまま、内閣総理大臣相澤統一郎は報告に耳を傾けていた。

今朝十時半、都内でバイターウイルス感染者が発見された。三十代の男性で、七月三十日から妻と二人の子供を連れて大川豆島へ行き、島内観光を楽しんでいたが、八月二日、ホテル近くを散歩中に転倒して負傷、大川豆島総合病院で治療を受けている。その際、出現したバイターと接触したことがわかっている。

翌三日、帰りのフェリーの中で意識を失い、東京の自宅に戻ってからバイター化した後、自分の子供を殺し、その肉を食っているところを、妻からの通報を受けた警察官によって射殺された。

現在、妻は隔離されているが、バイターウイルスに感染した可能性が高い、と厚生労働省の加賀美《かがみ》大臣がしかめ面で報告を続けた。

「その後の調査により、八月一日から三日昼までに、大川豆島から東京都あるいは他県へ戻った観光客が約五百名、ビジネス目的、その他港湾関係者等が同数以上いることが確認されています。追跡調査ですが……」

総理、と囁く声に顔を向けた相澤に、首相補佐官の井間枝が頭を深く下げた。

「お嬢様はまだ見つかっておりません。また、警視庁から派遣されている警備部のSP、大和大幸の遺体が大川豆島総合病院で発見されました。頭部、手足をバイターに食われ、ほとんど原形を留めていなかったため、確認が遅れていましたが、先ほどDNA鑑定の結果が出たことで――」

「では、誰が彩香を護っている？」

自修館中学の美術教師で、川島という四十代の女性ですと井間枝が答えた。話にならん、と相澤は吐き捨てた。

　那須田に指名されて立ち上がった初老の男が、感染症研究所の若林《わかばやし》ですと名乗り、レーザーポインターで大型スクリーンを指した。

「以下、現段階での確定報告、そして推定を述べます。まず、バイターウイルスについてですが、空気感染の可能性はないと思われます。バイターウイルスは狂犬病ウイルスの亜種と考えられますが、二年前の新型コロナウイルスと比較すると、接触による感染力は低いようです。ソーシャルディスタンスは三〇センチ、もしくはそれ以下です。しかし、感染した場合の危険度は新型コロナウイルスどころか、レベル4以上というのが我々の結論です」

　感染経路について具体的な説明をと促した那須田に、濃厚な接触です、と若林がスクリーンの上部にレーザーポインターを当てた。

「バイターと手が触れた、足を踏んだ、それぐらいでは感染しません。はっきりしているのは、咬まれた時です。バイターの口腔内には無数の傷があり、そこから常に出血しています。その血液が被害者の傷口から体内に入れば、確実に感染します。爪、その他により、出血を伴う傷を受けた際にも、感染の可能性が高いと考えられます。体液についても同様です。従って、バイター捕獲に関しては、防護服の着用が絶対条件となります。防護服の上から咬まれても、傷にならなければ感染しません」

「他に留意点はありますか？」

那須田の言葉遣いは丁寧だが、感情が籠もらないという特徴がある。視力低下が確認されています、と若林がスクリーンの写真を指さした。

「一メートル前の物も見えていないようです。逆に、嗅覚と聴覚は異常なまでに高くなっています。犬以上と考えて構いません」歩行速度は遅く、一般人の半分程度ですと若林が言った。「時速二キロ足らずですから、最も有効なバイター対策は、発見したら走って逃げるという、非常に簡単なものになります。ただし、半径五〇センチ以内に捕食対象がいる場合、条件反射的に攻撃します。瞬間的に異常なスピードで動きますので、防御は困難でしょう。加えて、筋力、特に腕力の増大が認められます」

そんなことがあり得ますか、と那須田が口元をすぼめた。いつもの癖だが、七十五歳という年齢より更に老けて見えた。

人間の行動は脳がコントロールしています、と若林がこめかみに指を当てた。

「理論上、人間の筋力は両腕で五〇〇キロの重量を持ち上げることが可能ですが、オリンピックのウエイトリフティングの世界記録は二六三キロで、能力の約半分しか発揮していません。これは脳内リミッター機能によるもので、五〇〇キロの重量を持ち上げれば、腕、肩、肘、背中、腰、足等の筋繊維が断裂し、再起不能となりかねません。ですから、持てる能力をフルに発揮することを脳がストップします」

もう少しわかりやすい説明を求めます、と那須田が低い声で言った。バイターの脳はリミッターが外れた状態にあります、と若林が早口で言った。

「彼らは自分の腕が折れても、厚さ二センチの鋼鉄板を割りかねません。腕力、筋力の増大というより、痛みを感じないため、限界以上の力を行使できると言った方が正しいでしょう」

他に何かありますかと質問した那須田に、バイターには集団行動を取る傾向があります、と若林が答えた。

「集団で行動し、獲物を狩るのは、狼の本能です。また、学習能力もあります。例えば仲間が銃で撃たれると、その情報が伝播《でんぱ》し〝銃＝危険〟とグループ内で認識が共有されます」

コミュニケーション能力があるということでしょうか、と那須田がまた口元をすぼめた。そこは不明です、と若林が額の汗を拭った。

「現時点でわかっているのは、銃を持った者を避けて行動し、集団で襲った事例が報告されているということだけです。最後に、バイターは不眠不休で行動します。腕がちぎれ、足を失っても、彼らは前進を止めません。欲しているのは人間の血、そして肉です」

バイターウイルスによる汚染拡大を防ぐ方策について意見は、と那須田が左右に目をやった。

殺処分以外ありません、と児玉防衛大臣が口を開いた。

「バイター化した者を人間に戻すのは不可能です。大川豆島へ出動した陸自部隊がバイターを捕獲し、ラザロワクチンを投与しましたが、効果は認められませんでした。バイターウイルスは狂犬病ウイルスの亜種で、特徴も酷似しています。水を嫌い、血液以外の水分を欲しません。放置しておけば、汚染が拡大するばかりです。対策本部分科会の意見に基づき、バイターは害獣と見なすと閣議決定しています。表現はともかく、殺処分しても法的な問題はありません。また、その方が彼らのためだと確信しています」

「若林教授によれば、バイターを殺すのは困難だと……」

二つ方法があります、と児玉が指を二本立てた。

「ひとつは脳の破壊です。正確には、脳幹機能の停止ということになります。バイターが死んでいながら動き回り、人間を襲うのは、バイターウイルスの働きにより、脳幹機能が生きているためです。銃弾その他によって脳幹を破壊し、運動神経路を遮断すれば、バイターは活動を停止し、本物の死体となります。もうひとつは焼却です。どのような形であれ、全身を燃やしてしまえばただの灰となり、危険な存在とは言えなくなるでしょう」

医師チームの意見は、と那須田が視線を向けた。東光《とうこう》大学脳外科部長の岡部《おかべ》です、と背の低い男が立ち上がった。髪が銀色に光っている。

「既に報告済みですが、バイターウイルスに感染すると、最大十二時間の潜伏期間を経て昏睡期に入ります」その間にこれを、と岡部が小さなガラス瓶を掲げた。「杏杜大付属病院の医師、看護師等十人、また大川豆島で発見された昏睡期の患者約三十人にラザロワクチンを投与したところ、六〇パーセントの確率でバイター化を防ぐことが可能だと実証されています。ただし、予防、あるいはバイター化した者への効果はありません」

「今後、どうするべきだと?」

バイターウイルス感染者の隔離、昏睡期におけるラザロワクチンの投与、と岡部が言った。

「バイターウイルスの正体、感染力、その他については現在も不明な点が多い、というのが率直な私の意見です。先ほど、接触による感染力は低いと感染研の若林教授がおっしゃっていましたが、バイターの攻撃力は高く、他の感染症と比較して危険度は大きいと考えています。最悪の場合、アウトブレイクも起こり得るでしょう」

アウトブレイク、と相澤は左右に視線を向けた。詳しい説明を、と那須田が言った。

「バイターウイルスはリスクグループ4のエボラウイルス、マールブルグウイルス、天然痘ウイルスを超える、レベル5の危険度があります」史上最悪の伝染病と言えるかもしれません、と岡部がため息をついた。「アウトブレイクとは比較的狭い地域、例えば東京都、あるいは日本という国家単位で流行する伝染病を指します。更に深刻化するとパンデミック、つまり世界的な伝染に移行するでしょう。過去、人類がレベル5の伝染病に遭遇した例はありません。その脅威は想像することすらできません」

集まっていた五十人の男たちが、顔を強ばらせた。地球上に生き残るのはバイターだけ、ということにもなりかねません、と岡部が肩をすくめた。

「今なら、アウトブレイクも パンデミックも防げます。まずバイターウイルスに感染した者を警察、自衛隊が捕獲、隔離し、昏睡期に入った時点で専門の医師チームがラザロワクチンを投与します。説明が重複しますが、一割はワクチン投与の段階でショック死しますし、三割はラザロワクチンの効力がないまま、バイター化しますが、これで六〇パーセントの感染者はバイター化を免《まぬが》れます。隔離していれば、殺処分、あるいは焼却処分も容易です。今、この時点で決断するべきだ、と我々は考えています」

その場にいた全員が相澤に視線を向けた。決断とは、と那須田が口を開いた。

「何を決断するべきだと?」

バイターウイルスの発生源である大川豆島におけるバイター捜索です、と岡部が答えた。

「加えて、八月一日以降今日四日まで、本土と大川豆島を行き来した人間の完全な追跡調査が絶対条件となります。観光客について言えば約五百人、その九割以上がフェリーで島に渡っていますし、乗船名簿も残っています。決して困難とは言えないと……」

大川豆島の封鎖は完了しているが、島の住民が東京その他に入ったという情報もある、と永倉警視総監が机を叩いた。

「簡単に言うが、ビジネス関係者を含めれば千人、島の住民はそれ以上だろう。家族や濃厚接触者を含めれば、その十倍、百倍いてもおかしくない。しかも、バイター化する前に他人にうつしている恐れもある。現在、閣僚会議の決定で島内に隔離用のヴィジットルームを作っているが、警視庁にもマンパワーの限界がある。首都東京を守るために、一体どうすればいいと――」

対策を協議するように、と那須田が指示した。医師チームと警察の責任者が意見を交わしている様子を横目で見ながら、井間枝、と相澤は名前を呼んだ。

「……派遣したブラッド・セブンから、何か連絡は？」

彼らは大川豆島に到着しました、と井間枝が囁いた。

「捜索活動を開始した、と連絡が入っています。もうひとつ、島に上陸した自衛隊及び警視庁の合同救出部隊から、混乱が激化していると報告がありました。彼らは事態の沈静化を図ると同時に、ヴィジットルームを島内六つの港に建て、バイターウイルスに感染した疑いのある者を隔離する見通しですが、台風の影響で資材の搬入が困難になっているのが現状です」

あの連中は感染力が低いと言っていた、と相澤は医師チームに顔を向けた。

「彩香の捜索に全力を尽くせ、とブラッド・セブンに伝えろ。ウイルスに感染さえしていなければ、何の問題もない」

おっしゃる通りです、と井間枝がうなずいた。もうすぐ三時だ、と相澤は左手首のロレックスに目をやった。

「今夜中に彩香を発見、保護するように。状況の如何《いかん》にかかわらず、優先順位はトップだ。わかったな」

頭を下げた井間枝が会議室を出て行った。相澤は無言のまま、目をつぶった。

4

藤河たち七人が八幡山登山口バス停に着いたのは、午後二時五十分だった。予定通りだ、とバス停の待合所に梶原が足を向けた。

「全員、小休止。各員、装備の点検」

大丈夫か、と藤河は囁いた。顔色を真っ青にした掛川が、医療キットのカバーを開いている。

「何とか……ただ、僕には向いていないようです。結局、医者は医者に過ぎません。希望して捜査一課へ異動しましたが、間違いでした」

そんなことはない、と待合所のベンチに藤河は腰を下ろした。マラソンのように、八幡山を駆け下りている。刑事でも音《ね》を上げる者の方が多いだろう。

暗いですね、と掛川がつぶやいた。酷い雨だ、と藤河は空を見上げた。

待合所には大きな屋根がついているので、濡れることはないが、屋根を叩く雨の音が爆竹のようだった。八月四日、晴天なら午後三時は日差しが眩しいはずだが、今日に限っては冬の夕方のように薄暗い。

大川豆島を直撃こそしていないが、回り込むように台風が北へ進んでいる。分厚い雲が太陽の光を遮っていた。

藤河巡査部長、と梶原が声をかけた。

「相談がある。全員の意見を聞いていたら、陽が暮れる」

装備の点検をしている他の五人から離れ、待合所の端にある小さなテーブルに向かい合って座った。梶原の巨体から、強い圧が発されている。

「まず言っておく。全体の指揮は自分が執るが、警視庁隊の意見はそれなりに聞くつもりがある」

地図を開いた梶原に、意外だな、と藤河は言った。

「こっちのことは考えていないと思ってた」

考えてはいない、と無表情のまま梶原が地図を指した。

「ただ、使えるとは思ってる。自分たち自衛官は、災害時の人命探索こそ行なうが、行方不明者の捜索には不慣れだ。そこはそっちの専門だろう。使えるものは何でも使うのが、自分の主義でな。こういう場合、警察はどうやって行方不明者の捜索を行なう？」

藤河は小さく肩をすくめた。梶原のような男は、警視庁にも多い。迷子捜しではなく、逃亡犯の捜索だと藤河はボールペンで地図にチェックを入れた。

「これがバス通りだ。元屋町まで三〇キロあるが、迷うような道じゃない」

一本道だからな、と梶原が煙草をくわえた。ただし、と藤河は小さな丸をいくつか書いた。

「この地図は精密だが、縮尺は五百分の一だ。地図上でもこれだけ脇道がある。実際には、こんなものじゃ済まないだろう」

煙草に火をつけた梶原が深く吸い込むと、それだけで半分ほどが灰になった。異常な肺活量だ。

「警察では、犯人が逃走した場合、そのルートを推測する。総理の娘たちは逃亡犯じゃないが、状況的には同じだ。教師と警視庁のSP、それに生徒の母親が同行していたというから、部員の中学生たちはその指示に従っただろう。高い確率で、彼女たちはバイターと遭遇している」

「根拠は？」

無事が確認されていないからだ、と藤河は言った。

「彼女たちは昨日、三日の夕方六時前後、このバス停付近にいたと考えられる。日没は六時半過ぎ、七時には真っ暗だっただろう。島内の電力供給は停止してるし、そもそも街灯がない。大人が三人、中学生が六人だ。暗い夜道を進むのは、時間がかかっただろう。それでも時速三キロで進めば、十時間で元屋町に着く」

今朝の五時か、と梶原がグローブで煙草をもみ消した。計算上はそうなる、と藤河はうなずいた。

「だが、元屋町で保護されたという報告はない。つまり、彼女たちは元屋町に着いていないんだ。バス通りのどこかでバイターと遭遇し、逃げた、あるいは隠れた。どちらにせよ、足止めされたと考えるべきだろう。犠牲者が出た可能性もある。誰がバイターに食われたか、それはわからないが、生き残った者は逃げるしかない。その後どうしたと思う?」

どこかに隠れただろうな、と新しい煙草に梶原が火をつけた。

「建物か、林か、そのどちらかだ。だが、どこから襲われるかわからない林の中に逃げ込むのは、誰にとっても怖かったはずだ。しかも、大雨が降っていた。屋根のある民家に隠れたに決まってる」

おれも同じ意見だ、と藤河は地図を指した。

「約二キロ先に、民家が数軒ある。農家のようだ。そこに隠れて、救助を待っている……第一候補はそこだ」

そうならいいが、と梶原が煙を吐いた。

「お前はまだバイターを見ていないな? ヘリの中でも言ったが、今日の早朝、バイター殲滅作戦が決行され、自分も狙撃手として加わった。奴らを見ているし、撃ち殺してもいる」

何が言いたい、と藤河は顔を上げた。死人を殺すのは妙な気分だった、と梶原が薄笑いを浮かべた。

「通常、自衛隊が使用する銃弾は貫通性の高いフルメタルジャケット弾だが、今回はパーシャルジャケット弾を使った。違いがわかるか？」

「パーシャルジャケット弾は、弾丸先端がメタルに覆われていない」藤河は肩に提げていたAK-18の銃身に触れた。「そのため、命中すると弾頭が変容し、破壊力が増大する。SATも射撃訓練をしている。羆《ひぐま》や大型獣を狩る際に使用する弾丸と聞いた」

正解だ、とくわえ煙草のまま梶原が手を叩いた。

「軍用ライフルで使用が許可されているのはフルメタルジャケット弾で、パーシャルジャケット弾はハーグ条約により、戦闘時の使用を禁止されている。今回は害獣処理という名目があったから、使用許可が下りた。肩に当たれば腕がちぎれ、腹に当たれば内臓が飛び散る。人間を撃ったのは初めてだが、フルメタルジャケット弾がオモチャにしか思えない威力だ」

「それで？」

だが、バイターには通用しなかった、と梶原が肩をすくめた。

「女のバイターがいてな……そいつの腹を撃ったんだ。上半身と下半身が真っ二つに裂けたが、それでも前進を止めなかった。意味がわかるか？　上半身だけになっても、あの女は生きていたんだ。肝は据わっている方だが、あれには驚いた」

想像したくない、と藤河は目を逸らした。バイターが欲しているのは人間の血と肉だ、と梶原が大きく口を開けて煙を吐いた。

「女子供は格好の標的になる。見つかったら逃げられん。民家に隠れているのかもしれないが、バイターは音や匂いに敏感だ。見つかって餌食《えじき》になっていてもおかしくない」

「総理の娘は……もう死んでいると？」

言いたくはないが、と梶原が地図をアサルトスーツのポケットに押し込んだ。

「自分たちの任務は、少女の死体の回収ってことになるんだろう。だが、それは言っても始まらん。まずはご意見通り、民家を目指そう。たかが二キロだ。急げば二十分で着く」

時間、一四五八《ヒトヨンゴハチ》、と時計に目をやった梶原が、全員聞け、と大声で言った。

「二分後、捜索目的地点の農家に向かう。行程二キロ、到着予定時刻一五二〇《ヒトゴフタマル》。全員、面体装着のこと。今後、バイターを発見した場合、発砲を許可する。奴らの弱点は頭だ。頭部を狙え」

バイターは自衛隊に任せる、と藤河は立ち上がった。

「警視庁隊は相澤彩香、そして自修館中学美術部員、同行している教師、保護者の捜索と保護に専念する。無事を確認したら、八幡山中腹の高台へ戻り、救援のヘリを待つ」

もしバイターに襲われたら、と裕子が右手を挙げた。迷わず撃て、と藤河は言った。

5

鈍い音が断続的に聞こえている。女バイターが寝室のドアを叩く音だ。

室内にあったドレッサーと、クローゼットに入っていたスーツケースでドアを塞いでいる。正面の壁の間に挟み込んでいるので、数センチ隙間があるが、それ以上大きく開くことはなかった。

少し前、女バイターがその隙間に指を突っ込んできたが、宅間が体ごとドアにぶつかると、指先がちぎれた。その後はドアを叩くだけで、僅かにだが音も小さくなっている。

ドアはスチール製で、造りは頑丈だ。バイターの力が異常に強いのはわかっていたが、ぶち破ることはできないだろう。

どうかしてる、と大沼が吐き捨てた。

「おれたちを殺して食うつもりなら、工具でも何でも使って、ドアごと外せばいいんだ。どうしてそうしない？」

どうかしてるからだ、と宅間がこめかみに指を当てた。汗が頰を伝っている。

「見ただろ？　あれは人間じゃない。頭が正常に働いていないんだ。工具を使うとか、ドアを外すとか、そんなことは考えられないんだろう」

ゾンビか、と大沼が囁いた。たぶんな、と答えた宅間が壁に背中をつけた。

大丈夫ですか、と彩香はペットボトルを渡した。

「顔色が……水を飲んでください。少しだけでも休んだ方がいいと思います。ドアはあたしが見てますから――」

高熱を発している加代を除き、彩香、宅間、大沼、武藤、そして誠子が交替で見張りに立っている。だが、宅間が一睡もしていないのを彩香は知っていた。

誠子は娘の加代のことで頭が一杯で、他の部員に気を回す余裕がない。最上級生の自分が彩香たちを守らなければならない、と宅間は考えているのだろう。

どうするつもりだ、と大沼が狭い部屋の中を熊のように回り始めた。

「いつまでもここにいたって、助からないぞ。女ゾンビの仲間がやってくるかもしれない。窓はベッドで塞いでいるけど、あんなもの何の役にも立たない。ガラスが破られたら、それで終わりだ。女ゾンビは馬鹿だから、窓側に回ることなんて考えつかないだろうけど、このままじゃどうしようもない」

ここは安全だ、と宅間が目を閉じた。

「三階だから、飛び降りるのは無理だけど、ゾンビも上がってくることはできない。川島先生を殺したあれが女ゾンビの仲間なのは確かだし、他にもいるんだろう。病院から脱走した患者っていうのが、ゾンビだったのかもしれない。だけど、警察や自衛隊、消防だって異変に気づいている。必ず救助が来る」

自信満々だな、と大沼が壁を蹴った。

「畜生、いつまでドアを叩いてるつもりだ？　音を聞いてるだけで苛つく。おちおち寝てもいられない。水もないし、食い物だって……」

落ち着けと宅間が言ったが、大沼の声の方が大きかった。

「窓からベランダに出て、外へ逃げよう。シーツでも何でも使って、ロープを作ればいい。今なら逃げられる。女ゾンビの仲間が押し寄せてきたら、どうにもならないぞ」

ぼくたちは降りることができる、と宅間が目を開いた。

「だけど、彩香ちゃんや武藤は？　誠子おばさんに加代ちゃんを任せて、ぼくたちだけ逃げる？　そんなこと、できるはずないだろ」

前から思ってた、と大沼が足を止めた。

「お前はいつも優等生だよな。リーダー気取りか？　今回の夏合宿は自由参加で、部長の遠山《とおやま》も来ていない。三年生はおれとお前だけで、上も下もないんだぞ。何でお前に指図されなきゃならない？」

指図なんかしてない、と宅間が荒い息を吐いた。

「あの女ゾンビに、この部屋のドアを破ることはできない。他のゾンビも来ていない。そうだろ？　ここは安全なんだ。外に出て、危険に身を晒《さら》す必要はない」

あたしもそう思います、と彩香は右手を挙げた。

「ゾンビが出てくるアメリカのテレビドラマがありますよね？　ゾンビは空を飛べません。この部屋にいる限り、襲われることはないと――」

それはドラマの話だろう、と大沼が顔を横に向けた。

「あの女ゾンビはリアルだ。現実にいるんだよ！　今はいいさ。ドアをいくら叩いたって、壊れることはない。だけど十人、二十人、もっと多くのゾンビがこのマンションに集まってきたらどうなる？」

「それは……」

階段に置いたテーブルなんてバリケードにならない、と大沼が怒鳴った。

「階段を塞ぐことはできなかったし、壊すのも簡単だ。何人ものゾンビがぶつかってきたら、ドアだって破られる。奴らがこの部屋に入ってくる前に、逃げた方がいいって言ってるんだ。どうしてわからない？」

きしむような音に、彩香は振り返った。スーツケースの側面が曲がり、ドレッサーとの間に空間ができている。

顔を上げると、一〇センチほど開いたドアの隙間から、女ゾンビの手が覗いていた。立ち上がった宅間がドアを思いきり蹴ると、手首の骨が折れる鈍い音がした。

「クローゼットにあった服を持ってきてくれ」ドアを押さえたまま、宅間が叫んだ。「ドレッサーとスーツケースの間に押し込むんだ。大沼、手を貸せ。ドアを押さえろ」

彩香はクローゼットに飛び込み、ハンガーごと服を取り出し、それをドレッサーとスーツケースの間に挟み込んだ。それでいい、と宅間がその場に座り込んだ。

ドアを叩く音が続いていたが、今までより間隔が空いている。折れた右腕が使えなくなったためだろう。

寒い、という声に振り向くと、毛布にくるまったまま誠子に抱かれていた加代が、全身を激しく震わせていた。加代、と誠子がその背中を強くさすった。

「熱が……病院に連れていかないと……」

立ち上がろうとした誠子の腕を、武藤が摑んだ。駄目です、と彩香は叫んだ。

「誠子おばさん、ドアの外にはあの女ゾンビがいます。襲われたら加代ちゃんが……一花みたいに――」

「武藤、薬を探せ」宅間がドレッサーを指さした。「引き出しに何か入っているかもしれない。クローゼットの中もだ。頭痛薬か風邪薬があれば、熱を下げることができる。急げ」

うなずいた武藤が、ドレッサーの引き出しを順に開いていった。その間も、ドアを叩く弱々しい音が続いていた。

6

道はぬかるみと化していた。アサルトスーツを含め、装備の総重量は一人六〇キロ以上、そしてアーミーブーツには特殊鋼板が入っている。一歩進むだけでも息が切れたが、前に進むしかない。

先頭に立っているのは梶原だ。その後ろに松崎香澄、掛川が続き、藤河は四番目だった。振り返ると、裕子が苦しそうに呼吸をしていた。友部と安野が最後尾につき、周囲にライフルの銃口を向けている。

雨と風が激しくなっていた。辛うじて周りは見えたが、午後三時なのに、夕暮れのようだ。

空を分厚い雲が覆っている。闇の進軍か、と藤河は苦笑した。

「一キロ地点通過」面体のスピーカーから、梶原の声が聞こえた。「目的地まで約一キロ。注意して進め。バイターが現れたら、躊躇《ちゅうちょ》せず撃て」

バイターなら撃つが、と藤河は腰のホルスターに触れた。

「一般人がいたらどうする？」

任務には含まれていない、と梶原が言った。放置するのか、と藤河は足を止めた。

「おれたちの任務は相澤総理の娘の発見、救出と保護だ。そのためにこの島に送り込まれた。だが、総理の娘と一緒にいる教師や中学生も救出するべきだ。総理の娘だけを助けたとわかれば、警察、自衛隊、それどころか政府や総理自身も世論の袋叩きに遭うぞ」

救出しないとは言ってない、と梶原が振り向いた。

「状況による。ブラッド・セブンの指揮官は自分で、現場での判断は一任されている。命令には従え」

雨の中、全員が立ち止まった。AK-18を構えたまま、友部と安野が藤河を見つめている。

従うさ、と藤河は両手を挙げた。

「総理の娘の救出が最優先で、教師や他の生徒はそれに準ずる。それはいいが、他の一般人はどうするつもりだ？」

これだけは言っておく、と梶原が首を振った。

「もうきれいごとでは済まない。自分たちの任務は相澤彩香の発見と保護、それだけだ。その妨げになる者は、誰であっても排除する。必要と判断すれば、射殺することもあり得る。その決定は自分がする。安心しろ、責任は自分が取る」

話は以上だ、と口を閉じた梶原が歩き出した。五〇〇メートルほど進んだところで、前方二〇〇メートルに人影あり、と前に出た安野が叫んだ。

散開、と梶原が右手を挙げると、道路の両側に自衛隊員が並び、銃を構えた。

警視庁隊は下がってろと命じた梶原が、暗視機能が備わっているスコープ越しに前方を見つめた。激しい雨の中で、黒い影がうずくまっている。

あれは、と裕子が指さした。影が何かを食べている。人間の腕だ。

そのまま待機、と命じた梶原が黒い影に歩み寄った。臆する様子はない。

五〇メートルまで近づいたところで、黒い影が顔を上げた。中年の男だ。両眼が白濁化している。

AK-18を構えた梶原が、そのまま引き金を引いた。発射音と同時に中年男の頭が消え、そのまま、体だけが前のめりにゆっくりと倒れた。

来い、と梶原が手を振った。

「問題ない、確実に死んでる」

安野を先頭に、全員が頭のないバイターに近づいた。アーミーブーツで梶原が蹴ると、男の体の下に人体のパーツが転がっていた。

顔の右側、そして頭部を食いちぎられていたのは女だった。骨だけになった腕、内臓がはみ出している腹部、そして両足。

道路に落ちていたリュックサックを拾い上げた香澄が、中に手を入れた。出てきたのは輪ゴムでまとめられた十本ほどの絵筆だった。

K・Kとイニシャルがあります、と香澄が絵筆を差し出した。

「自修館中学美術部教師の名前は……川島久美子です」

先生が食われたのか、と梶原が肩をすくめた。

「ここで女教師はバイターと遭遇した。移動距離は約一・五キロ、女教師は中学生六人を引率していた。進むスピードは遅かったはずだ。この辺りまで来たのは九時前後だろう。彼女はバイターの存在を知らなかった。助けを求めようと近づき、襲われ、そして食われた。酷いな、これは……地獄の方がましだ」

「一緒にいた中学生たちはどこへ？」

香澄の問いに、わかれば苦労しない、と梶原が乾いた笑い声を上げた。

「だが、周囲に他の死体はない。バイターが女教師を食っている間に逃げたんだろう。腹を空かせた肉食動物は、殺した獲物を食うことしか頭にない。バイターが女教師を食っている横を通ったとしても、気づかれなかっただろうな」

見ろ、と梶原が前方を指した。一〇〇メートルほど離れた場所に、平屋の民家が建っていた。

「自分なら、あそこへ逃げ込む。壁も屋根もあるし、隠れるにはもってこいだ」

そうでしょうか、と裕子が首を傾げた。

「わたしが中学生だったら、先生が殺されたことでパニックを起こしたでしょう。あの民家は近過ぎます。恐怖に怯えた中学生なら、できるだけ遠くへ逃げようと考えたのでは?」

そうだとしても、あの民家を調べなきゃならん、と梶原が腕を組んだ。

「注意しろ、他のバイターがいるかもしれん。くどいようだが、バイターは人間じゃない。奴らは死人だ。殺しても罪にはならん。危険を感じたら、容赦なく撃て」

梶原と友部が前に出た。藤河は裕子と掛川と共にその後ろに続き、背後を安野と香澄が固めた。

離れるな、と指示した梶原が民家の玄関に回った。ドアノブに手を掛けたが、鍵がかかっていて開かない。

「ずいぶんでかい家だな……友部、安野、庭から中の様子を調べろ」

民家を囲っている板塀を乗り越えた二人が、玄関脇の通路を通って庭に向かっていく。

カーテンが引かれています、という友部の声が面体のスピーカーから聞こえた。

「中は見えません。平屋の一軒家です。奥に同じ造りの民家が四軒あります」

戻れ、と命じた梶原がドアにAK-18の台尻を叩きつけた。何度か繰り返していると、ドアノブが壊れた。

ドアノブを蹴った梶原が、隙間から手を突っ込み、ロックを外した。チェーンが掛かっていたが、力ずくで引っ張ると、ドアが大きく開いた。

「援護」

土足で上がり込んだ梶原の背後で、香澄がベレッタを構えた。戻ってきた安野と友部が、周囲にライフルを向けている。梶原の手にはマグナムが握られていた。

「誰かいるか？」

返事はなかった。いるのは確かだ、と藤河は囁いた。

「中からチェーンが掛かっていた。隠れているんだろう」

わかってる、と低い声で言った梶原が左右に目をやった。右は台所、左はリビングだ。

安野と友部がアイコンタクトを交わし、ライフルを構えたまま台所へ向かった。その時、リビングから中年の女がよろめくような足取りで出てきた。かすかに唇が震えている。

梶原が引き金を引いた。腰が砕けたように女がその場に崩れ、仰向けに倒れた。

「なぜ撃った？」藤河は梶原の腕を摑んだ。「目を見なかったのか？　白濁化していない。バイターじゃなく、人間だった。それなのに……」

さっきの男の女房だろう、と梶原が女の顔に目を向けた。

「自分たちはこの任務に命を懸けている。一パーセントでも危険があれば、迷わず排除する。どうしろって言うんだ？　あなたはバイターですかと聞いてから撃てと？　咬まれてからじゃ遅い。目玉なんか見てる余裕はない」

「しかし――」

バイターではなかったかもしれん、と梶原が台所から戻ってきた友部に視線を向けた。

「だが、感染者の可能性は高い。あの男と接触していたとすれば、バイター化していなくても、間違いなくキャリアだ。甘いことを言ってると、次はお前がバイターになるぞ」

各員、全部屋を捜索、と梶原が命じた。

「バイターが潜んでいたら、確実に殺せ。中学生たちがいる可能性もある。その時はまず総理の娘を保護、他の者については別途考える。急げ」

梶原と安野が廊下の奥へ進んだ。友部が裕子と掛川を連れて、浴室へ向かった。

梶原二尉はブラッド・セブンの指揮官です、と残っていた香澄が囁いた。面体の左側についているスイッチを切り替えることで、特定の者と会話することができる。

「指揮に従うように、と命令が出ています」

一般人を殺せという命令は受けていない、と藤河は首を振った。梶原二尉は陸自の中で最も優秀な狙撃手ですが、と香澄が顔を伏せた。

「問題行動が多いのも事実です。譴責《けんせき》処分は十回以上、停職、そして降任処分を受けたこともあります。懲戒免職になっていないのは、狙撃手としての能力が高いためで、他に理由はありません」

どういうつもりなんだ、と藤河は足元に転がっている女の死体に目をやった。

「梶原はこの女性がバイターではないとわかっていた。それなのに、躊躇することなく撃ち殺した。どんなに凶悪な殺人犯が相手でも、警察官にとって射殺は最後の手段だ。拳銃使用制限のためじゃない。人間だからだ。あの男は違う。殺すのを楽しんでいた」

それはあなたの主観です、と香澄が顔を背けた。

「梶原二尉は危険だと判断し、やむを得ず撃ったとわたしは信じています」

本気か、と藤河は面体に手をやった。幼さの残る唇を結んだ香澄が、信じていますと繰り返した。

「少なくとも、これだけは言えます。わたしたち自衛官にはこの国を守り、全国民の安全を守る義務と責任があります。梶原二尉に問題行動が多いのは事実ですが、今回の任務について、他に適任者はいません」

そう願いたい、と藤河はうなずいた。

「日本人の多くが、自衛隊を信頼し、感謝している。だが、これは……」

誰もいない、と大きな足音を立てて梶原が戻ってきた。気をつけて、と唇だけを動かした香澄が離れていった。

「そっちはどうだ?」

声をかけた梶原に、何もありません、と友部が浴室から出てきた。こっちもです、と他の部屋を確認していた裕子と掛川が報告する声が、面体のスピーカーから聞こえた。

現在地はここだ、と面体を外した梶原が地図を取り出した。

「この家の前で、女教師はバイターに襲われ、殺された。中学生たちは逃げるしかない。

目指したのは元屋町だ。島で何が起きているのか、彼らはわかっていない。元屋町に戻れば安全だと考えただろう」

三〇キロ近く離れてる、と藤河は地図を指で押さえた。

「昨夜も風雨は激しかった。島内の電源はシャットダウン状態にある。中学生の母親が一緒にいたというが、三〇キロをひと晩で歩き通せるはずがない」

だろうな、と梶原が藤河の肩を強く叩いた。

「ここから逃げ出し、別の場所で隠れている。朝になるまでは動けない。一体、どこにいるのか……」

約三キロ先に民宿、その近くに農機具会社の寮がある、と藤河は指先をずらした。臭うな、と梶原がうなずいた。

「全員、聞け。感染経路は不明だが、この付近にバイターがいたのは間違いない。このまま進めば、バイターの数が増えるだろう。油断するな」

日没まで約三時間、と藤河は時計を見た。それまでに発見するのは難しい、と目をつぶった。

ここから先へ進めば、待っているのは地獄だ。だが、退却は許されない。

生きているにせよ、死んでいるにせよ、相澤総理の娘を発見しない限り、救助のヘリは来ない。

おれたちは使い捨ての駒らしいとつぶやいた藤河に、最初からそうだ、と梶原がうなずいた。

FEAR 4

生者と死者

1

国会議事堂本館三階の第一委員会室に、与党民自党をはじめ、野党第一党国民友愛会《こくみんゆうあいかい》、共進党《きょうしんとう》、その他各党から五十名の衆参両院議員が集まっていた。彼らが見ているのは、それぞれの席に設置されていたパソコンのモニターだ。

映っていたのは病室で、カメラの位置は固定されている。港区の聖望《せいぼう》総合病院の防犯カメラ画像、と事前に説明があった。

画像はかなり粗いが、病室が個室であること、窓側にベッドがあり、そこに四十代半ばの男性が横たわっていることがわかった。議員たちは全員、片方の耳にイヤホンをつけており、そこから音声が流れていた。

わからないんです、とベッドの横にいた白衣を着た若い男が小声で言った。胸のプレートに角田《かくた》と名前があった。

「クランケの近藤守《こんどうまもる》さんが緊急搬送されてきたのは、昨日の夕方です。正確には八月三日、午後四時二十二分」

それで、ともう一人の背の高い男が続きを促した。年齢は五十歳前後だろう。角田と同じように主任教授・飯塚《いいづか》と胸ポケットにプレートがある。

「一週間前から昨日の昼まで、大学の同級生と大川豆島へ観光に行っていましたが、帰りのフェリーの中で気分が悪いと訴え、竹芝桟橋からうちの病院へ運ばれてきました」角田がカルテをめくった。「悪寒と頭痛、発熱が主な症状で、視力低下が認められます。近藤さんには診察している僕の姿も見えていなかったようです」

それで、と飯塚が繰り返した。診察室で吐血し、そのまま意識を失いました、と角田が言った。

「体温が三十三度まで下がり、血圧は測定不能、原因は不明です。僕では対処できないので、熊倉《くまくら》内科室長に連絡しました。それが午後六時過ぎで、その後容体は落ち着いていたんです」

聞いている、と飯塚がカルテを手に取った。今朝になって近藤さんの呼吸停止が確認されました、と角田が口の辺りを手で拭った。

「心停止、脳波もフラットです。いったい何があったのか……飯塚教授に来ていただいたのは、そのためです」

よくわからない、と飯塚が腕を組んだ。

「死亡したのは今朝六時四十分とカルテにある。原因は不明……看護師は何と言ってる？誰も見ていなかったのか？」

ベッドの頭側に立っていた二人の女性看護師が、揃って首を振った。角田くん、と飯塚が囁いた。

「今朝、新宿慶葉《しんじゆくけいよう》病院の豊元《とよもと》教授から連絡があった。一昨日、八月二日、杏杜大付属病院で、マラリアに罹患したと思われる患者が死亡したが、その数時間後に蘇生し、看護師を襲ったと話していた」

何の話ですと首を捻った角田に、続きがある、と飯塚が尖った鼻の頭を掻いた。

「今朝十時半頃、都内で三十代の男性が自分の子供を殺し、その肉を食べるという事件が起きている。駆けつけた警察官も襲われ、やむを得ずその男性を射殺したそうだ。その二人……いや、このクランケも含め、共通点がある」

「何です？」

大川豆島にいたことだ、と飯塚がベッドに目を向けた。

「豊元教授は大川豆島総合病院に連絡を取ろうとしたが、電話が繋がらないと言っていた。警察にも情報が入っているようだが、ニュースにはなっていない。たまたまだが、豊元教授の奥さんがテレビ局に勤めていてね。どうやら箝口令《かんこうれい》が敷かれているようだ。警察ではなく、政府によるものだという。一体何が――」

悲鳴が上がった。二人の医師が振り向くと、女性看護師が後ずさっていた。ベッドの上で、男が上半身を起こしている。

押さえろ、と叫んだ飯塚の腕に男が嚙み付いた。血しぶきが飛び、角田の顔が真っ赤に染まった。意味不明の叫びを上げ、二人の女性看護師が這うようにしてドアに向かっている。

飯塚と近藤の間に入った角田の頭に、男が歯を立てた。粗いモニターの画像越しに、肉がちぎれた頭部の、赤黒い血の中に、白い頭蓋骨が見える。

腕を押さえた飯塚が、その場に尻餅をついた。腰が抜けたようだ。

男が意識を失った角田の頭部に二本の指を突っ込み、薄赤色の脳髄を引きずり出した。くちゃくちゃ、という咀嚼音がイヤホンを通じてはっきり聞こえる。

一時停止した画面が切り替わり、モニターに相澤総理が映し出された。今の映像はCGや特殊効果によるものではない、と相澤が口を開いた。

「合成やフェイクニュースでもない。今から約三時間前、午後一時に撮影されたもので、私自身、三十分ほど前に見たばかりだ。ただし、それ以前にも都内で死者が蘇る事例が起きている」衆参両院議員全員に緊急召集をかけたのはそのためだ、と相澤が額の汗を拭った。「事態解決に向け、党派を超えた与野党一致の協力態勢が必要と考えている。東京というレベルではない。日本、あるいは世界が危機に瀕《ひん》しているといっても過言ではない。重ねて言うが、理解と協力をお願いする」

いったい何が、という声が五十名の議員たちの口から一斉に漏れた。他の委員会室にも数十人ずつ衆参両院議員が入っている、と相澤が言った。

「国会は立法の府で、衆参両院議員に万一のことがあれば、日本の機能は停止する。党、会派、思想信条、哲学、宗教、その他を含め、我々にはそれぞれ主義主張がある。意見が違っても、我々は議論を通じ、相互理解に努めてきた。それが健全な民主主義のあるべき姿だろう。だが、これは未曽有の非常事態だ。与野党すべてが足並みを揃えなければ、この国難を乗り切ることはできない。今から那須田官房長官が具体的な状況を説明するが、その後、全議員は国会議事堂衆議院第一別館地下一階、第二国会本会議場に入ってもらいたい。我々の安全を確保した上で、対処について検討したい」

僅かに頭を下げた相澤が席を立った。入れ替わるように那須田が席に着き、大川豆島の現状を説明します、と低い声で話し始めた。

2

午後四時、風雨が勢いを増していた。これじゃ台風と同じだ、という梶原の声が面体内のスピーカーから聞こえた。

向かい風のため、飛んでくる木の葉や枯れ枝が当たり、乾いた音を立てている。歩きにくい、と藤河は面体の前をグローブで拭った。

装備が重い上に、足元がぬかるんでいる。SATでは悪天候下での訓練も積んでいたが、ここまで酷い状況は経験したことがなかった。

自分はまだいい、と振り向いた。足を引きずるようにして、裕子と掛川が続いている。

SATは東京、大阪、北海道その他五つの県に設置されている特殊部隊だ。所属は警備部だが、実態は異なる。SATそのものが、独立したひとつの部署と言っていい。

その任務は重大事件発生時、人命、施設等の安全を確保しつつ、敵を鎮圧し、事態を収拾することで、銃器使用も許可されている。日本の警察の中では異色の組織だ。

藤河は警視庁警備部からSATに配属され、立川《たちかわ》市にある機動隊総合訓練所で厳しい研修を受けていた。所属している制圧一部では、対テロリスト急襲制圧第一班の班長として、突入の指揮を執った経験もある。体力面では、自衛隊レンジャー隊員にも引けを取らないという自信があった。

だが、警備部SPとしての実績こそあるものの、裕子が体力的に男性に劣るのは否めない。掛川に至っては、法医から刑事に転じた経歴からもわかるが、ついてくるだけで精一杯だろう。

ブラッド・セブンの指揮官は自衛官の梶原であり、それに異論はなかった。任務の性格上、自衛官が指揮を執るしかない。ただ、梶原の人間性が気になっていた。

自衛隊と警察は組織の形も違うし、役割も異なる。そのため、互いに敵視する関係ではない。任務が重ならないからこそ、関係は良好だ。

だが、同じ舟に乗るとなれば話は違ってくる。危険な状況だと判断すれば、梶原が真っ先に切り捨てるのは三人の警察官だろう。裕子と掛川を守らなければならないという意識が、藤河の足を重くしていた。

ストップ、と梶原の声がした。足を止めた藤河に、裕子と掛川が近づいてきた。

「どうした？　何があった？」

前方二〇〇メートルに人影あり、と二〇〇メートルほど先行していた梶原が、暗視スコープに目を当てたまま冷静な声で言った。

「バイターか？」

確認中、という声が聞こえた。面体越しに前を透かし見ると、安野を従えた梶原が前に進んでいる。

何も見えませんと面体に手を掛けた掛川に、外すな、と藤河は命じた。

「どこにバイターがいるかわからない。面体を装着していないと危険だ」

息苦しくてと苦笑した掛川に、落ち着け、と藤河はアサルトスーツの僅かな隙間から首筋を拭った。雨のために、首回りが水を被《かぶ》ったように濡れている。

「浜井、何か見えるか？」

いえ、とだけ裕子が答えた。銃声が鳴ったのは、その時だった。

「バイター二体を発見、射殺した」問題ない、と梶原が大声で叫んだ。「来い、お前たちも見ておいた方がいい」

裕子と掛川を促して、藤河は前進した。背後から友部と香澄の足音が聞こえている。

ここだ、と面体を外した梶原が手を振った。近づくと、足元に男と女の死体が転がっていた。どちらも額に穴が開き、そこからひと筋の血が流れている。

本当にバイターか、と藤河も面体を外した。雨と風が顔に当たったが、呼吸は楽になった。

グローブをはめた手を伸ばした梶原が、男の死体の瞼《まぶた》を開いた。白く濁った眼球が見えた。

「ドクターならわかるだろう。生きている人間の頭部を撃ったら、出血はこんなもんじゃ済まない。顔は血だらけになるし、周りに血溜まりができる。だが、こいつはそうじゃない」

梶原二尉の言う通りです、と面体をつけたまま掛川がうなずいた。

「前頭部を銃弾が貫通すれば、血管のダメージが大きく、大量に出血します。ひと筋だけ血が垂れるというのは、常識では考えられません」

この二体だけか、と藤河は辺りを見回した。わからん、と梶原が口をへの字に曲げた。

「いきなり林の中から現れた。人間じゃないのは、すぐわかった。歩き方が変だし、この雨の中、傘もささずに出歩く奴がいるはずもない」

島民ですね、と香澄が言った。二体の死体を探っていた安野と友部が、何も持っていませんと報告した。

観光客じゃない、と梶原がライフルを肩に担いだ。

「軽装だし、日焼けしている。身分を証明する物を持っていないのは、島民の証拠だ。狭い島だから、免許証を持ち歩く習慣がないんだろう」

島の中心部の元屋町まで二五キロ以上ある、と藤河は道の先に目を向けた。

「バイターの歩行速度は人間の半分以下だ。単純計算で時速二キロ。元屋町から歩いてここまで来たとすれば、十二時間以上かかったはずだ。移動時間が早過ぎないか？」

それは違います、と掛川が首を振った。

「バイターウイルスが体内に侵入してから発症後、最大二十時間で潜伏期に入りますが、それまでは体調不良であっても人間として行動できます。車の運転だってできたでしょう。元屋町でバイターと接触し、感染に気づかないまま、この付近にある自宅へ車、徒歩、その他の手段で戻り、その後バイター化したと考えれば、移動時間が短くても不思議ではありません」

医者には勝てない、と藤河は苦笑いを浮かべた。

「この二人は自宅に戻った後、バイターになった。そういうことだな？　だとすれば、ますます危険だ。元屋町に近づくにつれ、このバス通りには民家が多くなる。そこに住んでいた者が全員バイター化していたらどうなる？」

百体じゃ済まんだろうな、と梶原が言った。

「途中には大きなリゾートホテルもあったし、民宿やコテージ、別荘、民家に至っては数知れない。島民、観光客、宿泊客、働いている者まで含めれば、千体単位でバイターがいるかもしれん」

全員が沈黙した。梶原の推定通りだとすれば、元屋町へ着くまでに、千体のバイターと戦わなければならないことになる。そして、元屋町が絶対に安全とは言い切れない。

また、千体のバイターがどこにいるのかも不明だ。家の中ならともかく、目の前に転がっている二体のバイターは外に出ていた。他のバイターはどうなのか。

予想していたより状況は悪い、と梶原が吐き捨てるように言った。

「バイターが現れるのは、元屋町周辺一〇キロ付近と想定していた。約一五キロ先だ」バス通りの両側は林が続いている、と梶原が左右を指さした。「バイターがどこから現れるか、予測すらできん。晴天ならともかく、午後四時でこの暗さだ。これ以上風雨が強くなれば、ろくに前も見えなくなる。今は自分が先にこいつらを発見したから、狙撃も容易だったが、いきなり目の前に飛び出してきたら……どうにもならん」

元屋町まで行く必要はないのでは、と安野が口を開いた。

「我々の任務は相澤彩香さんの保護です。昨夜六時以降、消息を絶っていますが、無事でいるとすれば、どこかに隠れていると考えるべきでしょう。彼女たちは元屋町へ戻ろうとしたと思われますが、中学生は中学生です。教師がバイターに食われているのを見たら、恐怖心の方が勝り、前へ進むことなどできなかったでしょう。自分はこの付近の民家、施設等に隠れていると思います」

林の中ということはあり得ませんか、と裕子が質問した。ゼロとは言えん、と梶原が分厚い唇をすぼめた。

「中学生たちには、動く物すべてがバイターに見えたはずだ。民家内に誰がいても、バイターの可能性があるから、助けを求めることはできない。それなら、林へ逃げた方が安全だと判断したかもしれん」

島の七割以上が森林だ、と藤河は言った。

「どこへ繋がっているのかもわからないし、恐怖でパニックに陥った中学生が、奥へ奥へと進んでいったら、捜索はできない」

警視庁はそんなものか、と馬鹿にしたように笑った梶原に、中学生たちが元屋町を目指したのは間違いない、と藤河は首を振った。

「先生がバイターに襲われたら、おれだって怯えて逃げ出しただろう。それでも、元屋町へ向かうしかない。島内で最も安全な場所は元屋町だと、彼らは信じているからな。問題はそのルートだ。バス通りを進んだか、林に入って迂回《うかい》を試みたか……」

お前の意見は、と梶原が煙草をくわえた。おれが中学生なら、と藤河は空を指した。

「この雨と風だ。朝になるまで建物に隠れようと考えるだろう。ただ、民家であれ施設であれ、入るためにはドアを開ける必要がある。だが、鍵が道に落ちてるわけがない。窓ガラスを割ったのか……」

少し先に民宿がある、と煙草に火をつけた梶原が煙を吐いた。

「まずはそこへ向かう。自分たちは中学生じゃない。ドアなんか壊せばいい。そこを拠点にして、付近を捜索する。この雨で野営はできん。行くぞ」

返事を待たず、梶原が歩きだした。左右の林に生えている樹木が迫ってくるような錯覚に、思わず藤河は頭を振った。

3

痛い、と加代が顔をしかめた。手で押さえている肩口に、血が滲んでいる。

クローゼットの奥で、防災リュックを見つけたのは武藤だった。大川豆島の仙石岳は活火山で、七月上旬に中規模噴火があったが、避難の際に持ち出すため、準備しているのだろう。

中には五〇〇ミリリットルのミネラルウォーターのペットボトルが六本、乾パン、ミニクラッカーなどの保存食、女性安心セットという袋には、防犯ブザーや簡易トイレ、水のいらないシャンプー、ドレスアップミラーなどが入っていた。

エイドクルーという袋からは、綿棒、絆創膏《ばんそうこう》、消毒液が出てきた。他にもレスキューシートやマスク、軍手などがリュックの底にあった。

女バイターに噛まれた加代の肩の傷をウエットティッシュで拭き、消毒した上で絆創膏を貼ると、一時的に出血が止まっていたが、傷口が開いたようだ。全身が激しく震えている。

彩香は加代の顔に浮いている汗にハンカチを当て、そのまま自分の足首のすり傷に滲んでいた血を拭った。寝室に滑り込んだ時にできた傷だが、痛みを感じるほどではない。

母親の誠子が毛布とレスキューシートを加代の体に巻き付け、その上から抱いていたが、震えは止まらない。痛い、という声が大きくなった。

黙らしてくんないか、と大沼が睨みつけた。

「中一だぜ？　小学生じゃないんだ、少しは我慢しろって」

ごめんなさい、と誠子が加代を抱えたまま頭を下げた。

「この子は体が弱くて……風邪気味だったし……」

だったら来なけりゃよかったんだ、と大沼が吐き捨てた。

「それじゃ加代ちゃんがかわいそうだって？　オバさんがそう思うのは勝手だけど、周りのことも考えてくれよ。はっきり言うけど、迷惑なんだ」

止めろ、と宅間が言った。顔に汗が浮いている。どうすんだよ、と大沼が床に腰を下ろした。

「女ゾンビは馬鹿みたいにドアを叩きっ放しだし、中も外もうるさくて眠れやしない。誰も助けに来ないし、水だって食い物だって、すぐなくなっちまうぞ……おい、宅間、聞いてんのか？」

水はあるか、と宅間が虚ろな目を向けた。これを、と彩香は防災リュックにあったペットボトルを差し出したが、大沼が間に入った。

「勝手なことすんな。決めただろ？　水も食い物も平等に分けるって。宅間だけ特別扱いするのか？」

「だけど、汗がこんなに……熱もあるみたいです」

お前が風邪ひいてどうすんだよ、と大沼が宅間の肩を小突いた。

「自分で言ったんだろ？　おれたち三年生が下級生を守らなきゃならないって。おっしゃる通りだよ。だけど、それならリーダーらしくしてくれ。どうすんだ、このままここにいるのか？　言っておくけど、誰も助けになんか来ないぞ」

「……どうしてわかる？」

これだよ、と大沼が懐中電灯付きのソーラーラジオを防災リュックから取り出した。

「ハンドルを回すと充電できる。電波が悪くてよく聞き取れないけど、大川豆島にゾンビが大量発生してるって島内の防災ＦＭで言ってた。バイターって呼ばれてるらしい。警察や自衛隊が島に来て、住民を避難させてるみたいだけど、混乱が酷くて元屋町だけで手一杯だとか、そんなことも言ってたな。おれたちのことなんか、誰も探していないんだ」

「……どうしろと？」

元屋町まで戻るしかない、と大沼がラジオのハンドルをぐるぐる回した。

「あそこには警察もいる。自衛隊もだ。助けてくれるさ」

二〇キロ以上ある、と宅間が首を振った。

「歩けると思うか？　ぼくたちは何とかなる。だけど武藤や加代ちゃんは？　彩香ちゃんだって――」

あたしは歩けます、と彩香は言った。

「でも、加代ちゃんと誠子おばさんは……それに、途中にバイターとかがいるかもしれません」

突破するしかない、と大沼が床に置いていたゴルフクラブを取り上げた。

「女バイターの動きは鈍いし、頭も悪い。もう何時間もドアを叩き続けているだけで、何もできやしない。おれたちは中学生で、大人ほど腕力はないけど、あんな馬鹿とは違う。走れるし、動ける。いざとなったら、こいつでぶん殴ればいい。絶対行けるって」

ゴルフクラブを振り回した大沼に、二〇キロだぞ、と宅間が指を二本立てた。

「陸上部じゃないんだ。ハーフマラソンに近い距離を走り通せると思ってるのか？　それに、バイターが一人とは限らない。何十人……百人いたらどうなる？　奴らは生きている死人で、痛みなんか感じない。ゴルフクラブで殴りつけたって、集団で襲ってきたらどうにもならないだろう」

加代、と短い叫び声がした。抱きしめていた娘を、誠子が何度も揺さぶっている。すごい熱です、と彩香は加代の額に手を当てながら言った。

「脱水症状を起こしているのかも……水を飲ませないと危険です」

駄目だ、と大沼がゴルフクラブで壁を叩いた。

「残ってる水は三リットルもない。ここには六人いる。一人五〇〇ミリリットル飲む権利があるんだ。加代に全部飲ませたら、おれの分はどうなる?」

膝に手を当てて立ち上がった宅間が、窓のベッドを外せと言った。

「空になったペットボトルや、容器になる物をベランダに出す。これだけ雨が降ってるんだ。すぐ水が溜まる。それを飲めばいい」

雨水を飲めっていうのか、と大沼が口元を歪めた。毒が入ってるわけじゃない、と宅間が力のない笑みを浮かべた。

「それに、外の様子を見ておきたい。このマンションの周りにバイターがいるかどうか……いなければ、ここから脱出するのも選択肢のひとつになる」

手伝ってくれ、と声をかけた宅間の膝が崩れ、そのまま尻餅をついた。大丈夫ですか、と彩香はその体を支えたが、触れた肌の熱さに思わず手を引いた。

ちょっとよろけただけだ、と床に手をついた宅間が頭を振った。

「腹が減ってるからかな……大沼、武藤、奥側に回れ。彩香ちゃんはぼくを手伝ってくれ。ベッドの位置を下げるだけだ。バイターがベランダから上がってくるとは思えないけど、もしいたら……」

ベッドを戻す、と大沼がうなずいた。これでいいですか、と武藤が部屋にあったカップやゴミ箱、空いたペットボトルなどの容器を集めて床に置いた。宅間がベッドの縁に手を掛けた。

「ロックを外して窓を開ければ外が見える。ベッドを少し下げればいい。ぼくが合図する」

誠子おばさんも手伝ってくださいと言いかけて、彩香は口を閉じた。加代を抱えた背中が震えている。

一、二、三、と宅間が号令をかけ、四人でベッドを下げると、激しい雨が窓を叩いていた。

「バイターは?」

叫んだ大沼に、落ち着けと声をかけてから、宅間が窓のロックを外した。

4

何も見えない、と藤河は面体の前を拭った。数歩先を梶原が歩いている。

藤河の右に香澄、掛川、安野、左側では友部と裕子が左右にライフルの銃口を向けていた。

午後四時過ぎ、叩きつけるような雨が降り注いでいる。何度面体を拭っても、大きな雨粒が視界を閉ざしてしまう。見えるのは足元だけだ。

「梶原二尉、民宿はどこだ？」

面体に装着されているマイクで呼びかけたが、返事はなかった。激しい雨のため、視界が悪くなっているのだろう。夕方四時にもかかわらず、辺りは陽が落ちたように暗かった。

その時、一〇メートル前方、左側の林から、続けざまに何かが転がるようにして落ちてきた。

落石か、と一瞬藤河は思ったが、そうではなかった。

激しい雨の中、落ちてきた何かが蠢いている。バイターだ、と梶原が怒鳴った。三人の自衛官が前に出た。

確認を、と香澄が叫んだが、それより早く安野と友部が引き金を引いた。AK–18の発射音が連続して響き、蠢いていた何かが動きを止めた。

「背後を警戒せよ！」

梶原の怒声に、ベレッタを構えたまま藤河は振り返った。裕子と掛川も拳銃を握っている。

「藤河、一緒に来い。友部と安野は援護。他の三人はその場で待機。動く物がいれば、迷わず撃て」

命令を下した梶原が速歩で前に進んだ。その後に続いた藤河の目に、転がっている十数体の死体が映った。全身が蜂の巣のようになっているが、ほとんど血は流れていない。

バイターか、と藤河はつぶやいた。ライフルの銃口で死体を突いた梶原が、一歩退いた。

呻き声を上げたバイターが、立ち上がろうとしている。

左腕を伸ばしたが、それだけだった。右腕、そして腰から下がなくなっている。

上半身だけ、そして顔面の半分を失っているにもかかわらず、そのバイターは生きていた。

ベレッタをホルスターから抜いた梶原が、額に向けて一発撃った。くぐもった叫び声と共に、バイターが泥の中に顔を突っ込み、そのまま動かなくなった。

「他にも生きているバイターがいるかもしれん」確認しろ、と梶原が命じた。「奴らは頭部を撃たない限り死なない。腕一本、足一本残っていれば襲ってくるぞ。気をつけろ」

脅かすな、と藤河は倒れていたバイターに目を向けた。パーシャルジャケット弾の威力は凄まじく、胸部、腹部を撃たれたバイターの体は、ミキサーにかけられたようだった。

粉砕、と表現するしかない。道には腕や足、そして内臓が溢れている。

数えると、バイターの死体は十四体あった。十体が男、四体が女だ。

二十代から五十代まで、年齢も違うし、スーツ姿の者もいれば、Tシャツに短パンという軽装の者もいた。女性は四体とも部屋着だ。

面倒だ、と梶原が続けざまに引き金を引いた。弾がバイターたちの額を貫き、それですべてが終わった。

「そこまでする必要があるのか？　バイターになっていても、人間なんだぞ？　死人に止《とど》めを刺してどうなる？」

甘えたことを言うのは止せ、と梶原がホルスターにベレッタを突っ込んだ。

「確かに、こいつらは死んでいるように見えた。だが、絶対じゃない。バイターが死んだと、お前は言い切れるのか？」

「それは――」

バイターについて、誰も本当のところはわかっていない、と梶原が右手を挙げた。安野、友部、そして他の三人が近づいてきた。

「自衛隊の医師チームが何だかんだ理屈を垂れていたよ。ウイルスが脳に作用して、運動神経路だけが生きているとか、そんなことを言ってた。頭部に銃弾を受けたバイターが死ぬのは間違いない。だが、その後どうなったか、確認した奴はいるのか？」

一定時間が過ぎれば、ウイルスによって神経回路がまた繫がるかもしれん、と梶原が吐き捨てた。

「また動き始めたらどうする？　いくら殺しても、きりがない。ガソリンをかけて燃やしたいぐらいだ」

「それなら、何のために頭を撃った？」

リスク排除だ、と梶原が辺りを見回した。

「頭部を破壊すれば、とりあえずバイターは動かなくなる。自分は何十体も撃ったからわかるんだ。それが死んだってことだろ？　念には念をってことだ」

顔を背けた藤河を無視して、全員聞け、と梶原が大声で言った。

「バイターは確実に殺処分しなければならん。残酷だとか、非人道的だとか、そんなことを言ってる場合じゃない。これは戦争なんだ。奴らを完全に殺すまで、気を緩めるな」

あれは、と香澄が指さした。一〇〇メートルほど先に、建物の影があった。民宿だ、と梶原がうなずいた。

「こいつらは宿泊客か、民宿で働いていた連中なんだろう。誰かがウイルスに感染し、バイター化した。そして他の奴らに噛み付き、感染が広がった……あの民宿を拠点とし、周囲を捜索する。だが、他にもまだバイターがいるかもしれん。容赦するな。死にたくなければ、バイターを殺せ」

注意して進め、と梶原が命じた。林の中にバイターがいたら、と掛川が怯えた声を上げた。

「ここは狭くて、逃げられません。どうすれば……」

奴を信じろ、と藤河は掛川の背中に触れた。

ここは戦場だ。ブラッド・セブンの指揮官は梶原で、強引だが、決断力もある。今は命令に従うしかない。

一〇〇メートルはあっと言う間だった。〝民宿・八幡《はちまん》〟という看板のかかった門があり、塀代わりの生け垣の間から広い庭が見える。

奥に二階建ての建物があった。民宿というより、旅館に近い。

庭には芝が植えてあり、それを囲うようにさまざまな樹木が立ち並んでいる。横殴りの風が気紛れに向きを変え、雨が左右から降りつけてくる。見える範囲にバイターの姿はなかった。

門をくぐり、敷石伝いに玄関へ向かった梶原が、半開きになっていた引き戸に手を掛けた。

「中に入る。安野と友部はドクターを連れて二階へ上がれ。他は自分と一緒に一階を調べる」

了解、と安野が敬礼した。その隣で、友部がマグナムを抜いている。室内でライフルは扱いにくい。実戦をよく知っている者の動きだった。

梶原が引き戸を全開にした。三和土《たたき》は狭く、土足で上がり込むと、床にスリッパが散乱していた。目の前に受付というプレートがかかっていたが、人の気配はない。

無言で梶原が合図をすると、友部、掛川、安野の順で、受付の横にあった階段を三人が上がっていった。静かに、と梶原が囁いた。

「松崎、どうだ？」

音はしません、と香澄が低い声で答えた。聴力に自信があるのだろう。左右、そして正面に顔を向け、ゆっくりと首を振った。

「廊下を挟んで部屋は左右に三つずつ、奥は大浴場です」裕子が受付にあったパンフレットを開いた。「二階は団体専用で、大部屋が二つ、他に露天風呂があると書いてあります」

女SPは自分と来い、と梶原が裕子に顎を向けた。

「藤河は松崎と左側の部屋を調べろ。厨房《ちゆうぼう》や働いている者の部屋もあるはずだ。すべてチェックしろ。バイターがいたら、確実に殺せ」

わかった、と藤河はうなずいた。裕子に背後をカバーさせた梶原が、廊下右側の手前の部屋のドアを開けている。

香澄が左手の部屋を指した。ベレッタを握った藤河に、わたしが開けますとドアに手を掛けた。

「ここからは指示に従ってください。わたしの方が慣れています」

頼む、と藤河は苦笑を浮かべた。対テロリスト急襲制圧班に所属しているので、突入訓練は積んでいたが、ここは香澄に任せた方がいい、という判断があった。梶原や友部、安野と違い、香澄は信頼できる。

両手でベレッタを構えた藤河を確認した香澄が、ドアをゆっくりと開けた。畳敷きの六畳間で、部屋の隅に座布団が何枚か積まれていたが、中には誰もいなかった。

足を踏み入れた香澄が、部屋の奥をベレッタの銃口で指した。押入れがあり、中から布団の端がはみ出している。

「開けてください」

藤河は大股で押入れに歩み寄り、そのまま襖《ふすま》を開いた。布団が積み上げられていたが、それだけだ。

次の部屋へ、と香澄が合図した時、銃声が聞こえ、藤河は廊下に飛び出した。右奥、三番目の部屋で、裕子の抑えた叫び声が続いている。

入っていくと、梶原の足元にワイシャツとスラックス姿の男がうつ伏せに倒れていた。後頭部に大きな穴が開き、そこから血が畳に溢れている。

「これは……バイターじゃないな？」

詰め寄った藤河を、梶原が両手で押し返した。

「知ったことか。いきなりあそこから飛び出してきたんだ」

梶原が指したのは、奥にあった押入れだった。部屋はどれも同じ造りのようだ。男は布団置き場に隠れていたのだろう。

この血を見ろ、と藤河は梶原の腕を摑んだ。

「バイターを撃っても、こんなことにはならない。お前が殺したのは人間だ」

そうかも知れん、と梶原が腕を払った。

「だがな、女ＳＰに聞いてみろ。こいつがいきなり飛び出してきたのは本当だ。人間かバイターか、確認しろと言いたいのはわかるが、そんな余裕があると思うか？　狭い部屋で、逃げ場もない。身を護るためには撃つしかなかった」

顔を向けると、梶原二尉の言う通りです、と裕子が首を縦に振った。

「突然のことで、反射的に撃ったのだと……わたしもパニックに陥っていて、どうしていいのかわかりませんでした。人間なのか、バイターなのか、そこまで考えることは……」

正当防衛だと言った梶原に、過剰防衛だ、と藤河は壁を拳で叩いた。

「法律的にはそうなる。おれたちブラッド・セブンの任務は総理の娘を救うことだが、一般人を殺しても構わないと命じられたわけじゃない。警察の使命は市民の安全を守ることで、自衛隊の任務は国民を守ることじゃないのか？　おれたちは重装備で身を固めている。落ち着いて対処すれば、人間かバイターか確認できたはずだ」

何にもわかってないな、と梶原が面体を外した。

「きれいごとは通用しないと言ったはずだ。お前もバイターを見たな？　女教師を食っていたあれだ。奴らの頭には、人間の肉を食らい、血を啜ることしかない。化け物なんだ。話も通じないし、コミュニケーションも取れない。奴らに咬まれたら、確実に感染する。お前もバイターになりたいのか？」

そんな話はしていないと言った藤河に、一体ならいい、と梶原が足元の死体を蹴飛ばした。

「奴らの動きは鈍重で、思考能力もない。正面から襲ってくるだけのバイターを撃ち殺すのは簡単だ。だが、十体、百体のバイターに襲われたらどうする？」

「それは……」

「心臓を撃っても、奴らは死なない。ただ、向かってくる。死人の行進は止められない。これ以上感染が広がったら、どうにもならなくなる。もう戦争は始まってるんだ。人間対バイターの戦争がな」

この男は運が悪かった、と梶原が死体を片手で拝むようにした。

「ついてなかったんだ。戦場に紛れ込んだこいつが悪い。流れ弾に当たったのと同じだよ」

「一般人を殺して、平気なのか？」

そんなわけないだろう、と梶原が口元を歪めた。

「殺したかったわけじゃない。だが、突発事態に遭遇すれば、誰だって同じことをする。自分はバイターになりたくない。あんな化け物になってたまるか。危険だと判断すれば、容赦なく撃つ。藤河、お前もそのつもりでいた方がいい」

他の部屋の捜索を再開する、と梶原が面体を装着した。拳を握って前に出ようとした藤河を、裕子と香澄が止めた。

梶原二尉の行為はやむを得なかったと思います、と裕子が囁いた。

「この人を殺してしまったのは、他にどうしようもなかったからです。責任を問うことはできません」

ブラッド・セブンの任務は相澤彩香さんの保護です、と香澄が藤河の腕を摑んだ。

「人命に重いも軽いもありません。それは藤河さんの言う通りです。ですが、ブラッド・セブンは自衛隊と警視庁の合同チームで、指揮官の命令に従う義務があります。命令系統が混乱すれば、わたしたちの誰かが死ぬことになるんです」

行くぞ、と梶原が廊下に出た。援護します、と裕子がその後に続いた。

手を離してくれ、と藤河は言うと、香澄が一歩退いた。急げ、と面体のスピーカーから梶原の声が響いている。まず捜索をと言った香澄に、藤河は無言でうなずいた。

5

国会議事堂衆議院第一別館地下一階に、第二国会本会議場が設置されたのは二年前だ。

構想自体は十年以上前からあった。大震災等自然災害、テロ、あるいは敵対する国家による攻撃によって国会議事堂そのものが崩壊した場合を想定してのもので、有事に立法府が機能しなければ、国家として対応不能となる。

国会は国権の最高機関であり、衆議院と参議院から成る二院制の立法機関だ。国家の中心は立法にあり、国会なくして日本という国家はない。

費用等の理由で第二国会本会議場計画は遅々として進まなかったが、二年半前に発生した新型コロナウイルスの流行により、急遽《きゅうきょ》相澤内閣が建設を閣議決定した。

非常事態が起きた際には、総理大臣以下全国務大臣、そして衆参両院の全議員が入り、緊急立法その他必要な措置を取る。今後三十年以内に発生すると予想されている南海トラフ地震級の災害が首都東京を直撃した場合には、対策本部となることも決定していた。

そのため、造りは核シェルター並みに堅牢《けんろう》であり、警備も厳重だった。地下に設置されているのも、被害を最小限に留めるためだ。

総理大臣を含め、他の国務大臣、そして衆参両院議員全員が死亡した場合、日本は国家としての機能を喪失する。無政府状態では、国家の再建すらおぼつかないだろう。大臣、国会議員の安全を守るためにも必要な施設だった。

非常事態下では、災害対策基本法及び国民生活安定緊急措置法に基づき、災害緊急事態の布告を発した上で、緊急災害対策本部を臨時に内閣府に設置する。本部長は総理大臣で、事態が収束するまで総理大臣への権限集中が認められている。

ただし、日本においては憲法上、国家緊急権が存在しないため、総理大臣であっても、すべてを独断で決定することはできない。形式とはいえ、国務大臣及び衆参両院議員の過半数の了解が必要となる。

八月四日の午後から、続々と衆参両院議員が第二国会本会議場に入っていた。衆議院議員四百六十五人、参議院議員二百四十八人、総理大臣以下国務大臣、衆参両院議長、その他含め約七百五十人が席に着いたのは、夕方の五時前だった。

第二国会本会議場が完成してから約二年、使用された例はない。全議員たちの顔に、緊張の色が浮かんでいた。

大川豆島でニホンオオカミと見られるミイラが発見され、その後原因不明の感染症が発生し、死者が蘇る現象が起きていること、バイターと呼ばれるそれが人を襲っていること、そのために伝染病が拡大しているという情報は、事前に全国会議員が説明を受けていた。

既に防衛省、警察庁、総務省消防庁が協力態勢を取り、大川豆島全島封鎖により被害拡大の阻止に努めていること、潜伏期間中に観光客その他が東京をはじめとするいくつかの県に移動し、そこでバイター化していることは、各省庁が把握していた。

午後五時、相澤総理は非常事態宣言発出の了解を求めると共にバイターウイルスを未知の疫病と定義した上で、衆参両院議員に事態解決への協力を要請した。バイターを害獣、一種の天災と規定することで、緊急災害対策本部の設置を全会一致で可決、本部長を相澤が務めることも決定した。

午後六時から衆参両院全議員によるバイター対策会議が開かれることになったが、十分間の休憩時間を使い、与党、野党全議員が家族に連絡を取り、安全な場所への避難を指示していた。

議員特権を使った卑劣とも取れる行為だが、誰もが緊急避難という言葉を使い、自らの行為を正当化していた。

6

開いた窓から、雨が部屋に吹き込んでいる。外の様子を窺っていた宅間が、小さくうなずいてベランダに出た。彩香は大沼と共にその後に続いた。

台風だ、と大沼がつぶやく声が聞こえた。激しい風雨が吹き荒れている。ゲリラ豪雨のような勢いだ。

ベランダは狭く、奥行五〇センチ、幅は四メートルほどだった。一本の物干し竿《ざお》とエアコンの室外機があるだけで、隣の部屋とはボードで仕切られている。他には何もない。

ベランダには一メートルほどの高さのコンクリート塀がついている。そこから下を見ていた宅間が舌打ちした。

「どうしたんです?」

見ればわかる、と宅間が指さした。彩香は大沼と並んで下に目をやると、薄暗い中、バス通りに十人以上の人間が立っていた。

誰一人、傘もささず、レインコートも着ていない。全身がずぶ濡れだった。

人間じゃない、と大沼が顔に張り付いた前髪を払った。バイターだ、と宅間がうなずいた。

「ここから見えるのは十二人だけど、もっと多いだろう。マンションの反対側にもいるはずだ」

どこから湧いて出てきたんだと言った大沼に、わかるわけないと宅間が首を振った。

「近くの民家だろう。ぼくたちがここへ来た時は、一人もいなかった。よく見ろ、あいつらは立ち止まっているわけじゃない。こっちに向かってる」

手を前に出したバイターが、おぼつかない足取りで一歩ずつ近づいている。

「……本当にここへ来るんですか？　どうして？」

彩香の問いに、バス通りをまっすぐ進めば元屋町だと大沼が言ったが、奴らの狙いはぼくたちだ、と宅間が目をつぶった。

「音なのか、匂いなのか、奴らはこのマンションに人間がいることに気づいた。だから集まっている。そう考えた方がいい」

一番近い奴でも、七、八〇メートル離れている、と大沼が言った。

「あのスピードなら、ここに来るまで五分……それ以上かかるだろう。バイターは生きてる死人なんだろ？　武器は何も持ってないし、使えるとも思えない。このまま部屋に立て籠もっていた方がいいんじゃないか?」

話すなら部屋の中の方がいいと言った宅間が、ずぶ濡れだよ、と髪の毛に触れた。

「このままじゃお前も彩香ちゃんも風邪をひくぞ」

彩香は窓から部屋に戻った。心配そうな表情を浮かべた武藤が差し出したタオルで、長い髪を拭っていると、後ろで大沼が窓のロックをかけた。

咳《せ》き込んでいる宅間の背中に、彩香はそっと手を当てた。ここにいたら危険だ、と言いながら、宅間が顔を手のひらで拭った。

「五分か、十分か、いずれにしても、奴らはここへ来る。狙いはぼくたちで、一花ちゃんのように殺して食べるつもりだ。あの女バイターも、まだ諦めてはいない」

ドアを叩く弱々しい音が続いている。だから逃げた方がいいって言ったんだ、と大沼が喚《わめ》いた。

「でも、もう遅い。ここに立て籠もるしかない。宅間、ベッドをバリケードにしてドアを塞ごう。そうすれば……」

ここにいるべきだと言ったのは、その方が安全だったからだ、と宅間が首を振った。

「でも、状況が変わった。数えただけでも十二人、おそらくはその倍以上のバイターがやってくる。生きている人間を感知する能力が、奴らにはあるんだろう。このマンションに侵入し、階段で三階まで上がってくる。二十人以上のバイターがドアに殺到したら、どうなると思う？」

ドアごと壊れる、と大沼が肩を落とした。その先は考えたくない、と宅間が首を振った。

「今なら、まだチャンスはある。奴らが来る前に、ここから逃げるんだ。バイターのスピードは遅い。運が良ければ逃げ切れる」

でも、と彩香はドアを見つめた。

「リビングにはあの女バイターがいます。しかも、ドアの前に……物凄い力でした。宅間さんや大沼さんでも、倒せるとは思えません」

倒せなくてもいい、と宅間が言った。

「動きさえ封じればいいんだ……ぼくと大沼がスーツケースを使って押さえ込む。その間に、彩香ちゃんと武藤は逃げるんだ。加代ちゃんのことは、誠子おばさんに任せるしかない」

待ってくれ、と大沼が慌てたように手を振った。

「おれたちはどうなる？　スーツケースで押さえ込んでも、手を離したらそれで終わりだ。おれとお前のどちらか、最悪両方とも襲われるかもしれない。伝染病だとか、そんなこともラジオで言ってた。リスクが高過ぎる」

ここにいたら全員が死ぬ、と宅間が額の汗を拭った。

「ぼくかお前か、どちらかがあの女バイターに殺されるかもしれない。でも、四人は生き残る。お前がスーツケースで押さえている間に、ぼくが女バイターをゴルフクラブで殴る。

咬まれなければいいんだろ？　頭を集中的に潰せば――」

加代、という短い叫び声がした。振り向いた彩香の目の前で、誠子が娘の体を強く抱いている。

「おばさん、どうしたんです？」

誠子の目から、涙が溢れ出した。加代の顔色が真っ白になっている。呼吸をしていないのがわかった。

泣きながら、誠子が娘の頬に触れた。加代の目は開かなかった。

FEAR 5

脱出

1

午後五時五十分、第二国会本会議場の総理大臣執務室で、相澤はデスクのパソコンを開いた。モニターに映っていたのは、四人の警察官がバイター化した女性を確保した際の映像だった。

女性は二十代だろう。小柄で、痩せている。それに対し、四人の警察官は背も高く、加えて特殊警棒を手にしていた。

警察官たちがそれぞれ女の手や足、そして首を特殊警棒で殴り、うつ伏せにした。地面に押さえ付けられている女の姿は採集された蝶《ちよう》のようだったが、全身を激しく動かし、立ち上がろうとしている。

首、両手、そして左足を特殊警棒で押さえ込まれているため、常人なら身動きすらままならないはずだが、女の力は異常なまでに強かった。押さえている警察官の表情に、焦りの色が浮かんでいる。

モニターの右側から駆け込んできたもう一人の警察官が女に近づき、後ろ手に手錠をかけた。それでも女の抵抗は止まない。腕の骨が折れる鈍い音がした。

強引に起き上がった女が、手錠をかけた警察官に体当たりし、覆いかぶさった。倒れた警察官が反射的に手を顔の前にやったが、大きく口を開いた女が指に嚙み付いた。モニターから悲鳴が長く続いた。

女の背後に回った四人の警察官の一人が、警棒で頭を殴りつけた。後頭部が陥没するほどの打撃だったが、痛みを感じないのか、ゆっくりと女が向き直った。

その顔を警察官が警棒で二度続けて殴打した。顔面が歪み、目の下に大きな傷ができたが、鼻からひと筋血が垂れただけだ。

警棒を握っていた警察官に飛びかかった女が、後ろに吹っ飛んだ。他の警察官が撃った三発の銃弾が、女の体を貫いていた。

数十秒、静寂が続いたが、女が上半身を起こした。四人の警察官が拳銃を構え、悲鳴を上げながら引き金を引き続けている。約二十発の弾丸を浴びた女が倒れ、動かなくなった。

この映像を撮影したのは、墨田区本所《ほんじょ》の署員だ。酔っ払った女が通行人に乱暴しているという通報が入り、現場に向かったが、その後バイターと判明、確保を試みたという。

相澤はパソコンをオフにして、くわえた煙草に火をつけた。禁煙して五年以上経っているが、そうでもしなければ耐えられなかった。

ノックの音と同時に、ドアが細く開いた。立っていた官房長官の那須田が、間もなく会議が始まりますと小声で言った。

入ってくれ、と相澤は座ったままうなずいた。頭を下げた那須田が、首相補佐官の井間枝、そして佐井古《さいこ》秘書官と共に入室し、ドアを後ろ手に閉めた。

「今、総理がご覧になった映像は、二十分ほど前に警視庁から送られてきたものです」那須田が説明を始めた。「都内では三件目の報告です。また、大阪、神奈川でも同様の事態が起きています。警察と医師チームが感染経路を調べていますが――」

それはいい、と相澤は手を振った。

「君たちと話しておきたかったのは、マスコミ対策だ。この後、私は非常事態宣言をするつもりでいる。国務大臣はもちろん、衆参全議員が賛成するだろう。既に緊急災害対策本部の設置は認められた。ここまでマスコミの報道を抑えていたが、今後どうするべきか、意見を聞いておきたい。どこまで情報をオープンにするべきだと思う？」

すべての情報をマスコミに流すのはどうでしょう、と那須田が上目使いになった。

「パニックを誘発する恐れもあります。ただ、政府見解を公表しなければ、新型コロナウイルスの時のように後々批判されることも――」

私は反対です、と佐井古が肥満した体を揺らした。

「今後は更に情報統制が重要になります。マスコミは我々の言いなりで、連中は大本営発表を垂れ流すだけの存在ですし、こちらの都合のいいように使う方が得策でしょう」

だが、何も情報を出さないわけにもいかないだろうと井間枝が言った。佐井古が経産省の後輩ということもあり、二人は親しい関係にある。

「マスコミもあるレベルで情報を摑んでいる。非常事態宣言を発令すれば、説明を求められる。むしろ、総理がおっしゃられたように、どこまで情報を渡すかを考えるべきだろう」

では、限定してはどうでしょう、と佐井古が左右に目をやった。

「大川豆島で原因不明の感染症が発生している、感染拡大を防ぐため、本土と大川豆島の往来を禁じると……東京、その他で発生しているバイターの数はまだ少なく、覚醒剤中毒患者として処理すれば、問題ありません。私が危惧しているのは、新型コロナウイルスの際の失敗を繰り返してはならない、という一点に尽きます。内閣総辞職の危機を免れたのは、国会を閉じ、再開しなかったためで、あの手は二度と使えません。無能な野党に揚げ足を取られるようなことがあってはならない、というのが私の意見です」

一分ほど沈黙が続いたが、その方向で行こうと相澤は言った。

「この状況では、それもやむを得ない。海自、海保から、大川豆島の封鎖が完了したと報告があった。マスコミにはそれだけを伝える。大川豆島に対してのみ非常事態宣言を発すれば、コロナの時のように経済が回らなくなることもない。もうひとつ、確認しておきたいのは——」

うなずいた那須田が、持っていたファイルをデスクに置いた。

「防衛省のレポートです。島内に入ったブラッド・セブンからの連絡では、八幡山から元屋町へ続くバス通りで、お嬢様を捜索中とのことです。四十分前の定時連絡では、約五キロ圏内の捜索が終わっています。ですが、まだ発見に至らずと……」

相澤は那須田の表情を見つめた。元々持病のある相澤に代わり、マスコミ対策を一手に引き受け、時には新聞社、テレビ局の人事にも介入することで鉄のカーテンを引き、相澤内閣の守護神とも呼ばれている。

この五年間、官房長官として相澤を支え続けてきた那須田との間には強い信頼関係があったが、子飼いの井間枝、そして佐井古によれば、ポスト相澤の座を狙っているという。

確かに、この半年ほど独断専行が目立つようになっていた。

バイター騒ぎに乗じ、総理の座に就こうと考えているのではないか、という疑念が相澤の中にある。彩香捜索のため、ブラッド・セブンを編成し、大川豆島に送り込んだのも、何か別の意図があるのではないか。

「自衛隊、警視庁の精鋭部隊を派遣すれば、必ず彩香を発見できると言ったのは君だぞ？

七人では少なかったんじゃないか？　私はもっと大人数で捜索するべきだと――」

リスクが高過ぎます、と那須田が言った。

「総理大臣の娘の捜索のために、警察、自衛隊から大人数を投入したことが漏れた場合、また身内を優先するのかと、総理への非難が殺到するでしょう」

「また、とは何だ。いつ私がそんな――」

ネット社会です、と佐井古が太い首を回した。

「総理にそのような意図がないことは、我々が誰よりもよくわかっています。ですが、衆愚には理解できません。相澤内閣が身内に甘いとされているのは、左翼勢力のイメージ戦略によるものですが、一度ついたイメージは拭えません。官房長官の指摘は、今後も考慮すべき問題です」

「ブラッド・セブンは自らの意思で旅行中の中学生を捜索している」この建前は崩せません、と那須田が言った。「百人、二百人の大部隊を動員すれば、必ず情報が漏れます。それを防ぐためには、小人数の精鋭部隊を動かすしかないのです」

「だが、たった七人で何ができると？」

防衛省、警察庁、警視庁の協議による結論です、と那須田が空咳をした。

「ご安心ください、総理。選抜された七人の能力は非常に高く、数百人の警察官を投入するより、ブラッド・セブンの方が早く、確実にお嬢様を発見できると断言できます」

私が問題にしているのは時間だ、と相澤は煙草の煙を吐いた。

「いずれかの段階で、ブラッド・セブンが彩香を発見するだろうが、ウイルスに感染していたらどうなる？　あの子がバイターになってしまったら、取り返しがつかない。一分でも早く発見しなければならん。そのためには捜索隊の人数を増やすべきだと……」

仮に千人の捜索隊を島に投入した場合、と那須田が皺の目立つ頬に手を当てた。

「バイターの襲撃に遭う危険性が高くなります。一人でもバイター化すれば、集団で動いている彼ら全員がウイルスに感染、バイターとなる恐れがあります。発見、保護どころか、お嬢様を危険に晒すことになりかねません」

どうすればいい、と相澤は額を手で押さえた。まずは本会議です、と那須田がドアを指した。

「非常事態宣言を発した上で、これ以上バイターウイルスを拡散させないために、手を打たなければなりません。それが総理大臣の責務です」

そのために娘が犠牲になってもか、と相澤は目元をハンカチで拭った。ご安心ください、と那須田が表情のない顔で言った。

「ブラッド・セブンが必ずお嬢様を救出します。我々にお任せください」

頼むとだけ言って、相澤は立ち上がった。雲を踏んでいるように、足元がおぼつかなかった。

2

ここに総理の娘はいない、と梶原が言った。窓から外を見ていた香澄が、真っ暗ですと顔を向けた。

「まだ六時前なのに……雨の勢いが強くて、外の様子がわかりません。どうしますか？」

進むしかないだろうと言った藤河を、梶原が手で制した。

「簡単に言うな。今でもこの暗さだ。陽が沈めば、バス通りは真の闇となる。総理の娘がどこにいるのか、見当もつかない。バイターだって、一体、二体じゃ済まんだろう。どうやって突破すると？」

梶原の中に、対バイター戦という考えがあるのが藤河にはわかった。ブラッド・セブンは七人編制のチームだ。

バイターの総数は不明で、どこにいるのかさえわからない。慎重になるのはやむを得ないだろう。

おれたちは相澤彩香さんの発見、保護を命じられている、と藤河は言った。

「この民宿付近に彼女はいない。それは確認済みだ。そうであれば、留まっている意味はない。日没まで一時間弱ある。今のうちに少しでも前進して、彼女を捜すべきだ」

命令は命令だ、と梶原が苦笑交じりにうなずいた。

「自衛官にとって、命令は何よりも重い。捜索を断念、中止すると言ってるわけじゃない。だが、これ以降の捜索は、自分たちに危険が及ぶ可能性が大きくなる。敵はバイターだ。自分の身を護ることを考えず、ただ攻撃してくるだけの存在が一番始末に悪い……安野、地図を出せ」

六人を民宿の玄関にあったテーブルに座らせた梶原が地図を広げ、現在地はここだ、と一点を指した。

「八幡山から約五キロ、元屋町までは二五キロ。状況を整理しよう。総理の娘を含む中学生たちが、元屋町へ向かったのは間違いない。そこに自衛隊や警察が救出本部を設置するのは、子供だってわかるからな。ルートは二つ、バス通りをまっすぐ進んだか、林に入って迂回したか、そのどちらかしかない」

彼女たちが八幡山を下りたのは、約二十四時間前です、と掛川が言った。

「ですが、元屋町では少女たちを保護していないと……既にバイターの犠牲になったのでは？　あの女性教師のように食われていたら、捜索は無意味です」

かもしれん、と梶原が薄笑いを浮かべた。そうは思わない、と藤河は首を振った。

「だとすれば、この辺りに中学生の遺体なり、何らかの痕跡が残っているはずだ。だが、そんなものはなかった。消去法で考えれば、少女たちはバス通り沿いにある建物内に隠れていることになる」

今、彼女たちはどの辺りでしょうか、と香澄が質問した。時間を考えれば大体の見当はつく、と藤河は地図に手を伸ばした。

「教師の遺体のあった場所から、殺害されたのは夜九時前後だったと思われる」

藤河は指を横にずらした。

「その後は二通りの行動パターンが考えられる。突然のバイターの出現、教師が殺されたことでパニックになり、近くの建物に逃げ込んだ、というのがパターン1だ。教師の殺害現場付近に民家があったのは覚えてるな？　だが、普通の民家に隠れてもリスクが高いのは、中学生でもわかっただろう。今おれたちがいる民宿まで逃げたが、バイターに遭遇したか、その他の理由でここには留まれなかった。通り過ぎ、更に先まで進んだってことだ。これがパターン2だが、そのまま夜道を歩き続けたとは思えない」

なぜだと尋ねた梶原に、真夜中で雨が降っていたからだ、と藤河は答えた。

「道はぬかるんでいる。中学生の足で長く歩けるはずがない。近くの建物に逃げ込んだと考えるべきだろう」

パターン1か、と梶原が左右に鋭い視線を向けた。

「それなら、今少女たちはどこにいる？」

遠くはないはずだ、と藤河は言った。

「時間、天候、疲労、その他の状況を考え合わせると、ここから二キロ進むのが限界だっただろう。二キロ圏内にある建物内に隠れ、夜明けを待って元屋町へ向かった可能性が高い。距離は二五キロ、何もなければ、元屋町に入っているはずだが……」

それはありません、と安野が丸い顔をしかめた。

「相澤彩香さんが保護されれば、我々にも連絡が入ることになっています。四十分ほど前の定時連絡でも、元屋町の救出本部は彼女を確認していないということでした」

わからん、と藤河は腕を組んだ。計算に間違いはないはずだ。どうして見つからないのか。

最悪の可能性を考えた方が良さそうだ、と梶原が口元を歪めた。

「バイターに襲われ、死亡したか、あるいはバイター化したのか……だが、いずれにしても確認しなければならん。「バイターと遭遇、退避行動を取ったとも考えられる。建物に限らず、林の中へ逃げ込み、隠れているのかもしれん」

根拠は何ですと顔を向けた香澄に、感染研の報告だ、と梶原が答えた。

「バイターの視力は極めて悪い。嗅覚と聴覚は犬並みだというが、雨が降っていれば匂いも音もわからなかっただろう。中学生たちは七人で行動していた。暗かったのは確かだが、彼女たちの方が先にバイターを見つけ、とっさに逃げたと考えた方が理屈に合う」

バイターは動きが鈍い、と藤河はうなずいた。

「中学生たちが林に入り、隠れている……ないとは言えないが、怖かっただろう。どこにバイターがいるかわからない林の中に、いつまでも居続けることはできなかったはずだ」

お化け屋敷と一緒だからな、と梶原が低い声で笑った。数時間後、バス通りに戻ったとしよう、と藤河は言った。

「だが、真夜中近い時間だ。体力の限界もある。屋根と壁のある建物が安全だ、と誰もが考えただろう。バス通りにあった建物に隠れているとすれば、まだ発見されていない理由も説明できる」

二〇〇メートル先に小さな民宿、そこから三〇〇メートルほど進むと、農機具会社の寮がある、と藤河は地図に爪で印をつけた。

「その二キロ先に、ビッグリバーリゾートというホテルがあるが、そこかもしれない。だが、確実にどこことは言えない」

夜まで一時間近くある、と梶原が時計に目をやった。

「まず二〇〇メートル先の民宿を捜索する。バイターがいるかもしれんが、中学生たちを発見できなければ、農機具会社の寮へ向かう。時間的に、それ以上は無理だ。ブラッド・セブンが全滅してしまえば、総理の娘の捜索どころじゃなくなる」

見つかればいいんですがと小声で言った裕子に、そう願いたい、と梶原が折り畳んだ地図を安野に渡した。

「少女が死んでいたとしても、確認できれば任務完了だ。ここは死の島で、死臭しかしない。本音を言えば、今すぐにでも撤退したいぐらいだ」

生きていると信じています、と香澄が囁いた。おれもだ、と藤河はうなずいた。

3

加代ちゃんはと囁いた彩香に、息をしてない、とだけ誠子が言った。その声が震えていた。

「どうして、こんな……」

部屋にいた全員が黙り込んだ。ドアを叩く弱々しい音が、断続的に続いている。

「呼吸をしていなくても、助かるかもしれません」病院へ連れていきましょう、と宅間が腰を上げた。「大沼、時間がない。二人であの女バイターを倒すんだ。その隙に誠子おばさんが加代ちゃんを連れて元屋町へ向かう。彩香ちゃんも武藤も一緒だ」

無理だ、と大沼が肩を落とした。

「宅間、おれたちは中学生だぞ？　あの女バイターは凄い力だ。倒すことなんて、できるはずない。もし倒せたとしても、他のバイターたちがやってくる。見ただろ？　一人、二人じゃない。十人以上だ。どうしろって言うんだ？　武器はゴルフクラブしかないのに、何ができる?」

ここにいても同じだ、と宅間が壁に手をついて体を支えた。

「三階までバイターたちが上がってきたらどうなる? 十人以上のバイターが体をぶつけてきたら、この部屋のドアは簡単に壊れる。今なら間に合う。女バイターを倒して、逃げるんだ」

おれにはできない、と大沼が顔を手のひらで拭った。涙が頰を伝って流れている。

「怖いんだ、宅間。死にたくない……死にたくない死にたくないおれは死にたくない」

何度も何度も同じ言葉を大沼が繰り返している。心が壊れかけているのが彩香にもわかった。

大沼の目の色が変わっている。バイターより、その目が怖かった。

あたしがやります、と彩香はゴルフクラブを握りしめた。

「誠子おばさん、加代ちゃんを救うためには、お医者さんに診せるしかありません。元屋町には総合病院があります。警察や自衛隊も島に来ているはずです。おばさんと大沼さんで加代ちゃんと武藤くんを連れて、元屋町へ向かってください。あたしは宅間さんと

——」

無理だ、と宅間が彩香の手からクラブを取り上げた。

「君にあの女バイターと戦うだけの力はない。腕力だけなら、武藤の方が上だ。それに

「……」

何です、と顔を向けた彩香に、君を危険な目に遭わせたくない、と宅間が小声で言った。

「今はぼくの言う通りにしてくれ。大沼、ぼくたちで何とかするしかない。お前はドアを開けろ。ぼくがスーツケースで女バイターを押さえ付ける。その間に、誠子おばさんは三人を連れて逃げてください。大沼、ぼくが女バイターを押さえている間に、お前は頭を潰せ。わかったな?」

怖いんだ、と大沼が大声で喚いた。待って、と誠子が抱えていた加代を静かに床に下ろした。

「あなたたちは逃げなさい。おばさんは大人で、あなたたちを守る義務がある」

逃げなさいって何だよ、と大沼が両眼から溢れ出ている涙を拭った。

「簡単に言わないでくれ! どうやって逃げろって? おばさん一人で、あの女バイターを倒せるはずないだろ? 結局は、おれも宅間も一緒に戦わなきゃならなくなる。違うか?」

この子を病院へ連れていってもどうにもならない、と誠子が視線を床の加代に向けた。

「本当はね……息をしなくなって、十分以上経っていたの。でも、言えなかった。言ったら、加代が死んだことを認めなければならない。それが怖くて……」

わかります、と彩香は誠子の手を握った。宅間くんも大沼くんも、あの女バイターには敵《かな》わない、と誠子が静かな声で言った。

「あれは化け物で、倒すことは誰にもできない。だから、逃げなさい」

どうやってです、と宅間がドアを指さした。

「女バイターがドアを叩き続けている音が聞こえるでしょう？　ドア一枚隔てた、すぐ向こうにいるんです。逃げるためには、ドアを開けるしかありません。戦う以外、ここから脱出することはできないんです」

ベランダがある、と誠子がベッドで塞いでいる窓に目を向けた。

「さっきベッドを外した時、おばさんも外を見た。三階には廊下を挟んで六つの部屋があったでしょ？　今いる側には、三部屋ある。ベランダから隣の部屋を越えて、一番奥の部屋に行きなさい。窓はゴルフクラブで割ればいい。この建物の大きさなら、必ず非常階段がある。そこから一階に降りて逃げるの。わかった？」

どうやって隣の部屋に行けばいいんだよ、と大沼が怒鳴った。

「おれだって、隣に部屋があるのはわかってたさ。だけど、間に壁があった。コンクリートの壁だ。壊せって？　できるはずないだろ」

あれはコンクリートじゃない、と誠子が首を振った。

「素材は薄いベニヤかコルク板だから、女の子でも簡単に割ることができる」

「何でそんなものがあるんだ？」

叫んだ大沼に、住人同士のプライバシーを守るため、と誠子が言った。

「ベランダから覗かれたら嫌でしょ？　だから板で境を作っているの。おばさんもマンション住まいだから、それは知ってる」

無理です、と宅間が首を振った。

「ドアをスーツケースとドレッサーで押さえていますが、スーツケースは歪んでいて、今はどうにか保《も》ってますけど、誰もこの部屋にいなくなったら、ドアを押さえる者がいなくなります。部屋に入ってきた女バイターは、ぼくたちの後を追ってくるでしょう。逃げ切れるとは――」

おばさんが残る、と誠子が静かな声で言った。

「ドアを押さえていれば、女バイターは入れない。宅間くんたちがベランダに出たら、おばさんがここで叫んで、注意を引き付ける。その間に逃げなさい。もうすぐ夜になって真っ暗になる。でも、それはこの建物に近づいているバイターたちにとっても同じ。隙をついて走れば、必ず逃げ切れる」

少しの間考えていた宅間が、必ずお医者さんを連れて戻ってきますと言った。

「おばさんも諦めないでください……昔、看護師をしていたんですよね？　ぼくも本で読んだことがありますけど、呼吸停止した数時間後、いえ、丸一日後、息を吹き返した人もいると……」

ありがとう、と誠子が笑みを浮かべた。

「おばさんは大丈夫。ここで加代とあなたたちを待ってる。蘇生した例はたくさんある。加代が生き返ることだって、ないとは言えない」

早く逃げよう、と大沼が喚いた。彩香ちゃんと武藤くんは宅間くんに従うこと、と誠子が言った。

「さっきの防災リュックの中に、懐中電灯があったでしょう？　必要な物は全部持っていきなさい。他のバイターたちがこの建物を取り囲む前に、バス通りに出て逃げるの。急いで！」

口を真一文字に結んだ大沼が、防災リュックのカバーを開いた。武藤がクローゼットの中にあった服をすべて出すと、数着のコートと、レインコートが見つかった。ドアを叩く音が、大きくなっていた。

4

ヘッドライト点灯、という梶原の声が面体の中で響いた。藤河はスイッチを入れた。

午後六時過ぎ、辺りは闇と化していた。明かりがなければ、一メートル先も見えない。

面体左右にあるヘッドライトは、明度の調節が可能だ。ロービームにしろ、と梶原が命じた。

「ライトがなけりゃ動きが取れんが、バイターにとって格好の目印になる。注意して進め」

了解、といくつかの声が重なった。面体には暗視ゴーグルが装着されている。パッシブ方式で自然光を増幅させることにより、暗闇でも目視が可能になる。

「自分がライトを使って周囲を照らし、お前たちにはその光を暗視ゴーグルで拾ってほしいところだが」自衛隊の91式暗視ゴーグルの光増幅率は高性能過ぎる、と梶原が苦笑した。「ヘッドライトの光を直視したら、数分間は何も見えなくなるだろう。それでは何かあった時に対処できない」

二百歩、と掛川がカウントする声が聞こえた。一一〇メートルほど歩いた計算になる。

民宿を探せ、と梶原がヘッドライトを左右に向けた。

「周囲の確認を怠るな。民宿には客や従業員がいたはずだ。一人でもバイターウイルスに感染していたら、全員がバイター化していてもおかしくない」

バイターになっていないかもしれない、と藤河は言った。

「状況が危険なのは、おれもわかっている。ブラッド・セブンに下された命令は、総理の娘の発見と保護だ。だが、そのために一般人を殺傷するのはまずい」

命が平等だと思っているのか、と前を進んでいた梶原がハンガーのような怒り肩をすくめた。

「そんな平和ボケしたことが言える状況か？　これは戦争で、自分たちがいるのは戦場だ。作戦遂行のために、多少の犠牲が出るのはやむを得ない。全員、聞け。ブラッド・セブンの指揮官は自分だ。自分の命令に従え。危険だと判断すれば即応せよ」

「殺せってことか？　人間だったらどうする？」

バイターになりたいのか、と梶原が振り返った。声に怒気が混じっている。

「藤河、お前が言ってるのは理想論だ。現実を見ろ。女教師の肉を食らっていたバイターを忘れたのか？　奴らに意思や感情はない。欲しているのは、生きた人間の血と肉だけだ。お前がバイターになれば、間違いなく自分たちを襲う。犠牲が増えるだけだ。自分はお前に食われたくない」

「バイターか人間か、確認が必要だ」藤河は足を止めた。「危険だと判断すれば殺すというが、その判断が間違っていたらどうする？　市民を殺害すれば、それは殺人で――」

静かに、と香澄が抑えた声で言った。

「前方約四〇メートル、右斜め前、林の中で何かが動いています……足音も聞こえます」

藤河は香澄を見つめた。強い雨が降り続けている。ヘッドライトの光も、ほとんど届いていない。どうして気づいたのか。

確かですと言った香澄に、自分が援護する、と梶原がAK-18を構えた。

「安野、友部、確認せよ。松崎、何がいる？　人間か？」

後方からも足音が聞こえます、と香澄が囁いた。

「右斜め後ろ、五時の方向です。複数の足音で、規則性はありません。人間かバイターかは判別不能」

「藤河、背後を固めろ。女ＳＰとドクターもだ」松崎は自分と来い、と梶原が命じた。

「合図したら、ヘッドライトをハイビームに切り替えろ。安野、友部、バイターなら確実に殺せ。藤河、これだけは言っておくぞ。誰かがバイターに咬まれたら、バイター化したと見なし、自分が撃つ」

近づいてきます、と香澄が面体のヘッドホンに手を当てた。

「前方、後方、共に距離三〇メートル……林から出てきます」

合図するまでライトはつけるな、と梶原が小声で言った。距離二〇メートル、と香澄が報告を続けている。

「前方、二時、後方、五時の方向」

藤河もヘッドホンのボリュームを上げた。雨と風が強く吹く中、それとは違う音が聞こえた。

「ライト、点灯！」

梶原の声に、藤河はヘッドライトのスイッチを切り替えた。一〇メートル先に、五人の男女が立っている。ハイビームで照らしているにもかかわらず、手で顔を覆おうともしていない。

斜めに降っている雨の中、立ち尽くしている。目が白濁化しているのがわかった。

藤河は構えていたベレッタの引き金を引いた。頭の中が真っ白になっているのが、自分でもわかった。

悲鳴を上げた掛川が、その場にうずくまった。左側では、両手でベレッタを握った裕子が全弾を撃ち尽くし、弾倉を交換している。

背後から射撃音が連続して響いた。梶原、安野、友部がAK-18をフルオートにしてバイターを撃っている。その数、約二十体。

射撃停止、と鋭い声で梶原が叫んだ。

「松崎、何か聞こえるか?」

呻き声が、と振り返った香澄が指さした。藤河は素早くベレッタに予備弾倉を叩き込み、ヘッドライトを倒れていたバイターに向けた。

五体のバイターのうち、二体が起き上がろうとしている。全身を弾丸で撃ち抜かれ、腹部、胸部に大きな穴が空き、一体は両足がなくなっていたが、それでも這って前進を止めない。

藤河はそのまま前に出て、呻き声を上げながら手を伸ばしているバイターの頭部を撃った。グローブの中の手が、汗でぐっしょりと濡れている。バイターがその場に崩れ落ち、動きを止めた。

断続的な銃声に振り向くと、梶原が倒れていた二十体のバイターの頭をベレッタで撃っていた。パーシャルジャケット弾の破壊力は凄まじく、バイターの頭が細かい破片になって飛び散った。

松崎、と梶原が顔を向けた。何も聞こえません、と香澄が言った。

「バイターたちには、わたしたちを挟撃する意図があったようです。何らかの形で意思を疎通させていると説明を受けましたが、こんな組織的な行動を取るなんて……」

化け物のくせに、と面体を外した梶原が唾を吐いた。

「挟み撃ちにして自分たちを襲おうとした？　そんなこと、あるはずないだろう！」

偶然じゃない、と藤河は首を振った。明らかに、バイターには挟撃の意思があった。

バイターの生命力は異常に強い。五体のバイターにベレッタ全弾を裕子と共に撃ち込んだにもかかわらず、二体は生きていた。

バイターが集団行動を取り、意思を統一して攻撃してきたら、勝ち目はない。バイターは死人で、死を恐れない。仲間の屍《しかばね》を乗り越え、藤河たちの喉笛に咬み付くだろう。

面体を被り直した梶原が、転がっていたバイターの腕を拾い上げて林に放った。

「少女の捜索といっても、こんな化け物が相手では戦うも何もない。捜索の前提条件は、自分たちの安全確保だ。違うか？」

理屈ではそうだ、と藤河はうなずいた。

「バイターの襲撃を受けて、ブラッド・セブンが全滅したら、総理の娘を捜す者はいなくなる。だが、少女の発見と保護、最悪でも少女の死の確認、報告がおれたちの任務だ」

手間ばかりかかる、と梶原が足元のバイターを蹴った。

「愚痴を言っても始まらんか……松崎、バイターの気配は？」

ありませんと首を振った香澄が、ヘッドライトを前に向けた。強い雨が降り注ぐ中、前方に鉄の門と民宿の看板があった。

「柏屋《かしわや》、と書いてあります。あそこから、このバイターたちは来たんでしょう。でも、どうしてわたしたちがいるとわかったのか……」

バラバラになった肉塊をライフルの銃口で突《つつ》いていた安野が、屈み込んで布の切れ端を手にした。

「これは浴衣《ゆかた》です。つまり、こいつらは民宿の客だったんでしょう。宿の従業員か、客の誰かがウイルスに感染してバイターになり、次々に宿にいた人間を襲い、全員がバイター化したものと思われます」

答えになっていない、と藤河は言った。

「このバイターたちが民宿の従業員もしくは客だったことぐらい、想像はつく。そうではなくて、どうやっておれたちの存在に気づいたのか、そっちの方が問題だ」

お前は答えられるのか、と安野が詰め寄った。見開いた目が真っ赤に染まっている。

わかるわけがない、と藤河は小さく息を吐いた。

「おれたちの足音を聞いたのか、それとも匂いか……もうひとつ、おれたちが撃ったバイターは後方にいた。奴らは民宿を出た後、二手に分かれて林の中を迂回し、挟撃を試みた。そこまで複雑な連携ができたとすれば……」

理屈をこねてる暇はない、と梶原が面体の前を拭った。

「あの民宿に向かう。誰も残っていないと思われるが、安全を確認しなければならん。ここに留まっていても危険なだけだ。全員、後に続け」

AK-18を肩に担いだ梶原が早足になった。掛川、と藤河は声をかけた。

「立て。ここにいるのはまずい。まだバイターがいるかもしれない」

地面に手をついて立ち上がった掛川が、足を引きずるようにして歩きだした。その後ろに続きながら、藤河は辺りを見回した。

強い雨に横風が絡み、視界は閉ざされ、何も見えず、何も聞こえない。面体を装着しているためもあるが、匂いも感じなかった。

(だが、奴らはおれたちに気づいた)

七人がいたのは、民宿からやや離れた場所だ。これだけの強い雨と風の中、生きている人間の存在を察知し、襲撃するために動いたとすれば、戦って勝てる相手ではない。

ブラッド・セブンにアドバンテージがあるとすれば、それは目だ。視界に勝る者の方が、戦場では容易に敵を発見することができる。

視界が開けている場所では、足音、体臭などでバイターが人間の存在を感知するよりも、人間がバイターを視認する方が早い。

ただし、それは視界が良好な場合だ。大川豆島は島全体が起伏に富んでいる。地形も複雑だ。

藤河たちが今いるバス通りも高低差があり、視界がいいとは言えない。聴覚、嗅覚に優れているバイターの方が、早い段階で人間を発見できる。

数百メートル離れた地点でバイターが音、あるいは匂いによって人間の存在を察知した場合、どうなるか。

バイターは本能的に人間を襲う。察知した瞬間、彼らは追跡を始めるだろう。

遮蔽物《しゃへいぶつ》があると、人間にはその陰にいるバイターが見えない。バス通りの左右は林で、数え切れないほど多くの樹木が立っている。接近してくるバイターに気づかないこともあるだろう。

だが、五〇メートル、少なくとも三〇メートルまで近づいてくれば、何かが動いているとわかるはずだ。注視すれば、バイターだと確認できる。

バイターの動きは鈍く、足も遅い。バイターの方が人間に気づくのが早かったとしても、三〇メートル離れていれば、逃げるにせよ戦うにせよ、対応できる。

その意味ではブラッド・セブンの方が有利なはずだが、雨によって視界が奪われている。

この状況下では、数メートルの距離までバイターが近づいても、わからない可能性がある。

今まで、バイターは一体、もしくは数体だけだった。バス通りとその周辺の建物内にいたバイターを倒すのは、さほど難しくなかった。

香澄がバイターの気配に気づいたことで、先手を打つことができたが、次はわからない。

二十体のバイターが相手ならともかく、百体、あるいはそれ以上のバイターが一斉に襲ってきたら、七人で倒せるはずもない。

背中を冷や汗が伝った、顔を上げると、香澄が掛川に肩を貸して歩いていた。

(彼女の能力は高い)

軽視していたつもりはないが、体力面で劣るのは否めない。だが、香澄にはそれを補って余りある能力があった。視力、そして聴力だ。

大雨の中、林の中を歩くバイターが揺らした木々、そして足音に気づいたこと自体、信じられなかった。

松崎はおれたちの目だ、と梶原が言っていた意味がわかった。狙撃の観測手を務めているというが、資質なのか、訓練によるものなのか、視力と聴力は常人を遥《はる》かに凌駕《りようが》している。

「藤河、急げ」

面体の中で、梶原の声が反響した。小さく息を吐いて、藤河は香澄と掛川の後を追った。

5

大沼と武藤が窓からベッドを外している。宅間が伸ばした手をしっかり握ったまま、彩香は振り返った。大丈夫、と誠子が肩に手を置いた。

「心配しなくていい。ドアはおばさんが守る。絶対にあの女バイターをこの部屋に入れない」

必ず戻ってきます、と彩香は言った。

「お医者さんを連れて……加代ちゃんのことを、諦めないでください」

微笑んだ誠子が、大沼たちが外したベッドに加代を寝かせた。

「おばさんはね、看護師をしていたからわかるの。人間はそんなに簡単に死んだりしないって……」

誠子の声が震えていた。笑みを浮かべていたが、目に涙が溜まっている。奇跡が起こらないことを知っている者の顔だった。

「彩香ちゃん、行きなさい。四人で力を合わせれば、必ず助かる」

わかりました、と彩香は頭を下げた。自分たち四人を逃がすためにこの部屋に残る、と誠子が決めたのは、それが義務だと考えたためだろう。

ベッドを外す前に、ドアの支えを補強していたから、誠子が押さえている限り、女バイターにドアを打ち破ることはできない。

でも、と彩香は目をつぶった。他のバイターたちが三階に上がってきたら、そして十体、二十体のバイターが体をぶつけ続けたら、確実にドアは壊れる。

加代を背負い、窓からベランダに出て、奥の部屋へ逃げることはできるかもしれない。でも、その頃にはもっとたくさんのバイターがこの建物の周りに集まっているだろう。逃げ場を失った誠子がどうなるか、怖くて想像すらできなかった。

最後に加代に目をやり、ベランダに出た。大沼が隣の部屋との間にあった板を蹴っている。

すぐに板が割れ、大きな隙間ができた。大沼を先頭に、武藤、彩香、宅間の順で続き、隣室のベランダに入った。

そこを通過し、同じように板を破り一番奥の部屋のベランダに出ると、大きな窓とアルミサッシを確認していた宅間が、後ろに下がれと言った。

「窓を割って、中に入る。バイターがいたら、ぼくが食い止める。大沼は二人を連れて非常階段を降り、外へ逃げろ」

　真っ暗な空から雨と風が吹き付けている。雨粒が顔に当たって痛いほどだ。

気をつけて、と叫んだ彩香と武藤を連れて、大沼がベランダの端に下がった。宅間がフルスイングでゴルフクラブを振ると、ガラスが砕けた。

室内に足を踏み入れた宅間が、来い、と囁いた。彩香は武藤の手を摑んで、大沼の後に続いた。

「バイターは？」

大沼が怒鳴った。いない、と宅間が辺りを見回した。

「大声を出すな……女バイターに気づかれるかもしれない」

びしょ濡れになった髪を犬のように振った大沼が、リビングを抜けて玄関へ向かった。

鍵はかかっていたが、チェーンは外れている。

気をつけろと低い声で言った宅間に、小さくうなずいた大沼が、チェーンを掛けてからドアを細く開けた。

一〇センチほどの隙間に目を押し付けていたが、大丈夫だと言ってチェーンを外し、ドアを全開にした。

「廊下にバイターはいない。今しかない。逃げるぞ」

武藤を頼む、と宅間が彩香の目を見つめた。

「もし、ぼくに何かあったら……武藤と二人で逃げるんだ。いいね？」

宅間の言いたいことは理解できた。大沼の中で、何かが壊れている。逃げることしか頭にないのだろう。

何も判断できなくなっている。頼ることはできない。

「宅間さん、お願いです。諦めないで。元屋町まで逃げれば……」

諦めてなんかいない、と宅間が白い歯を見せて笑った。

「万が一のために言っただけだ。深い意味なんてない……とにかく、ここを出よう。大沼、非常階段はあるか？」

ある、とだけ答えた大沼が、そのまま部屋を出ていった。行こう、と宅間が彩香の手を握った。火のように熱かった。

左右を確認して、宅間を先頭に三人で廊下に出た。二つ離れた部屋から、誠子の叫び声、そして金属音が聞こえている。女バイターの気を逸らすために、何かを叩いているのだろう。

宅間が廊下を進むと、非常口、と記されたドアのノブに大沼が手を掛けていた。一人
行くな、と宅間が抑えた声で叫んだ。

「懐中電灯を持っているのは、お前だけだ。外は真っ暗で、何も見えない。ス
トは光量が小さい。懐中電灯がなければ、身動きが取れなくなる」

早くしろ、と大沼が喚いた。

「ここから逃げるんだ。逃げるしかない。逃げるんだよ！」

叫ぶな、と宅間が大沼の肩を摑んだ。

「建物の周りに大勢のバイターがいたのは見たはずだ。落ち着け、四人で逃げるんだ。一人じゃどうにもならない。わかるな、大沼。冷静になれ」

畜生、と叫んだ大沼が非常扉を開けた。雨が顔に当たり、彩香は武藤を自分の後ろに回した。

非常階段は建物の外壁に沿って設置されている。屋根はない。

足元を照らせ、と宅間が大沼の肩を叩いた。

「雨で滑るぞ。足元に気をつけろ……この非常階段は建物の裏手に面している。バイターたちはバス通りにいた。建物に入ってくるなら、正面の玄関からだろう。こっちには来ない」

保証できるのか、と大沼が懐中電灯を突き付けた。

「バイターはいないと、言い切れるのか？　宅間、お前が先に行け。二人も一緒に降りろ。バイターがいないとわかったら、おれも降りる」

懐中電灯を貸せ、と宅間が手を伸ばした。

「ぼくが先に行く。三人は後に続け」

宅間が辺りを懐中電灯で照らしたが、バイターの姿はなかった。

「降りたら建物の裏を通って、バス通りに出る。バイターがいたら、林の中に逃げ込む」

「武藤くん……大丈夫?」

彩香の問いに、武藤がまばたきで答えた。何が起きているのか、わからなくなっているのだろう。

二階まで階段を降りたところで、彩香は建物を見上げた。最後に加代を見た時、一瞬だったが、目を開いているように見えた。あの時の顔が頭から離れなかった。

足を滑らせた武藤が、悲鳴を上げて彩香の手を摑んだ。宅間が背後の三人の足元を照らしている。そのコートの裾を握りしめたまま、彩香は慎重に足場を探った。

FEAR 6
死

1

柏屋、と記された小さな木の看板が風に揺れている。梶原がヘッドライトの光を向けると、風情のある平屋建ての民宿が建っていた。

警戒せよ、と梶原がＡＫ-18を構えた。

「バイターがいる可能性がある。発見したら直ちに撃て。発砲を許可する」

無茶苦茶だとつぶやいた掛川に、藤河は首を振った。今の梶原を止めることは、誰にもできない。

柏屋はバス通りに面している。光源は梶原のヘッドライトだけで、建物全体は見えないが、さほど大きくないようだ。五、六部屋といったところだろう。

松崎、と梶原が囁いた。

「何か見えるか？　気配は？」

ヘッドライトの光が、左から右へ移動した。玄関の扉が、半分ほど開いている。雨の勢いが、更に激しくなっていた。

「人気《ひとけ》はありません」香澄が動いている光に目を向けた。「ですが、絶対とは……踏み込みますか？」

入るさ、と無造作に梶原が足を踏み出した。

「今後どうするかも決めなきゃならん。この本降りの雨の中、立ち話ってわけにもいかんだろう」

開きかけている扉から、首だけを突っ込んだ。玄関内を照らしているが、訓練を積んだ者の動きだった。

「全員、入れ」

梶原が扉を大きく開くと、安野と友部の喉からくぐもった悲鳴が聞こえた。騒ぐな、と梶原が一喝した。

玄関に足を踏み入れた藤河の正面に、男の首が転がっていた。前頭部が割れ、脳漿《のうしょう》が飛び散っている。

背後にいた掛川が、面体を無理やり外し、その場で吐いた。裕子が背中に手を当てたが、その顔も青ざめている。

悪夢のような光景が目の前に広がっていた。土間の至るところに、腕や指、足首など人体のパーツが転々と落ちている。血に染まった手首の先で、何かを摑むように指がゆっくり動いていた。

前衛アートか、と梶原が苦笑した。

「何なんだ、まったく……安野、片付けろ。一カ所に集めて、燃やすんだ」

無言のまま、安野が作業を始めた。中に入る、と梶原が廊下の奥を照らすと、露天風呂、という文字と矢印が書いてあるA4サイズの紙が壁に貼られていた。

「友部、松崎、一緒に来い。各部屋を調べる。藤河たちは右奥だ」従業員用、とプラスチックのプレートがかかっている襖を梶原が指さした。「何かあったら呼べ。動いてる者がいたら、まず撃て。確認はその後でいい。お前たちのために言ってるんだぞ」

大股で廊下を進んだ梶原が、手前の部屋のドアを開けた。友部と香澄が向かいの部屋に入っていく。

援護を頼む、と藤河は裕子と掛川に声をかけた。

「小さな民宿だ。従業員用と書いてあるが、家族で経営しているんだろう。バイター化していても不思議じゃない」

裕子がベレッタをホルスターから引き抜いた。掛川の顔は青を通り越して真っ白になっている。玄関で見た惨状に、パニックを起こしているようだ。

藤河は襖に手を掛け、三つ数えてからゆっくり右に開いた。六畳ほどの和室に布団が敷かれているが、室内は血の海だった。血の臭いに噎《む》せたのか、裕子が口を手で押さえた。

部屋に大きな箪笥《たんす》とドレッサーがあったが、他に目立つ家具はない。箪笥もドレッサーもかなり古いが、長年使っていたようだ。

敷かれていた布団をめくり、誰もいないことを確かめてから、ドレッサーに近づいた。写真立ての中で、老夫婦が微笑んでいる。

この二人が民宿を経営していた、と藤河は写真を指した。

「二十年、三十年、もっと長かったかもしれない。静かで、穏やかな日々を過ごしていた。バイターウイルスに感染した客が来るまでは……」

奥にドアが、とベレッタの銃口を向けた裕子がそのままノブを摑み、押し開けた。小さな厨房があり、壁に沿って食器棚が並んでいたが、室内に血の跡はない。器もそのままになっている。

「バイターもここまでは入らなかったようだ」大型冷蔵庫の扉を開け、藤河はペットボトルの緑茶を取り出した。「老夫婦は眠っていたんだろう。そこをバイターに襲われた。その後どうなったかは、考えたくもない……飲むか？」

いいえ、と怯えたように裕子が一歩退いた。藤河は面体を外し、二リットル入りのペットボトルに直接口をつけて緑茶を飲んだ。

携行していたミネラルウォーターはとっくになくなっていたし、その後は雨で舌を潤しただけだ。バイターウイルスが入っているわけじゃない、と藤河はペットボトルをテーブルに置いた。

「無理には勧めないが、脱水症状を起こすぞ……掛川、大丈夫か？」

厨房の入り口で座り込んでいた掛川が、右手だけを挙げた。ここにバイターはいない、と藤河は言った。

「おれたちが撃った奴らがすべてだったんだろう。来い、梶原たちと合流する」

玄関に戻ると、一番奥の部屋から梶原が出てきた。

「藤河、入れ。女SPとドクターもだ。この部屋が一番まともだ」

他の部屋はと尋ねた藤河に、お化け屋敷だよ、と梶原が乾いた笑みを浮かべた。

「見て気分がいいもんじゃない。ここで話そう。他はどうだった？」

バイターはいないが、二度と入りたくないと藤河は答えた。肩をすくめた梶原が襖を横に開いた。

友部が軍用のLEDランタンを天井に吊るしている。明かりがつくと、部屋の様子がわかった。

十畳間で、和机と座椅子が二つ、小さな液晶テレビがある。開け放たれた障子の奥に広縁があり、籐《とう》製の椅子が二脚並んで置かれていた。二人用の客室だ。

この部屋は誰も使っていなかったようだ、と壁を背に梶原が座った。

「他の部屋には客がいた。正確に言えば、人の残骸だな。酷かったよ……だが、バイターはいなかった。ここは安全だ」

友部と香澄が面体を外し、背負っていたバックパックを下ろした。従業員室を調べた、と藤河は持っていたペットボトルを畳の上に置いた。

「この民宿は、老夫婦が二人で切り盛りしていたようだ。寝室は血の海だったが、死体や体の部位はなかった。バイターに襲われて死んだか、自分たちもバイターとして蘇ったのか……厨房に争った痕跡はなかった。バイターは入らなかったらしい」

ペットボトルを取り上げた梶原がひと口飲み、何時だと尋ねた。八時五分です、と香澄が時計に目をやった。

何か食おう、と梶原が装備品の乾パンの缶を取り出し、蓋を開けた。

「友部、台所で水を汲んでこい。こいつはぼそぼそして食いにくい……さて、ここからどうする？」

ここまで強行軍だった、と藤河は座椅子に座った。

「三十分でいいから、休息を取った方がいい。だが、時間が余ってるわけじゃない。この先に農機具会社の寮があったな？　遠くはない。少し休んだらそこまで行って、少女たちを捜そう」

本気か、と梶原が乾パンを口にねじ込んだ。

「この民宿は安全が確保されている。装備の確認もしなければならん。一時間はかかる。一、二時間休んだところで、体力が回復するはずもない。この民宿から寮まで、約三〇〇メートルだが、どこにバイターが潜んでいるかもわからないのに、暗闇の中を進めと？　自殺行為以外の何物でもない」

「それならどうする？」

夜明けを待つ、と梶原がまたペットボトルに口をつけた。半分ほど残っていた緑茶が、一瞬でなくなった。

「この部屋なら、庭に面している窓と、廊下側の襖戸を見張れば、バイターが現れても対処できる。日の出は四時五十分過ぎだ。七時間あるから、三交替制で各員三、四時間ずつ睡眠が取れる。自分たちは人間で、ロボットでもバイターでもない。不眠不休で総理の娘を捜索することはできん」

襖が開き、友部と安野が入ってきた。バイターの処理は、と鋭い声で言った梶原に、布団袋に入れ、玄関の外に出しましたと安野が答えた。

「ガソリンをかけてあるので、いつでも焼却可能です」

座れ、と命じた梶原が、空になったペットボトルを畳に放った。

「藤河、もう一度言う。ここは戦場で、自分たちがいるのは戦闘領域、要するに危険地帯だ。バイターをゲリラ部隊と想定すれば、闇に紛れて襲われた場合、こっちが不利になる」

「それで?」

「いつ襲ってくるか、人数もわからん」厄介な相手だ、と梶原が舌打ちした。「奴らの視力がほとんどないのは確かなんだろうが、外に出ればこっちも変わらん。何も見えない状態で寮へ行ってどうしろと?」

明かりはある、と藤河は面体のヘッドライトを指した。

「何も見えないわけじゃない。それに、松崎三尉の視力と聴力は、常人の域を超えている。こっちがバイターに気づく方が早い。戦うか、逃げるか、それは状況次第だし、慎重になるのは当然だが、ぐずぐずしていたら手遅れになる。一刻も早く総理の娘を発見しなければ、バス通りをバイターが埋め尽くすことになってもおかしくない」

寮が安全だという保証はない、と梶原が壁を叩いた。

「夜が明ければ、視力に勝る自分たちの方が有利になる。バイターの発見も容易になるだろう。だが、この闇の中じゃどうにもならん。明日になれば、天候が回復する可能性もある。ここで待機するべきだ」

この民宿に相澤彩香さんはいません、と香澄が細面の顔を上げた。

「ですが、状況から考えると、それほど遠くへは行っていないはずです。わたしは藤河さんが言うように、寮へ行って捜索をするべきだと……」

意見具申は認めていない、と梶原が肩をすくめた。

「確実に総理の娘がいるなら、休憩なんか取らず、今すぐ捜索に向かうさ。だが、絶対と言い切れるか？　農機具会社の寮と地図にあったが、そこに住んでいたのは十人、二十人……もっと多いかもしれない。そいつらが全員バイターになっていたらどうする？　敵の総数は不明だ。三〇〇メートル進むだけだと言うかもしれんが、この民宿周辺にバイターが身を潜めているのは間違いない。安全が確保されていない状況で、総理の娘を捜せと？」

友部と安野が顔を見合わせた。掛川、と藤河は横に目を向けた。

「医師としての意見を聞きたい。総理の娘について、想定できるのは二つ、バイターウイルスに感染しているか、いないか、そのどちらかだ。感染していなければ、保護すればいい。だが、感染していた場合はどうなる？」

昏睡期にラザロワクチンを投与すれば、と掛川が嗄《しわが》れた声で答えた。

「バイター化を阻止できる可能性が六〇パーセントあります。ですが、投与が間に合わなければ確実にバイター化します。治癒はあり得ません」

沈黙が続いた。いいだろう、と梶原がつぶやいた。

「今から一時間休息を取る。まず装備の確認、その後は食事、トイレ、仮眠、好きにしろ。

だが、見張りは必要だ。藤河、お前と女SPで立哨《りつしょう》を務めろ。いいな?」

梶原が腕を組んで両眼をつぶった。掛川、と藤河は声をかけた。

「少し休め。おれと浜井で見張る。だが、その前にトイレへ行ってくる。付き合うか?」

尿意はあるんですが、と掛川が立ち上がった。

「何も出ないと思います。でも……行きます」

友部と安野が非常食のチューブを破り、一気に中身を吸い込んだ。藤河はベレッタを手に、廊下へ出た。

2

雨が強くなっている。彩香は顔を手のひらで拭い、宅間が向けている懐中電灯の光の先に目をやった。数台の車が停まっている。駐車場だ。

どっちへ行くんだよ、と大沼が前に出た。

「何も見えない。宅間、懐中電灯を貸せ!」

待て、と宅間が周囲を照らした。駐車場に人影はない。

「建物に沿って金網のフェンスがあるのがわかるか? 間に細い通路が見える。あそこを抜けて、バス通りに出る」

バイターがいたらどうすると叫んだ大沼に、声が大きい、と宅間が唇に人差し指を当てた。

「だから慎重に行動しなけりゃならない。バイターよりぼくたちの方が素早く動ける。だけど、腕力は奴らの方が強い。捕まったら終わりだ」

激しく咳き込んだ宅間が、口に手を当てた。苦しげな呼吸音が続いている。彩香は息を止めて、その様子を見守った。

「……バイターがバス通りにいるのは間違いない」宅間が大きく息を吐いた。「でも、誠子おばさんが音を出して引き付けているから、奴らは寮の中に入っていくだろう」

それまで待つのかと言った大沼に、この先に大きなホテルがあった、と宅間がバス通りを指さした。

「ビッグリバーリゾートホテルって大きな看板が、道沿いに出ていたのを覚えてる。バスで八幡山へ向かう途中だ。ホテルの先はしばらく林だった。二十分近く走っていたけど、スピードは遅かった。二、三キロ歩けば、ホテルに着くだろう。あそこなら警察か自衛隊の救援部隊がいてもおかしくない」

どうかしてる、と大沼が唾を吐いた。

「宅間、お前の言ってることは、もしとか、運が良ければとか、そんなことばっかりだ。ホテルがあったのは、おれも覚えてる。だけど、そこへ行く途中でバイターに捕まったらどうなる？　もう真っ暗で、何も見えない。バイターが目の前にいたって気づかないだろう。おれはあんな化け物に食われたくない。今すぐ戻って、あの部屋に立て籠もるんだ。バイターさえ入れなければ――」

無理だ、と宅間が顔を上げた。

「バイターたちは寮に入り、三階へ上がってくる。おそらく、二十人以上だ。奴らが一斉にドアにぶつかってきたら支え切れないし、その前にドアごと壊れる。戻っても、逃げ場はない。無茶でも何でも、バス通りにいるバイターたちの間を突破するしかないんだ」

くそ、と大沼が地面を蹴った。行きます、と彩香は武藤の手を握った。

「ここにいても、いずれバイターが来ます。今のうちに逃げましょう」

寄越せ、と大沼が宅間の手から懐中電灯を奪い取った。

「おれの後に続け。走るぞ。ついて来い」

大沼が冷静さを失っているのは明らかだった。自分のことしか考えていない。

懐中電灯で前を照らし、闇雲に走っていくつもりだろう。他の三人を見捨ててでも、一人で逃げる気なのが声でわかった。

「無闇に走れば、かえって危険だ」口に手を当てた宅間が、咳を堪えた。「女バイターを思い出せ。馬鹿みたいに、ただドアを叩いているだけで、何も考えていなかった」

「何が言いたい？」

バイターには思考能力がない、と宅間が頭を振ると雨の滴が飛び散った。

「動物と同じか、それ以下だ。動く何かがいるとわかれば、条件反射で襲ってくる。だから、走るな。足音を立てれば、奴らに気づかれる。突破すると言ったけど、強引にってことじゃない。奴らの間を静かに通り過ぎるんだ」

できるわけがない、と大沼がしゃがみ込んだ。目から大粒の涙が溢れていた。

「宅間、そんなの無理だよ。怖いんだ。奴らに捕まらないように、突っ走って逃げるしかない。そうだろ?」

ぼくだって怖い、と宅間が静かな声で言った。

「だけど、安全に逃げるためには、ゆっくりと歩くしかない。バイターたちの姿が見えなくなったら、その時は走ってホテルに向かう。ぼくたちの足音に気づいても、奴らのスピードは遅いから、追いつくことはできない」

彩香は宅間を見つめた。バイターが何人バス通りに残っているか、それはわからない。十人、あるいはそれ以上かもしれない。その間を縫うように移動し、逃げることができるのか。

ライトを持っているのは大沼だけだ。照らした方向にバイターがいなくても、光のすぐ横にいるかもしれない。手が届く距離にいることも、十分にあり得る。

横を通り抜けようとした瞬間、捕まったらどうなるか、一花のように喉を食いちぎられ、肉を食われるだけだ。

血まみれになった一花の顔が、脳裏を過った。頭を半分食われた、作りかけの粘土細工のような顔。吐き気が込み上げ、彩香は口を手で押さえた。

そうするしかない、と宅間が首を振った。

「みんなが怯える気持ちはわかる。それでも、気づかれないように静かに動いて、奴らの輪の外に出るまで、耐えるしかない。武藤、できるか?」

宅間先輩に従います、と武藤がうなずいた。二人はぼくの後ろに、と宅間が彩香の手を握った。

「大沼、どうする? お前が先に行くか、それともぼくか。お前が決めろ」

しゃがんでいた大沼がのろのろと体を起こし、懐中電灯を差し出した。

「おれにはできない……宅間、先に行ってくれ。おれは……おれは……怖くて足が動かない」

しっかりしろ、と励ますように宅間が大沼の背中を叩いた。

「もう一度言う。走るな。声も出すな。バイターがすぐ横にいても慌てるな。みんなが思ってるほど、難しいことじゃない。バス通りは道幅もある。残っているバイターは十人ぐらいだろう。その間を抜けていくだけだ。落ち着いて行動すれば必ず助かる」

懐中電灯で足元を照らした宅間が、金網と建物の間にある細い通路へ向かった。彩香は武藤の手を強く握って、その後に続いた。

3

誠子はスーツケースの上に座ったまま、呼吸を整えた。叫び続けていたために、声が出なくなっている。宅間たちが部屋を出てから、十分ほどが経っていた。

(無事だろうか)

誠子はドアを見つめた。少し前から、叩く音がひとつではなくなっていた。女バイターだけではなく、他のバイターが三階へ上がってきたのだろう。

今は二体のようだが、数分後にはその倍、それ以上になる。十体のバイターがドアに体当たりすれば、全力で押さえていても、ドアごと弾《はじ》き飛ばされる。

(その前に逃げた方がいいのか)

ベッドに横たわっている加代に目を向けた。遅くても十分以内に、バイターの集団がこの部屋になだれ込んでくる。戦うも何もない。襲われ、食われるだけだ。

自分のことはいい、と誠子は小さく息を吐いた。加代が死んでしまった以上、後はどうなっても構わない。ただ、加代を守らなければならない、という思いがあった。

バイターの正体は不明だ。ゾンビと誰かが言っていたが、そういう存在なのだろう。

これは現実だ。バイターたちは人間の血と肉を求め、そのためなら何でもする。川島先生が、一花がそうだったように、頭を割り、脳味噌を啜り、喉に嚙み付いて血を飲み、そして肉を食らう。内臓までもだ。

いずれ、バイターは警察や自衛隊によって撃退される。どれだけの数がいたとしても、結局は粗暴なだけの殺人鬼に過ぎない。

警察や自衛隊には、拳銃やライフルなど武器がある。組織力もある。バイターが勝てるはずもない。

バイターは生きている死者だ。燃やして灰にしてしまえば、無力になる。必ずバイターは全滅する。

その後、犠牲者の捜索が始まるだろう。無残に食い散らかされた加代が見つかったら、夫は、両親は、加代の友人たちはどう思うか。想像すると胸が張り裂けそうになった。

加代を今の姿のまま守らなければならない。それは母親としての本能だった。

死んでいる加代を生き返らせることはできないが、その姿が生きていた時と同じであってほしい。誠子が願っていたのは、それだけだった。

そのためにどうすればいいのか。この部屋に隠れる場所はない。加代を背負って宅間たちが逃げた奥の部屋へ向かい、外へ出るべきなのか。

だが、暗闇の中、加代の遺体を背負ったまま、遠くまで逃げることはできない。四十歳になる自分に、それだけの体力はない。

体重四〇キロの加代を背負い、ぬかるんでいる道を歩き続けることは不可能だし、必ずバイターたちに捕まる。その時、どれだけ悲惨なことが起きるか、考えただけでも吐きそうだった。

ドアの向こうで、何かが倒れる大きな音がした。テーブルか、家具か。入ってきたバイターが何かを倒したのだろう。

これで三体、と誠子はつぶやいた。数分後にはバイターたちがドアを破り、部屋に入ってくる。

（逃げよう）

決断は一瞬だった。宅間たちのために大声で叫び、ゴルフクラブでスーツケースを叩き続け、バイターを引き付けていたが、四人が出ていってから、十分以上が経っている。無事に逃げたか、それともバス通りでバイターの餌食になったか、それはわからないが、義務は果たしたという思いがあった。

頭の中にあったのは、加代のことだけだ。死んでいても、この子は娘だ。誰よりも、何よりも愛《いと》しい自分の娘だ。

傷つけられたくない。加代の体が引き裂かれた時のことを思うと、心臓を冷たい手で強く摑まれたような苦しさがあった。

ドアを乱打する音が、大きく、強くなっていた。少なくとも五体のバイターが三階へ上がってきている。もう一刻の猶予もない。

加代、と誠子は呼びかけた。

「大丈夫よ、お母さんがあなたを守る。心配しなくていい」

辺りを見回すと、洗濯物を吊るす細いロープが落ちていた。あれで加代を自分の背中に縛り付けよう。きつく結べば、落ちることはない。

そのままベランダに出て、奥の部屋まで行き、階段で一階へ降りる。バイターがいたら、ゴルフクラブで殴り倒せばいい。

バイターの動きは鈍い。足を引きずるような、独特な歩き方。あれでは走ることなどできるはずもないし、人間の方が素早く動ける。

バス通りは危険だ。林へ逃げよう。奥へ進んでいけば、バイターたちに見つかる恐れはない。

ロープの端を握り、スーツケースに座ったまま、編み込むようにして形を整えた。これで加代の腕と足を縛れば、背負って動くことができる。逃げるためには、自分の両手を空けておかなければならない。

ママ、というか細い声がした。空耳だ。

加代以外、あたしのことをママと呼ぶ者はいない。そして、加代は死んでいる。死者が声を出すはずがない。

「ママ」

誠子は顔を上げた。ベッドの上で、加代が起き上がっていた。

(神様)

誠子はそっと手を伸ばした。

「加代、ママよ……こっちに来て」

十年前に辞めているが、元看護師として、心肺停止状態にあった患者が息を吹き返した例が少なくないことは知っていた。

加代の呼吸が止まり、心臓が動いていないことは確かめていた。体温低下、脈も取れず、瞳孔も拡大していた。それは死を意味している。

だが、奇跡は起きる。誠子は溢れてくる涙を拭った。

加代がゆっくりベッドを下り、近づいてくる。両手を広げて、しっかりと抱きしめた。

ドアを叩く音が大きくなっている。数センチほどの隙間から、汚れた指が何本も覗いていた。

そこから漂ってくる臭いに、誠子は顔をしかめた。死臭だ。

病院に勤めていた頃、入院患者の死に何度も立ち会っていた。死亡した瞬間、人間の体は腐り始める。

病院内の霊安室に遺体を安置し、ドライアイスを使っても、自分の体に死臭がまとわりつき、数日経っても消えることはない。今、嗅いでいるのは、あの時の臭いと同じだ。

「加代、歩ける？　走れる？」

よろけた加代がベッドの縁に摑まった。誠子は編んでいたロープを加代の手に握らせた。

「ママの言うことをよく聞いて。もう、このドアは保たない。ママと一緒に逃げよう。このロープで、ママが加代を背負う。ベランダに出て――」

加代が顔を上げた。大きく見開かれた目が、白く濁っていた。

とっさに、誠子は手元にあったゴルフクラブを摑んだ。加代は死に、そしてバイターとして蘇った。

今、目の前にいるのは娘ではない。化け物だ。

加代の口が信じ難いほど大きく開いている。口の端から大量の涎《よだれ》が溢れ、透明な糸のように床へ垂れていた。

「来ないで！」

悲鳴を上げ、ゴルフクラブを振り上げた。足を引きずりながら、加代が近づいてくる。

顔に表情はなく、手が前に伸びていた。

誠子の手から、ゴルフクラブがスーツケースの上に落ち、鈍い音を立てた。

バイターになっても、加代は娘だ。娘を殺すことはできない。

誠子は加代を強く抱き締めた。首に加代の歯が触れ、痛みを感じる直前、ドアが吹っ飛び、数十体のバイターが部屋になだれ込んで来た。

4

金網に手で触れながら進んでいた宅間が、バス通りが見えると囁いた。そのまま首を伸ばして左右に目をやっていたが、十人以上いる、と体を戻した。

「バイターの群れが動いている。奴らが向かっているのは、寮の玄関だ。中に入ろうとしている」

やり過ごそう、と大沼が一歩退いた。

「ここに隠れて、バイターたちが中に入るのを待つ。そうすれば――」

今いるバイターは寮の中に入っていく、と宅間がうなずいた。

「奴らがいなくなるまで待ち、それから逃げるのがベストだ。だけど、見えているバイターがすべてとは限らない。他にもいる可能性の方が高い。駐車場へ入ってくる奴がいてもおかしくない」

懐中電灯の光を駐車場に向けた宅間が、今はいないと言った。

「でも、その時のことを考えておかなきゃならない。この路地は幅も狭いし、金網と建物の壁に挟まれている。逃げ場はない。バス通り、駐車場、両方にバイターが現れたら、挟み撃ちになる」

どうするつもりですかと尋ねた彩香に、バス通りに出る、と宅間がうなずいた。

「もう一度言う。音を立てるな。声を出すな。バイターたちは一人ずつ、この寮を目指して進んでいる。

その先にもいるかもしれない。奴らの間をすり抜けて逃げるんだ」

「死にたくない。助けてくれ、宅間。奴らに食われたら……一花みたいになりたくないんだ。あんな死に方は絶対に――」

冷静になれ、と宅間が大沼の両肩を摑んだ。

「奴らはそれぞれ二、三メートル間隔で歩いている。この暗さだと、目でぼくたちを見つけるのは難しいだろう。音さえ立てなければ、気づかれない。一番遠くにいるバイターは、三〇メートルほど先だ。そこさえ抜ければ、何とかなる」

何とかなるって、どうなるんだと大沼が涙声で言った。

「お前が言ってるのは、見える範囲でってことだろ？　三〇メートルって言ったけど、その後ろにもいたらどうする？　元屋町には何千人も人が住んでるって聞いた。全員がバイターになって、バス通りに集まっていたら、逃げることなんかできるわけない！」

落ち着いてください、と彩香は言った。大沼は判断力を失っている。最悪の事態を頭のなくなる。

　中で想像し、それに怯えているだけだ。

　この状況で、もし、という想定に意味はない。言い出したらきりがないし、一歩も動け

　ここにいても、いつかバイターがやってくる。そうなったら終わりだ。

「でも……宅間さん、あたしたちも前が見えません。バイターたちの間を抜けて、前に進むのは難しくないですか？」

　これがある、と宅間が手の中の懐中電灯を一回だけ光らせた。

「ぼくが前を照らす。ずっとじゃない。バイターにとって、光は目印になる。だから、スイッチをつけたり切ったり、それを繰り返すことで、奴らの位置を探る。後はその間を進むだけだ」

　宅間が右手で彩香の左手を握り、武藤と手を繋げと言った。

「大沼は一番後ろだ。武藤から離れるな」

　駄目だ、と大沼が口に手を当ててしゃがみ込んだ。

「怖い……怖いんだ。バイターたちに近づいたら、どうなるか――」

　背後でかすかな物音がした。雨ではない。泥が撥《は》ねる音だ。

　バイターです、と彩香は囁いた。立て、と宅間が大沼の体を起こした。

「駐車場にバイターが入ってきた。気づかれたら、どこまでも追ってくる。バス通りに出

るしかない。来るんだ」

涙と鼻水で顔を汚した大沼が立ち上がった。顔だけを覗かせて、左右に一度ずつ懐中電灯の光を向けた宅間が、まっすぐだと小声で言った。

「通りの反対側に出よう。バイターたちとの距離が離れているから、あそこは安全だ」

返事を待たず、宅間が前に出た。武藤の手をしっかり摑み、彩香はその後に続いた。

一歩前に出ると、足が地面に沈み込んだ。激しい雨のため、道そのものが田圃《たんぼ》のようになっている。

頑張れ、と宅間が顔だけを向けた。辺りは闇だが、笑みを浮かべているのが声でわかった。

「彩香はぼくが守る。怖がらなくていい。約束する」

彩香は小さくうなずいた。大丈夫だ。宅間さんの手を離さなければ、必ず助かる。

断続的に、宅間が懐中電灯のスイッチを押した。闇の中でフラッシュが光っているようだ。虚ろな表情を浮かべたバイターが、数人立っている。

彼らが見ているのは、目の前にある寮だった。見ているのではない。顔を向けている、と言った方が正しいだろう。

バイターたちは、そこに建物があるのをわかっている。中に人間がいることもだ。

動物的な直感なのか、音や匂いのためなのか、いずれにしても、寮に向かって一歩ずつゆっくり歩を進めている。

バイターが彩香たちの存在に気づいていないのは確かだ。見えていないのだろう。光にも反応していないようだ。

宅間が彩香の腕を強く引いた。勢いで抱きつくと、照れたような笑い声が漏れ聞こえた。

「武藤は？」

ここにいます、と武藤が囁いた。助けてくれ、と大沼が荒い息を吐いた。

「何だ、この道……足が泥にはまって抜けない。宅間、どうにかしてくれ」

大丈夫だ、と宅間が懐中電灯で足元を照らした。

「ここまで来れば、木の根が張っている。歩きやすいし、いざとなったら林に飛び込んで、隠れることもできる。近くにバイターはいない。ゆっくりでいいから、足を引き抜いてこっちへ来るんだ……そうだ、それでいい。彩香、手を放すな」

彩香は素早く宅間の手を握った。貧血を起こしたのか、一瞬意識が消えていた。

行こう、と宅間が歩きだした。靴で木の根を踏むようにして歩くと、泥に足を取られることなく進めた。

焦らなくていい、と宅間が囁いた。

「バイターはぼくたちに気づいていない」

前が見えない、と大沼が声を上げた。

「宅間、足元を照らしてくれ。木に膝がぶつかった。どこにいる？」

静かに、と宅間が光を向けた。細かい雨が降り注いでいる。横風が強く吹き、雨が斜めになった。

「ゆっくりでいいんだ。片手は空いているだろ？　前を探りながら歩けば――」

彩香は顔を左に向けた。異様な臭気が近づいている。

「宅間さん！」

叫ぶのと同時に髪を摑まれ、引きずり倒された。懐中電灯の光が、バイターの顔を照らしている。

老人だった。髪の毛はほとんどなく、顔に黒い染みが浮き出ている。八十歳を超えているようだが、腕力は異常なほど強かった。

表情のない顔から、鼻がゆっくりと頰を伝って落ちていった。腐っているのだろう。

そのまま、老バイターが大きく口を開いた。大量の涎が粘液のように顎から滴り落ちている。恐怖のあまり、彩香は指一本動かせずにいた。

スローモーションのように、老バイターの顔が迫ってくる。目を閉じることはできなかった。

いきなり、老バイターが倒れた。宅間が懐中電灯を何度も顔面に叩きつけている。

「彩香、立て！」宅間が腕を引っ張った。「逃げろ！」

懐中電灯の光に照らされた老バイターが、両手を地面につき、立ち上がった。頬骨の辺りが陥没しているが、痛みは感じていないようだ。

宅間さん、と武藤が叫んだ。

「気をつけて！　後ろにもいます！」

ズボンのベルトに差していたゴルフクラブを抜いた武藤が、バイターの頭に振り下ろした。鈍い音と共に額が割れたが、血は出なかった。

悲鳴を上げた大沼が、林の中に駆け込んでいった。宅間と老バイターが組み合っている。老バイターの口が開いては閉じ、閉じては開いていた。

宅間さん、と起き上がった彩香に、来るなと宅間が叫んだ。

「武藤を連れて逃げるんだ。こいつはぼくが倒す」

宅間が懐中電灯を放り、飛び上がった武藤がそれを摑んだ。逃げろ、ともう一度怒鳴った宅間の顔が武藤の手にあったライトに照らされ、彩香は立ちすくんだ。宅間の目が白く濁っていた。

老バイターの顎に、宅間が右の拳を叩きつけた。数本の黄色い歯が、闇に飛んだ。

来るな、と宅間が叫んだ。エフェクトがかかったような声だった。

「ぼくニ……チかづクナ……にゲルんだ……」

老バイターがゆっくりと立ち上がった。両手を伸ばし、宅間の首を摑むと、凄まじい力に両足が浮いた。

悲鳴を上げた武藤が、彩香の腕にしがみついた。足の動かし方がわからないまま、彩香はよろけて一歩下がった。

老バイターが大きく口を開けた。宅間の喉を狙っている。

ミるナ、と叫んだ宅間が、握った拳を老バイターの洞穴のような口に突き入れた。

粘土を棒で突き刺すような鈍い音。老バイターの後頭部を貫いた宅間の指先が見えた。

老バイターが宅間を突き飛ばし、二人の間に一メートルほどの距離ができた。宅間の右手首から先がなくなっている。凄まじい勢いで、血が噴き出していた。

「他のバイターが来ます！　相澤さん、早く！」

武藤に引きずられるようにして、彩香はその場を離れた。数人のバイターが宅間に襲いかかり、全身の肉を食んでいる。何度か悲鳴が上がったが、やがて咀嚼音しか聞こえなくなった。

「宅間さんは……バイターになっていたんですね」

前を走っていた武藤が顔を手のひらで拭った。何も言わず、彩香はうなずいた。寮の三階で、女バイターが宅間の顔を引っ掻いた時のことが脳裏を過った。

おそらく、バイターは何らかの感染症だ。あの時、宅間は女バイターにウイルスをうつされた。

熱を出し、咳き込んでいたのも、握った手が火のように熱かったことも、ウイルス感染が原因だったのだろう。

懐中電灯を貸して、と彩香は手を伸ばした。

「武藤君はあたしが守る。バス通りにバイターはいない。急ごう、この先にリゾートホテルがある。あそこへ逃げるしかない」

大沼さんは、と武藤が左右に目を向けた。二人では心細いのだろう。それは彩香も同じだ。

宅間がいなくなった今、二人だけでは戦えない。当てにならなくても、大沼がいた方が助かる可能性が高くなる。

「林の中に入っていったのを見た」彩香は懐中電灯の光を向けた。「ホテルのことは、大沼さんも知ってる。他に逃げ場はないから、必ず来る」

うなずいた武藤が、彩香のレインコートの袖を摑んだ。行こう、と彩香は歩を進めた。

5

午後八時五十分、梶原が装備点検の最終確認を命じた。廊下と窓を見張っていた藤河と裕子も、それに加わった。

「安野、東京から何か言ってきたか？」

十分前、井間枝首相補佐官から連絡がありました、と安野が丸い顔を手のひらで撫《な》でた。

「東京、大阪、神奈川県その他でバイターが発生したということです。警察がバイターを鎮圧したと言ってましたが、詳細は不明。元屋町の救出本部とは連絡が取れません。一体どうなっているのか……」

「総理の娘は？」

発見されていないようです、と安野が答えた。大きなため息をついた梶原が立ち上がった。

「九時になったら、農機具会社の寮に向かう。距離、三〇〇メートル前後。近いが、この雨だ。道の状態も悪い。十分以内に着くだろうが、楽じゃないぞ。バイターがいたら、迷わず撃て」

雨が小降りになっています、と香澄が言った。最近聞いた中で一番いい話だ、と梶原がくわえた煙草に火をつけた。

「今後、元屋町へ接近すれば、バイターの数が増えていく。一歩外に出たら、目の前にいるかもしれん。各員、厳重警戒態勢を取れ。ヘッドライトの点灯を許可する。こっちが気づくのが先か、バイターの方が早いか、それが生死を分ける」

「撃てと言うが――」

黙ってろ、と梶原が藤河を睨みつけた。

「四の五の言ってる場合じゃない。非常事態であり、異常事態なんだ。死にたくなければ、バイターを殺せ。隊を二つに分け、自分と藤河がそれぞれの隊を率いる」バイターの襲撃に備えての措置だ、と梶原が言った。「どちらかが全滅しても、もう一隊が総理の娘の捜索を続行する。いいか、絶対に単独で動くな。前が見えても、背後は死角になる。各員がお互いをカバーすること。わかったな」

友部、女SP、ドクター、と梶原が指名した。

「三人は自分の指揮下に入れ。安野と松崎は藤河と行動を共にしろ。戦力、装備のバランスを考えれば、これがベストだ。寮に到着したら、まず安全を確認し、そこで今日の捜索を終了する。天候、体力、状況、その他の条件を考え合わせると、暗闇の中、総理の娘を捜すのはリスクしかない。夜明けを待って捜索を再開した方が、発見の可能性が高くなる」

どっちが先に行く、と廊下に目を向けた藤河に、自分たちだ、と梶原がうなずいた。

「藤河隊は三メートルの間隔を保ち、後に続け。バス通りにバイターがいるのか、それすらわからんが、いると考えた方がいい。銃器類の点検は終わったな？　行くぞ」

装備品のバックパックを背負った梶原が玄関に向かった。そのすぐ後ろに掛川、裕子が続き、最後尾に友部がついた。

おれたちも行こう、と藤河は言った。

「松崎三尉、おれの後ろについてくれ。安野三尉は最後だ」

玄関から出て行った梶原たちに続いて、藤河も外に出た。四つのライトが辺りを照らしている。

勢いは多少衰えていたが、雨が降り続けている。横風が吹き付け、面体に水滴が当たる音が聞こえた。

「足元に気をつけろ」梶原の声が面体の中で響いた。「ぬかるんでいるどころの騒ぎじゃない。まるで底無し沼だ。一歩踏み込むだけで、ブーツが沈む」

藤河も自分のヘッドライトをつけ、辺りを見回した。雨しか見えない。左右に林が広がっていたが、それも朧《おぼ》ろだ。

「死の行軍だな……二人とも周囲に注意して進め。松崎三尉は何かの気配を感じたら、すぐ知らせろ」

了解です、と香澄がうなずいた。そこから五〇メートルほど進んだが、歩みは亀のように鈍かった。

底無し沼と梶原が言ったが、誇張ではない。一歩前に出ると、その足がどこまでも沈み込んでいく。泥の中から足を引き抜くため、全身に力を込めなければならなかった。

十分経った、という梶原の声が聞こえた。約二五〇メートル進んでいたが、周囲にバイターの気配はない。

「五〇メートル前方に、三階建ての建物がある」農機具会社の寮だ、と梶原が言った。

「藤河、遅れてるぞ」

簡単に言うな、と藤河は泥まみれのブーツを両手で持ち上げた。待ってください、と香澄が鋭い声で言った。

「梶原二尉、前方三〇メートル地点で何かが動きました」

合流せよ、と梶原が命じた。

「藤河、急げ。自分たちがいる場所はわかるか？」

顔を上げると、四つのライトが点滅を繰り返していた。一〇メートルも離れていない。すぐ行く、と藤河は叫んだ。

「松崎三尉、本当に何かいるのか？」

三体います、と香澄が低い声で言った。

「梶原隊の右斜め前です。いえ、五体……増えています。おそらくバイターです」

ヘッドライトを向けると、闇の中で何かが蠢いているのが藤河にもわかった。周囲を警戒、と梶原が怒鳴った。

「間違いない。バイターが接近している。林に注意、襲われたら逃げられないぞ。藤河、早くしろ！」

待ってろ、と叫んだ藤河の前に何かが立ち塞がった。バランスを失い、膝をついた瞬間、銃声が聞こえた。

鈍い音と共に、何かが崩れ落ちた。ライトに照らされたその額に、銃弾の跡があった。

立ってください、と香澄が藤河の腕を掴んだ。握っていたベレッタの銃口から、煙が上がっている。

「バイターに包囲されています。梶原隊と合流し、あの建物に逃げ込むしかありません」

数メートル前方で、続けざまに銃声が響いた。AK‐18をフルオートにした梶原と友部が、引き金を引き続けている。

裕子が両手でベレッタを構え、慎重に狙いを定めて一発ずつ撃っていた。三人の足元で、頭を抱えた掛川がうずくまっている。

いきなり、辺りが明るくなった。最後尾にいた安野が、携行型火炎放射器を左右に向けていた。真っ赤な炎が長い舌のように伸び、周りにいた三体のバイターを焼き尽くしている。

物音がして、藤河は左に目を向けた。林の間から、何かが転がり落ちてくる。

バス通りで止まったそれが、ゆっくりと起き上がった。バイターだ、と安野が火炎放射器を構えた。

「安野三尉、逃げろ！」藤河は安野の腕を掴んで、強引に引っ張った。「ここで戦うのは不利だ。どこからバイターが現れるかわからない。一時撤退して、あの建物で迎撃する」

こっちだ、と梶原が叫ぶ声がした。建物の玄関脇で、四人が銃を構えている。急げ、と藤河は前を行く香澄の後を追った。

FEAR 7
殺《さつ》戮《りく》

1

八月四日、午後九時。第二国会本会議場の総理大臣執務室で、相澤総理はモニターに向かって、状況を説明していた。画面に映っていた大柄な白人が、短いつぶやきを漏らし、肩をすくめている。

同時通訳により、モニターの下部に一行の文字が浮かんだ。そこには〝神の御加護を〟と記されていた。

「事態は深刻です、大統領」相澤は額に浮いていた汗を拭った。「お送りした映像はご覧になっていると思いますが、東京、神奈川、大阪、その他日本各地で大規模なパニックが起きています。現段階では自衛隊及び警察がそれを抑えていますが、予断を許さない状況です。非常に危険な状態であり、治安維持のために米軍の出動を要請したいと――」

キャリー大使から報告があった、とベイツ大統領が口をへの字に曲げた。

「プライムミニスター・アイザワ。アメリカは貴国の危機を憂慮し、同盟国として深く同情している。在日米軍の動員についても検討中だ。だが、現在日本にいるアメリカ市民の安全確保が最優先と我々は考えている」

「そのためにも米軍の出動を――」

我々にはアメリカ市民の安全を護る義務と責任がある、とベイツ大統領が言った。

「貴国のアメリカ大使館を通じ、各方面への避難勧告、同時に日本からの移送を決定した。貴国が危険な状況下にあることは理解しているし、正体不明のモンスターが暴動を起こしている事実も把握している」心を痛めているのも本当だ、とベイツ大統領が胸を押さえた。

「その点で我々の意見は完全に一致している。だが、我々としては自国市民の保護が最優先事項となる。理解してほしい。いずれにしても、そのモンスターだが……」

バイターです、と相澤の横に立っていた那須田官房長官が囁いた。それだ、とベイツ大統領が指を鳴らした。

「WHO《世界保健機関》に確認したところ、未知のウイルスによる感染症と考えられるが、それ以上はデータ不足のため回答不能だという。伝染病なのか、あるいは風土病、もしくは他の病気の可能性もある。実態が不明なままでは、対処不能だ。バイターの実態解明責任は貴国にある。結論によっては、救済策の検討を約束しよう」

「待ってください、大統領。事態は一刻の猶予もありません。すぐにでも在日米軍の……」

後を頼む、とベイツ大統領が席を立ち、入れ替わるようにドウェイン大統領首席補佐官がモニターに映り込んだ。

すまん、と滝のように流れている額の汗を拭い、那須田がモニター前に座った。

私が話します、と那須田がモニター前に座った。相澤は応接用ソファに体を沈めた。煙草に火をつけて煙を吐くと、ノックの音がした。

「入れ」

失礼します、という声と共にドアが開き、井間枝首相補佐官が二人の男を連れて入ってきた。

どうなってる、と相澤は煙草の先端を向けた。外務省の報告では、と井間枝がファイルを差し出した。

「イギリス、ドイツ、その他EU諸国をはじめ、中国、ロシアなど約百カ国からバイターに関する情報の開示要請が入っております。既にイギリス、フランス大使館は閉鎖、自国民の保護を進めています。おそらく、他の国々も追随するでしょう。明朝までには各国から日本人の入国禁止令が発令されると思われます。少なくとも入国制限は免れません」

「国連は？　WHOは何と？」

回答がありません、と井間枝が首を振った。

「一昨年の新型コロナウイルス対策と同様に、感染者の移動を禁じることで、対処するつもりでしょう。前回の教訓ということなのか、各国とも対応が異常に早く、支援は望めない状況です」

日本のことは日本で解決しろということか、と相澤は灰皿に煙草を押し付けた。ひとつだけ、と井間枝が指を一本立てた。

「現時点で、警視庁は都内で感染者を約百体捕獲しています。半数は殺処分せざるを得ませんでしたが、五十体ほどの昏睡期に入った感染者はすべて感染研に送りました。ラザロワクチンを投与したところ、やはり六〇パーセントがバイター化しないという結果が確認されました。仮にですが、全国民がバイターウイルスに感染したとしても、適切な処置を施せば六割が生き残ると……」

それはいい、と相澤は低い声で言った。

「ブラッド・セブンは……彩香を発見したのか？」

まだ報告はありません、と井間枝が目を逸らした。感染前に保護しろと伝えろ、と相澤は井間枝の耳に分厚い唇を寄せた。

消費増税に積極的だった井間枝を政策企画総括担当内閣総理大臣補佐官に抜擢したのは相澤自身だ。その有能さは誰もが認めている。誰よりも信頼できる、という思いがあった。

「万が一、感染が確認されても、殺してはならない。昏睡期を待ち、ラザロワクチンを接種しろ。これは総理命令だ」

指示します、とうなずいた井間枝が出て行った。相澤は新しい煙草を取り出し、震える手で火をつけた。

2

中畑農機具(株)社員寮、というプレートが見えた。藤河と香澄、そして安野の目の前で、梶原たちがAK-18を左右に向けて乱射している。

「早くしろ、藤河！」後方を守れ、という梶原の叫び声が面体の中で響いた。「バイターがいるぞ！　数え切れん。建物内から奴らを殺《や》る。それ以外防御不能だ！」

走れ、と藤河は手を振った。香澄と安野がAK-18を構えたまま、建物に向かっている。

「伏せて！」

香澄の声に、藤河は反射的に頭を下げた。銃声が響き、すぐ後ろで何かが倒れた。バイターだ。

社員寮の敷地に駆け込むと、友部が門を閉めた。全員、ライトをつけろと梶原が命じた。

「周囲を確認。バイターが寮に入っていたらまずい……どうだ？」

いません、と安野がヘッドライトを左右に振った。いえ、と香澄が建物を見上げた。

「中から音がします。上の階で足音が……」

藤河はベレッタを握りしめたまま、建物を見上げた。農機具会社の寮というプレートがあるが、三階建てのマンションだ。会社が全戸を借り上げ、社員寮にしているのだろう。それほど大きくはない。全二十戸ほどで、単身者専用のようだ。

門から見て、建物の右側は庭だ。かなり広いが、そこには誰もいなかった。低い板塀があるが、バイターが接近してくれば見えるし、防御柵としても使える。庭側からバイターが入ってくる可能性は低い。

問題は逆サイドだ、と藤河は顔を左に向けた。建物に沿って、細い通路がある。その奥は見えない。

裏手に続いている、と梶原がAK-18の銃口で指した。

「駐車場があるんだろう。こんな島だ。車がなけりゃ、動きも取れん。まずいのは……」

わかってる、と藤河はうなずいた。建物全体を板塀が囲っているが、駐車場には必ず出入り口がある。バイターが侵入するのは容易だし、防ぐ手立てはない。

中に入る、と梶原が言った。

「今まで、門は開いていた。ここにも住んでいた者がいたはずだ。エントランスのドアに、鍵はかかっていない。松崎、足音がすると言ったが、人間か？」

いいえ、と香澄が首を振った。だろうな、と諦めたように梶原が肩をすくめた。

「住人はバイター化したか、バイターに襲われ、食われたか、どちらかだろう。中に何体のバイターがいるのかはわからん。だが、このマンションに入り、外のバイターを迎撃するしかない。全員、AK-18を持て。一階と二階のバイターを殺し、その後三階に上がる。言うまでもないが、三階のバイターもすべて掃討する。有利なポジションを取り、ライトで照らせば、バイターの狙撃は容易だ。すべて殺せば、安全が確保できる」

梶原がエントランスのドアノブに手を掛けた。安野と友部が正面でAK-18を構えている。

二人に目をやった梶原が、ドアを大きく開けた。長い廊下が続いていたが、何かがいる気配はない。右手に階段がある、と梶原が低い声で言った。

「友部、松崎は階段の下で待機。ドクターもだ。バイターが降りてきたら、必ず仕留めろ。その間に一階を調べる。安野、一緒に来い。藤河と女SPは逆サイドの部屋だ」

廊下に足を踏み入れた梶原が、右手の部屋のドアを開けた。徹底している、と藤河は苦笑した。

右側の部屋は庭に面している。バイターがそこにいないことは確認済みで、外から襲撃される可能性は低い。

安全だとわかっているから、梶原は右側の部屋に入った。サバイバルマニュアルが体に染み付いているのだろう。

左側の部屋の外は駐車場だ。バイターがいてもおかしくない。

部屋の窓は駐車場側にあるはずだが、バイターにとっては何の意味もない。藤河と裕子に気づけば、躊躇することなく窓を破って襲ってくるだろう。

ライトを消せ、と藤河は命じた。梶原の思惑はともかく、安全確認のためには各部屋を調べなければならない。

聞こえるか、と梶原の声がした。

「バイターがいないことを確認したら、ドアを封鎖しろ。窓からバイターが入ってきたら、どうにもならん」

「各部屋に鍵がついている。廊下側からロックはできない。どうしろと？」

「装備品の中にシールドチェーンがある」陸自が開発した強化チェーンだ、と梶原が言った。「外からドアノブに巻き付け、ボタンを押せば鍵が空回りするだけで、ドアは開かなくなる」

用意周到だなと言うと、気休めに過ぎんと梶原が低い声で笑った。

「奴らが体当たりしたら、ドアごと外れるかもしれん。そうならないように祈るんだな」

わかったと答えて、藤河はドアを細く開けた。中は真っ暗で、何も見えない。暗視ゴーグルを使えと合図すると、裕子が面体に手をやった。

「……誰もいないようです。入りますか？」

入るしかない、と藤河も暗視ゴーグルに切り替えた。部屋は二つに分かれている。手前がダイニングキッチンで、奥は寝室だろう。

バスルームがある、と藤河はキッチンの横を指した。

「隣のトイレも調べてくれ。気をつけろ、おれは寝室を見てくる」

ドアを開けると、ベッドの頭側に大きなガラス窓があったが、カーテンがかかっているので、外は見えない。

「クリアです」誰もいません、と裕子の声がした。「そっちはどうです?」

問題ないと答えて寝室を出ると、バックパックを肩から降ろした裕子が、一メートルほどの長さの太いチェーンを取り出した。

部屋を出て、チェーンをドアノブに巻き付け、ボタンを押すと鈍い金属音がした。ドアノブに手を掛けたが、空回りするだけで開くことはなかった。

「バイターはいたか」ワンフロアに部屋は六つある、と梶原の声が聞こえた。「急いで調べろ。その後、階段の下へ戻れ。二階に上がって、全室調べる。こいつは勘だが、一階にも二階にもバイターはいない。上から足音が聞こえたと松崎が言っている、十体どころじゃなさそうだ」

藤河は隣の部屋に回った。バイターはいない。一番奥の部屋も同じだ。廊下を早足で戻ると、AK-18を片手で持った梶原が立っていた。

「安野たちが二階で捜索している」上がるぞ、と梶原が階段に足をかけた。「藤河、あのドクターは大丈夫か？　今にも気を失いそうだ」

掛川は法医だった、と藤河は梶原の後ろに続いた。

「詳しい事情は知らないが、本人の希望で本庁勤務の刑事になったと聞いている。財務犯罪やサイバー犯罪専門の特殊捜査官を警視庁は採用しているが、掛川もその一人だ。ブラッド・セブンに加わったのは、作戦の性格上、医者が必要だからだが、経験不足は否めない。フォローはおれがする」

悪く言ってるわけじゃない、と梶原が二階へ上がった。呆《ほう》けた顔で座り込んでいる掛川に視線を向けたが、目の焦点が合っていなかった。

「足を引っ張らなけりゃ、それでいい。ドクターが必要なのは、こっちもわかってる」

梶原が左に顔を向けた。部屋から後ずさるようにして出てきた安野が、そのまま尻餅をついた。

「安野、どうした？」

声をかけた梶原に、震える手で安野が室内を指さした。近づいた藤河の目に、全身の肉を食いちぎられた若い男の姿が映った。

右腕と腹部、そして右足がなくなっている。顔の右半分もだ。

左腕は骨だけで、裂かれた腹から腸がはみ出ていたが、男の左目が安野を見つめている。

骨だけになった左手が、かすかに動き、少しずつドアに近づいている。ベレッタをホルスターから抜いた梶原が、引き金を引いた。男の頭部が弾け飛び、同時に左手が動きを止めた。

「友部、松崎、部屋の捜索は終わったか？」

二人が別の部屋から飛び出してきた。バイターはいませんと友部が報告した。

「何があったんです？」

見ればわかると梶原が言った時、天井から物音が響いた。バイターです、と香澄が囁いた。

「銃声で、わたしたちに気づいたんでしょう。外の駐車場に、数十体のバイターが立っています。バス通りには、その倍以上のバイターがいました」

「友部、藤河は自分と三階に上がれ」バイターを始末する、と梶原が指示した。「松崎は女SPとドクターの三人で二階の各部屋からテーブルや冷蔵庫、何でもいいからここへ運べ。安野はしばらく使い物にならん。バリケードを作って、階段を塞ぐんだ。外にいるバイターは、すぐにでも入ってくるぞ。三階を制圧するまで、奴らをここで食い止めろ」

行くぞ、と梶原がAK-18を構えた。何かを引きずるような音に、藤河は顔を上げた。バイターがゆっくりと階段を降りてきていた。

3

彩香は武藤の手を強く握った。ビッグリバーリゾートホテルへの最短ルートはバス通りだが、そこにはバイターが大勢いた。

突破することはできないとわかり、林に逃げ込み、無我夢中で歩き続けていると、あっと言う間に二時間が経っていた。どれだけの距離を歩いたか、それさえわからなくなっていたが、バイターと遭遇することはなかった。

勘だけを頼りに、ホテルを目指した。安全だとは言い切れないが、自衛隊、あるいは警察の救援部隊がいる可能性は高い。他に数百人規模の人員を収容できる建物はない。

「道は……合ってるんですか？」

意味のない問いだ、と自分でもわかっているのだろう。武藤の声に、諦めに似た響きがあった。

「方向としては間違っていないと思う」その場に立ち止まり、彩香は手のひらを上に向けた。「風は北から吹いている。ホテルはバス通りの先、つまり北側にあった。でも……」

言わなくていいです、と武藤が首を振った。

「通り過ぎてしまったかもしれない……そうですよね？」

無言のまま、彩香はうなずいた。最初の一時間、ひたすら林の奥へ進んだが、バイターへの恐怖心から、時間の感覚を失っていた。

原生林に人が通る道はない。大木があれば避けて通ったし、巨岩に前を塞がれた場所もあった。

そのたびに方向を変えざるを得なかった。北へ向かっていたつもりだし、バス通りと平行する形で歩いているはずだが、絶対とは言い切れない。

農機具会社の寮からホテルまでは約二キロ、と宅間が言っていた。中学生なら三十分で着く距離だ。

ただし、林は舗装されていない。ぬかるみとすら言えない、道なき道だ。

一〇〇メートル歩くのに十分以上かかっている。そうであれば、最短ルートを進んだとしても、ホテルまで三時間半は歩かなければならない。

それを考えると、通り過ぎている可能性は低い。ただ、方向が正しいのか、間違っているのか、それはわからなかった。

「宅間先輩がバイターになっていたなんて……」

それだけ言って武藤が口をつぐんだ。信じられない、という思いがあるのだろう。それは彩香も同じだった。

様子がおかしいのは気づいていたが、リーダーとして全員を守らなければならないという責任感、そして疲労のためだと思っていた。宅間がバイターになるはずがない、そう信じ込もうとする自分がいたのは確かだ。

最後に振り返った宅間の顔を、彩香は鮮明に覚えている。白く濁った目、土気色の肌、そして歪んだエフェクトのかかったような声。

何時間も、宅間は自分の中にあるバイターと戦っていた。僅かにでも気を緩めれば、バイターになってしまうと感じていたのだろう。

その戦いがどれだけの間続いていたのかはわからないが、宅間は敗れ、バイターと化した。逃げろ、と振り絞るような声で叫んだのは、最後の抵抗だったのだろう。

彩香は顔を手のひらで拭った。雨と涙が頰を濡らしている。

フェリーで大川豆島へ向かっていた時の、一花との会話が頭を過った。夏合宿で宅間に告白するつもりだった。

一花も言っていたが、宅間は自分に好意を持っていたはずだ。ハッピーエンドが待っていると信じていたが、そうではなかった。

川島先生と一花は死に、宅間はバイターと化した。加代も同じだろう。

加代の母、誠子もバイターの餌食になったに違いない。そして大沼は一人で逃げていった。

残ったのは、自分と一年生の武藤だけだ。当てもないまま、真っ暗な林の中を歩いている。

それでも諦めるわけにはいかなかった。武藤を守らなければならない。宅間なら、必ずそうしただろう。

相澤さん、と武藤に強く腕を引かれ、彩香は足を止めた。

「今……何かがあそこに……」

囁いた武藤が、右斜め前を指した。見えない、と彩香は首を振った。

「音がしたんです。泥を踏みつける足音が……」

伏せて、と彩香は武藤の背中に手を当て、屈み込んだ。粘るような足音が近づいていた。

4

操り人形のような足取りで、バイターが階段を一歩ずつ降りている。一体ではない。その背後に二体が続いている。

AK-18を構えた梶原が、絞るように引き金を引いた。轟音《ごうおん》が狭い階段に響いて、藤河の鼓膜を襲った。

同時に、飛び散った脳漿が降ってきた。面体にへばりついた肉片を剝がすと、頭部のないバイターが目の前に転がり落ちてきた。

AK-18をフルオートに切り替えた梶原が、その後ろにいたバイターに掃射した。体中に穴が開いたバイターが、腕を伸ばしたまま降りてくる。悪夢のような光景だった。

「友部、代われ！」弾倉を抜いた梶原が下がった。「ジャミングで薬莢《やっきょう》が出ない！　急げ！」

前に出た友部が恐怖で顔を引きつらせながら、同じくフルオートでバイターを撃った。

ここは不利だ、と梶原が弾倉を捨てた。

「友部、前進しろ。三階に上がれ！」

くぐもった叫び声を上げた友部が、前にいたバイターの頭部に銃弾を浴びせた。仰向けになったバイターが階段をずり落ち、藤河の足元で止まった。

額から上が、切断されたように消えている。どす黒い脳が、剥《む》き出しになっていた。

梶原がAK-18を背中に回し、マグナムリボルバーMR73を両手で握って、続けざまに六発撃った。友部の乱射が続いている。圧倒的な火力に、バイターが後退していった。

上がれ、と梶原が怒鳴った。

「自分が援護する。三階のバイターをすべて殺せ！」

AK-18の弾倉を素早く交換した友部が、階段を駆け上がった。藤河もその後に続いた。

頭が真っ白になっている。白昼夢を見ているようだ。

階段を上がると、そこに長い廊下があった。左右に部屋が並んでいる。その前で、二十体以上のバイターが蠢いていた。

男、女、若者、老人。いずれも顔に表情はない。白濁化した目を見開き、呻くような声を上げ、二人に向かって手を伸ばしている。

ただ、廊下では藤河たちの方が有利だった。近づいてくるバイターたちの頭部を、一体ずつ狙い撃てばいい。

「どけ！」

上がってきた梶原がショットガンの引き金を引くと、三体のバイターが後方に吹っ飛んだ。藤河はAK-18の全弾をフルオートでバイターの頭部に叩き込んだ。ヘッドライトで辺りを照らすと、すべてのバイターが倒れていた。

「射撃、止め」梶原の声が面体の中で響いた。「弾倉交換、警戒を怠るな。藤河、確認しろ。少しでも動きがあれば、止めを刺せ。友部は自分と各部屋を捜索。残存するバイターがいたら、確実に殺せ。油断するな、どこに隠れているかわからん」

安全を確認したら他の四人を三階に上げる、と梶原が言った。

「マンションの周辺にどれだけのバイターがいるか、この暗さでは視認できない。だが、夜が明ければ状況は変わる。階段を塞げば、バイターは三階に上がれん。朝までここで籠城し、その後バイターたちを狙撃、掃討した上で総理の娘の捜索を再開する」

来い、と顎をしゃくった梶原が手前の部屋のドアを蹴破った。藤河は廊下で折り重なっているバイターに目を向けた。硝煙の臭いに紛れていた腐敗臭が鼻をついた。

AK-18の銃身でバイターを押すと、半分は頭部を失い、残りの半分は額を銃弾が貫いている。動く気配はない。

部屋から出てきた梶原が、どうだ、と目だけで尋ねた。死んでいる、と藤河は転がっている二十数体のバイターを指さした。

「だが、生き返らないとは言い切れない。燃やして灰にするべきだ」

今は無理だ、と梶原が面体を外して顔を拭った。二十体以上のバイターを燃やす場所は、建物の中にない。

庭に運び出せばそれも可能だが、他のバイターに襲われるリスクがある。今は放置しておくしかない。

「部屋はどうだ?」

藤河の問いに、荒らされているがバイターはいない、と梶原が答えた。面体を取った友部が、ペットボトルの水を一気に飲んで、深呼吸を繰り返している。

まだ五部屋ある、と梶原が廊下の左右に目をやった。

「全部屋を調べ、バイターがいたら射殺する。それで安全は確保できる……建物の構造から考えると、廊下の奥の扉は非常階段に繋がっている。あそこからバイターが入ってくるとまずい。藤河、施錠の確認を——」

右側にあった部屋のドアが突然開き、そこから五体のバイターが姿を現した。悲鳴を上げた友部の腕を摑んだ女バイターが額に咬み付き、肉を食いちぎった。

伏せろ、と怒鳴った梶原がマグナムを撃った。女バイターの頭が爆発したように消失した。

バイターを突き飛ばした友部が、顔を血で染めたまま、匍匐前進で梶原の元へ向かっている。四体のバイターが視線を向けたのは藤河だった。

白い目を吊り上げ、両腕を伸ばして迫ってくる。ベレッタを抜く余裕もないまま、藤河は先頭のバイターに体当たりした。四体のバイターが折り重なるように倒れたが、すぐに起き上がってくる。

どけ、という声と同時に、梶原がマグナムを連射した。横から頭部を撃ち抜かれたバイターが、次々に倒れていく。

面体を装着した梶原が、無事かと言った。大丈夫だ、と藤河は立ち上がった。

「それより、友部三尉は……」

死んではいない、と梶原がうつ伏せになっていた友部を引きずって、上半身を起こした。

額から血が垂れ、白い骨が見えている。

呼びかけても返事はなく、まばたきを繰り返すだけだ。ショック状態に陥ったのだろう。

「藤河、一緒に来い。今の部屋を調べる。まだバイターがいるかもしれん」

ベレッタを構えると、藤河は梶原と共に部屋に踏み込んだ。一階と同じ造りで、ダイニングキッチンと寝室がある。バスルームとトイレを確認したが、バイターの姿はなかった。藤河、と梶原が抑えた声で言った。近づくと、寝室のドアの隙間から、子猫がミルクをなめるような音が聞こえた。

壊れかけていたドアを梶原が強引に押し開けると、部屋の中央に少女が座っていた。手の中に肉の塊があり、それを齧《かじ》っている。

少女の前にあったのは、中年女性の死体だった。頭を割られ、露出していた脳のほとんどがなくなっている。全身に咬み傷があり、肉が削《そ》がれていた。

肉塊の最後のひとかけらを飲み込んだ少女が、女性の腹部に手を突っ込み、内臓を摑み出して垂れた血を啜った。

梶原がマグナムを少女に向けた。待て、と叫んだ藤河を突き飛ばし、そのまま引き金を引くと、少女の額に大きな穴が開き、前のめりにゆっくり倒れた。

「何度言わせる気だ？　安っぽいヒューマニズムは通用しない」梶原が倒れていた中年女性の頭部をマグナムで撃った。「少女だから何だって言うんだ？　あれはバイターだ。バイターは殺処分する。それがブラッド・セブンの任務だ」

壁に手をついて、藤河は立ち上がった。相澤総理の娘、彩香の発見と保護がブラッド・セブンに与えられた任務だが、それには障害になるバイターの排除も含まれている。

排除とは、殺処分を意味する。躊躇することなく、梶原が少女を撃ち殺したのは、それが任務だからだ。

頭では理解している。少女がバイター化していたのは間違いなかったし、殺さなければならないのもわかっていた。

それでも、と藤河は首を振った。梶原は異常だ。任務として少女を撃ったのではない。殺すことに性的な快感があるのだろう。

引き金を引いた瞬間、射精していたのではないか。興奮のため、顔が上気していた。

「安野、階段は塞いだか?」廊下に戻った梶原が、面体のマイクで安野を呼び出した。「松崎たちを連れて、三階に上がれ。フロア内を調べろ。バイターがいたら殺せ」

すぐに足音が聞こえ、安野と香澄が上がってきた。不安そうな表情を浮かべた裕子と掛川がその後ろに立っていた。

「これは……酷いですね」安野が廊下に転がっていたバイターの死体に目を向けた。「まだ他にもいると?」

わからん、と梶原が首を振った。

「手前の二部屋は調べたが、他の四部屋はまだだ。自分とお前で右手の部屋を確認する。左側は藤河と松崎だ。女SPは奥の非常口をチェック、施錠を忘れるな」

「あの……友部さんは……」

掛川が震える手を前に出した。血まみれの友部が、体をくの字に曲げて倒れている。

「バイターに襲われた」友部は面体を外していた、と梶原が舌打ちした。「油断するなとあれほど言ったのに……馬鹿が」

まだ息があります、と掛川がバックパックから医療キットを取り出した。

「手当てをすれば――」

もう遅い、と梶原が吐き捨てた。

「バイターに咬まれたんだ。間違いなくウイルスに感染している……ドクター、この後友部はどうなる？」

今が潜伏期だとすれば、と掛川が小声で言った。

「最長十二時間で昏睡期に入ります。その間にラザロワクチンを注射すれば、六割の確率で人間として復活すると――」

梶原がマグナムを抜いた。どうする気だ、と藤河はその手を押さえた。

処分する、と梶原が言った。

「やむを得ない。いつ昏睡期に入るかわからん。ラザロワクチンを打っても、拒否反応で死亡する可能性が一割、バイター化する確率が三割ある。そうだな？」

はい、と掛川がうなずいた。現実を見ろ、と梶原が落ち着いた声で言った。

「友部は作戦遂行の妨げとなる。それどころか、バイター化したら自分たちを襲ってくるぞ。もうこいつは敵なんだ。敵は一体でも少ない方がいい。違うか？」

殺す気かと言った藤河の手を、梶原が払った。

「バイターは化け物だ。ゾンビというなら、そうかもしれん。生きている方が地獄だ。友部だって、あんな醜悪な化け物になりたいとは思っていない」

乾いた音が一度鳴った。友部の額に穿《うが》たれた穴から血が流れ、顔を朱に染めた。

「階段は塞いだな？　絶対にバイターの侵入を阻止しろ」

左右に視線を向けた梶原に、階段にバリケードを築きました、と安野が報告した。

「突破は不可能と思われますが、最悪の事態に備えて、階段の下に爆薬をセットしてあります。万が一、バイターがバリケードを破壊した時は、階段ごと吹き飛ばします。自分たちの退路は、三階ベランダからのロープ降下となりますが、問題はないでしょう」

うなずいた梶原が、他の部屋を調べろと命じた。

「左サイドは任せる。藤河、行け」

梶原が安野と右手の二番目の部屋に入っていった。非常階段を見てきます、と裕子が掛川と廊下の奥へ向かった。

梶原は何を考えてるんだ、と藤河は壁を叩いた。

「友部三尉は奴の部下だろう。葛藤はないのか？　良心の呵責《かしやく》は？」

顔を伏せたまま、部屋を調べましょうと香澄が言った。畜生と怒鳴って、藤河はドアを思いきり蹴った。

5

泥に顔を伏せたまま、彩香は口を小さく開けて息をした。数分が一時間以上に感じられる。

武藤が彩香の足首を摑んでいた。痛いほど手に力がこもっていたが、怯えているのだろう。武藤の指が激しく震えている。

不意に、かすかな音が聞こえた。枯れ木が折れた音だ。

何かが動いている。地面に落ちていた枝を踏んだのだろう。

(バイターだ)

反射的に、彩香は身をすくめた。夜十一時、林の中は真っ暗で、何も見えないが、それはバイターも同じだ。音を立てなければ、気づかれない。

バイターの力は異常に強い。痛みも感じない。彩香と武藤が二人掛かりで戦っても、倒すことはできない。

だが、彩香たちの側にも有利な点があった。バイターの動きは鈍く、歩くスピードも遅い。

十メートル以上離れれば、そこは安全圏となる。追われたとしても、走って逃げることができる。だが、複数のバイターに取り囲まれたら、突破は不可能だ。

数メートル先に、バイターがいる。一人なのか、複数なのか、判断がつかなかった。

林の中に逃げ込んでからは、ずっと上り坂だった。バスに乗って八幡山へ向かっていた時、なだらかな左右の坂に木々が立っていたのを覚えている。

バイターがバス通りから登ってきたのは確かだ。このまま動かず、じっとしていれば、通り過ぎていく可能性の方が高い。だが、耐えられるだろうか。

バイターが近づいている。その姿は見えない。それが恐怖心を増幅させていた。

堪えるしかない。枝が折れた音がしたのは、数メートル先だ。

手の届くところに、バイターがいるかもしれない。気づかれ、襲われたらどうなるか。

彩香はそっと腕を口元に当て、二の腕を強く嚙んだ。そうする以外、声を抑えることはできなかった。

粘っこい足音が続いている。耳ではなく、体がそれを感じていた。左前、一メートルも離れていない。彩香は二の腕を更に強く嚙み締めた。

その時、背後でくぐもった声がした。恐怖に耐えきれなくなったのか、武藤が声を上げていた。終わりだ、と彩香は固く目をつぶった。

「……武藤？」

囁く声と同時に、一瞬何かが光った。スマートフォンのフラッシュライトだ。

「……大沼さん？」

相澤か、とほとんど聞き取れないほど低い声がした。握っていた懐中電灯のスイッチを押すと、目の前に大沼が立っていた。

明かりを消せ、と大沼が舌打ちした。

「どこにバイターがいるかわからない。気をつけろ」

自分の二の腕から、血が垂れている。痛みを感じなかったのは、恐怖心の方が勝っていたからだろう。

両手をついて立ち上がると、武藤の泣く声が聞こえた。緊張が解けたようだ。

静かにしろ、と大沼が言った。

「ホテルに向かっていたんだな？　足音が聞こえて、バイターに追われていると思った。焦ったよ」

大沼さん、と彩香は頬についていた泥を拭った。

「どうして一人で逃げたんですか？　宅間さんは……」

「怖かったんだ」大沼の腕が、小刻みに震えていた。「自分でもどうしようもなかった。仕方ないだろ？　他にどうしろって言うんだ？」

何を言っても無駄だ、と彩香は小さく息を吐いた。何人かバイターが林の中にいた、と大沼が囁いた。

「あいつらは目が見えない。木にぶつかったり、転んで音を立てていたから、おれの方が先に気づいて、逃げることができた。注意していれば、奴らの気配はわかる」

ホテルはどっちですかと言った武藤に、おれはもっと上まで登っていた、と大沼が顔を近づけた。

「一〇〇メートルぐらい上だ。小さな緑色のライトが光っているのが見えた。非常灯だろう。間違いない、あれはホテルだ」

「どれぐらい離れていますか？」

わかるわけない、と大沼が苦笑した。

「豆粒ぐらい小さな光だぞ。距離の見当なんかつかない。でも、数百メートルだろう。そうじゃなきゃ、非常灯の光が見えるはずない。遠くても四、五〇〇メートルじゃないか？」

ビッグリバーリゾートホテルは大川豆島で最も大きなホテルだ、と彩香は聞いていた。大川豆島全体が闇に閉ざされている。

その中で、非常灯の光は目立っただろう。数百メートル離れていても見えたはずだ。

ホテルへ行きましょう、と武藤が彩香の手を摑んだ。方向はわかってる、と大沼が言った。

「この林の中に、隠れる場所はない。しかも雨が降ってる。ホテルまで行けば休める。救援部隊もいるはずだ。きっと助かる」

そうだろうか、と彩香は小さく首を傾げた。救援部隊は来ていない、という直感があった。

どう見ても、この状況は異常だ。島の中心部である元屋町の混乱は、想像もつかない。ビッグリバーリゾートホテルに救援部隊を派遣する余裕はないだろう。

ただ、林に隠れているわけにはいかないのも確かだ。いつバイターが襲ってくるかわからない。

ほとんど眠っていないし、食事も取っていない。ホテルへ向かう以外、選択肢はなかった。

ただ、ひとつだけ不安があった。バイターがホテルを占拠していたら、どうすればいいのか。

「行くぞ、離れるな」大沼が彩香の手を摑んだ。「夜明け前にはホテルに着く。でも、どこにバイターがいるかわからない。静かに歩け。声は出すなよ。足元に気をつけろ」

大沼に手を強く引かれ、彩香の体がのめった。頭の奥で鈍い痛みが疼《うず》いている。

彩香は前に進んだ。ぬかるんだ道に、足がめりこむ湿った音がした。

FEAR 8 戦闘

1

くそったれ、と梶原が悪態をついた。暗視スコープに目を当てた安野がＡＫ－18をコンクリート塀で支え、引き金を引いている。

「殺しても殺しても、バイターが涌《わ》いてくる」奴らは蛆虫《うじむし》か、と梶原が唾を吐いた。「しかも、突然現れる。きりがないぞ」

替わろう、と藤河は声をかけた。視界が悪い、と手首を振った安野がベランダから離れ、その場に座り込んだ。

深夜一時を回っている。農機具会社の寮の三階に立て籠もってから、三時間が経過していた。

外は闇に閉ざされ、雨の勢いが激しくなっている。暗視スコープはかすかな光を増幅させることで明度を強くするが、星明かりさえない状況では、ほとんど機能を発揮できない。バイターの接近に直前まで気づかないのは、構造上やむを得なかった。

守りは固い、と励ますように梶原が言った。

「自分たちの方が有利だ。怯えることはない。撃ちまくって、奴らを殺せ」

藤河は空いたスペースでAK–18を構えた。階段を見てきますと言って、安野が部屋から出て行った。

戦術的にブラッド・セブンが優位に立っているのは、藤河にもわかっていた。寮は三階建てのマンションで、二階への階段はバリケードで塞いでいる。バイターが上がってくることはできない。

非常階段の扉も施錠しているし、壁はコンクリート製だ。百体単位でバイターが体当りしても、壊すことは不可能だ。

梶原の配置は巧妙で、三階にいたバイターをすべて撃ち殺した後、駐車場側の二番目の部屋に二人の狙撃手、階段に二人を置き、加えて非常階段と庭側にも見張りを立てていた。

暗いため、見逃したバイターが建物内に侵入している可能性はあるが、動けるのは一階、そして二階へ続く階段までだ。もしバリケードを突破しても、そこには見張りがいる。

階段の幅が狭いので、バイターは一体ずつしか上がることができない。数メートルの距離だから、素人が撃っても命中する。守りは固いと梶原が言ったが、虚勢を張っているのではなく、事実だった。

バイターは化け物だが、無敵の怪物ではない。超能力を持っているわけでもない。彼らの能力は人間の延長線上にある。

思考能力を持たないことも含め、相対的に考えれば人間より劣っている。接近さえ阻《はば》めば、撃ち殺すのは容易《たやす》かった。

加えて、ブラッド・セブンは三階からバイターを見下ろすポジションを取っている。条件として有利なのは間違いない。

戦術的にはだが、とつぶやいて藤河は引き金を引いた。頭部を撃ち抜かれたバイターが、その場に崩れ落ちた。

バイター殲滅という見地からはベストな戦術だが、楽観できる状況ではない。安全確保を優先する梶原の方針は理解できるが、ブラッド・セブンの任務は相澤総理の娘、彩香の捜索と発見、そして保護だ。バイター狩りが目的ではない。

(こんなことを続けても弾の無駄だ)

梶原がバイター殺しに酔っているのは、顔を見ただけでわかった。人間の形こそしているが、バイターは意思も感情もない死者だ。

バイター殺処分の許可は政府、そして防衛省から出ている。良心の呵責なしに歩く死体を撃ち殺すことが、梶原の中で快感になっている。弾丸の浪費を考えず、撃ちまくっているのはそのためだ。

ブラッド・セブンに供与された装備はスナイパーライフルAK-18、そしてベレッタとマグナムで、銃弾数は一人千発、ショットガンやサブマシンガンなど他の武器もあるが、いずれにしても弾数は限られている。

相澤彩香の捜索に伴い、障害となるバイターを撃退するには、七千発の弾があれば十分だ、と防衛省幹部は考えたのだろう。計算自体は間違っていないが、バイターの生命力は彼らの想像を遥かに上回っていた。

頭部、更に言えば脳を破壊しない限り、バイターは前進を止めない。腕や足を失っても、胴体に大きな穴が空いても、彼らは動き続ける。

警察官として、藤河には射撃訓練の経験があった。所属していたSATでは、テロリスト制圧に銃を使用する。厳しい訓練を通じて学んだのは、犯人の頭部を狙うのがいかに困難か、ということだった。

一発で頭部に命中させるのは、オリンピック強化選手レベルの技術があっても厳しい。弾丸の数に限りがある以上、慎重に狙いを定めて撃つべきだが、梶原は無意味に乱射を続け、動きを止めたバイターにも銃弾を叩き込んでいる。

優先されるのは、バイターの接近を阻止することだ、と藤河はスコープに目を当てた。バイターが建物内に侵入してきた場合、不測の事態が起きかねない。リスク排除は安全確保のための絶対条件だ。

朝になればバイターの視認が容易になり、無駄に銃弾を浪費せずに済む。梶原もそれはわかっているはずだが、バイター殺しを楽しむあまり、思考停止状態になっているのだろう。

耳元で続けざまに発射音が響き、ざまあみろ、と悪鬼の表情を浮かべた梶原が怒鳴った。

「藤河、何をぼんやりしてる。ここでバイターを殲滅しなけりゃ、動きが取れなくなるぞ。わかってるのか?」

冷静になれ、と藤河はスコープに目を当てたまま言った。

「三階に立て籠もっていれば、安全は確保できる。接近してくるバイターだけを狙うべきだ。このままでは今後の行動が制限される」

「今後の行動?」

弾がなくなる、と藤河はスコープから目を外し、梶原を見つめた。

「残弾は数えているか? そっちの弾は、多くても二百発程度だろう。このまま撃ち続けていれば、一時間で弾切れになる。乱射しても意味はない。殺したバイターを何度も撃ってどうなる? そんなことより――」

知ったような口を利くな、と梶原がまた引き金を引いた。粘るような破裂音と共に、バイターが横に倒れた。

「バイターが何体いるのか、お前にわかるのか？　百、二百ならともかく、千体を超えていたらどうする？　今のうちに一体でもバイターを減らしておくべきだ」

この暗さでは無理だ、と藤河は首を振った。

「浜井も掛川も、銃の扱いに慣れていない。おれだって、それほどレベルは変わらん。一発必中と言うのは簡単だが、この暗闇の中では厳しい」

「どうしろと？」

あんたは陸自でもトップの狙撃手だ、と藤河は言った。

「友部三尉もそうだったが、奴は死んだ。松崎三尉は観測手だし、安野三尉も通信担当官だ。狙撃技術が高いとは思えない。今は守りに徹して、夜明けを待つべきだ」

根本的な考えが間違っている、と梶原が薄笑いを浮かべた。

「攻撃は最大の防御だ。現状では敵の総数が不明で、攻撃の手を緩めれば一気に襲われるリスクがある。弾に限りがあるのはわかってる。だが、友部の装備が残っている。今は目の前のバイター撃退に全力を注げ。抗命は許さん」

廊下を走る足音が聞こえ、部屋に入ってきた安野が無線機を差し出した。その表情が強ばっていた。

2

自衛隊陸自東部方面総監部の西条陸将補が顔を上げた。ブラッド・セブンの統括指揮官だ。続けろ、と相澤は手を振った。

「梶原二尉、聞こえるか」西条が無線をオープンにした。「状況を報告せよ。現在地は?」

八幡山から五キロ地点、座標X－27付近のマンション、という梶原の声にノイズが重なり、耳障りな音を立てた。感度が悪い、と西条が舌打ちした。

「台風が停滞している。通信中継地点に停泊していた巡洋艦を東京湾に戻すことが決定した。今後、天候が回復するまで、通信が途絶する可能性がある。現時点での状況を報告せよ」

ノイズの音が大きくなった。梶原二尉、と繰り返し西条が呼びかけると、想定よりバイターの数が多く、とかすれた声がした。

「現在、ブラッド・セブンはマンション……農機具会社の寮ですが……中畑農機具とプレートが……襲ってくるバイターを迎撃、百体以上……友部が死亡し……」

どうにかならんか、と相澤は無線機を睨みつけた。機材のせいではありません、と西条が額の汗を拭った。

「大川豆島は全島停電中で、携帯電話は不通です。衛星電話も事情は同じで、通信機器は自衛隊無線のみ、台風の影響で短波は安定度が低く、中波を使用するしかありません。混信を避けるため、巡洋艦を大川豆島二キロ沖に停泊させ、中継用の基地局としていましたが、台風による高波で沈没する恐れがあり、撤退命令を出さざるを得ませんでした。あと数分で、巡洋艦は圏外に出ます」

相澤は無線機に顔を近づけ、梶原二尉と呼びかけた。吸いかけの煙草が指の間で煙を上げている。

「聞こえるか？　娘は見つかったのか？」

まだです、と梶原が答える声が聞こえた。

「しかし……自分の想定で……おそらくビッグ……二キロ先です。そこに……問題はバイターの存在で……元屋町の救援態勢はどうなって……西条陸将補、自衛隊及び警察、消防に——」

顔を伏せた西条に、答えろ、と相澤は煙草を灰皿に押し当てた。聞け、と西条が口を開いた。

「現状を伝える。元屋町の救出本部は一時撤退、公民館に避難している」

「……避難？」

自衛隊内にバイターが発生した、と西条が乾いた唇を舌で湿らせた。

「感染経路は不明だが、元屋町住人救出に際し、何らかの形で接触し、バイターウイルスが体内に侵入したと思われる。バイター化した者が他の自衛官を襲い、連鎖反応的に被害が広がることが予想されたため、救出活動を中止、事態の収拾を図っている」

「事態の収拾とは……」

救出本部の中にバイターウイルス感染者がいる可能性がある、と西条が説明を続けた。

「発熱、頭痛、その他の症状を訴えている者が数十人いる。だが、それだけでは感染の有無が判断できない。やむなく、全員を公民館に隔離した。既に九名が昏睡期に入っている。ラザロワクチンを投与した上で、元屋港付近のヴィジットルームに運び、経過観察中だ」

梶原が何か言ったが、聞き取れなかった。元屋町をはじめとする島民や観光客の八割が島を脱出した、と西条が先を続けた。

「彼らは東京及び近県の病院に収容された。感染研の概算では、約二〇パーセントがバイターウイルスに感染している。現在、新たに自衛隊、警察による大規模救出部隊を新設、東京湾に集結させた。今は台風の通過を待っている。気象庁の予報では、七時間後に台風圏内から大川豆島が外れる。午前九時を目処に、一万人の救出部隊が順次島へ向かう」

「……では、元屋町は？」

少数の部隊が残り、バイター掃討に当たっている、と西条が言った。

「SPの大和の死体が発見されたが、現時点で自修館中学美術部員、教師、保護者は見つかっていない。つまり、総理のお嬢様は生きていると考えられる。徹底的に捜索せよ」

相澤は左腕のロレックスに目をやった。午前二時七分、真夜中だ。精鋭部隊のブラッド・セブンでも、彩香の捜索は困難を極めるだろう。

「必ず娘を保護しろ」頼む、と相澤は無線機に向かって頭を下げた。「頼れるのは、君たちしかいない。全力を尽くしてくれ」

ノイズが更に大きくなった。聞こえるか、と相澤は大声を上げた。

「娘を無事に連れ帰ってくれ。いいな？　台風さえ収まれば、すぐ陸自、海自、空自、警察、海保、消防、医師団、トータル一万人を動員して大川豆島に向かわせる。ブラッド・セブンは総力を挙げて、彩香の捜索に専念せよ。バイターのことはどうだっていい。彩香を救ってくれたら、君たち全員を二階級特進させる。いや、三階級でも――」

巡洋艦から連絡が、と西条が額に指を押し当てた。

「中波の圏外に出たと……これ以上の連絡は不能です」

艦を戻せ、と相澤は太い指を西条に突き付けた。

「一キロでいいんだ。電波が届くなら、一〇〇メートルだっていい。彼らに命令を――」

お座りください、と横にいた那須田が椅子を指さした。

「艦が転覆、沈没すれば、通信も何もありません。天候さえ回復すれば、即時巡洋艦を戻します」

この後どうなる、と相澤は椅子に尻を落とした。ブラッド・セブンの現在地はここです、と西条が大型モニターにレーザーポインターを向けた。

「衛星写真を3Dマップにしました。梶原二尉が言っていた座標から、中畑農機具社員寮と推定できます。島に残っている部隊の報告によれば、全島の停電は今も続いています。午前二時過ぎ、島内は真の闇となっているでしょう」

悪条件が重なっています、と西条がレーザーポインターを動かした。

「梶原は陸自レンジャー部隊に三年間所属していました。元屋町のバイターは時間の経過と共に増殖していますが、それは島内全体でも同じでしょう。暗闇の中でのお嬢様の捜索は不可能と判断し、この寮に籠城していると思われます」

任務を放棄するのか、と相澤はデスクを叩いた。

「真夜中だろうが台風だろうが、彼らは私の娘、彩香を発見、保護しなければならない。娘の捜索を中止し、建物内に立て籠もっているというのは、明らかな命令違反だ。彼らが全滅したとしても――」

ブラッド・セブンが機能している限り、お嬢様の捜索は続きます、と那須田が口を開いた。

「梶原二尉は夜明けを待ち、捜索を再開するつもりでしょう。ブラッド・セブンが全員死亡すれば、お嬢様を救出することはできません」

ブラッド・セブンの現在地は座標X-27、と西条がモニターを指した。

「梶原はそこから元屋町へ向かうはずです。二キロ先のビッグリバーリゾートホテルは、島内最大のホテルです」

「だから何だ?」

情報を分析しましたが、と西条がレーザーポインターの向きを変えた。

「時間、目撃情報、距離、その他を総合して判断すると、自修館中学美術部の川島教師が生徒六名、保護者一名と共に元屋町へ向かったのは間違いありません。コンピューターシミュレーションの結果、二時間前、午前〇時時点で、八名はビッグリバーリゾートホテルから三キロ先、座標Y-16まで進むことが可能だと回答が出ています」

そこへブラッド・セブンを急行させろと怒鳴った相澤に、可能というのは距離の話です、と西条が首を振った。

「中学一年生の部員も二名いました。大人とは歩くスピードが違います。台風の中を歩けば、体力も消耗しますし、川島という教師、部員の保護者は共に女性です。転倒などによる負傷もないとは――」

はっきり言ったらどうだ、と相澤は火のついたままの煙草を投げ付けた。

「バイターに襲われた可能性もある、そう言いたいんだな?」

否定はできません、と西条が目を逸らした。そんなことはあり得ん、と相澤は新しい煙草に火をつけた。

お聞きください、と西条が3Dマップを拡大した。

「ブラッド・セブンは八幡山から農機具会社の寮までの捜索を終えています。ですが、今のところお嬢様は発見されていません。その理由は簡単です。川島教師が引率している美術部員は、ほぼ丸一日ブラッド・セブンより先行しています。つまり、まだ追いついていないと考えられます」

「それで？」

ホテルまでの道沿いに民家がいくつかありますが、と西条がレーザーポインターを上下させた。

「バイターと遭遇したと仮定すると、民家に隠れるオプションは取らなかったでしょう。それを知っていたのは、総理のお嬢様でしょう。室内に入れば、ドアと窓以外に出入り口はなく、上層階なら窓を見張る必要もありません。お嬢様は高級ホテルに宿泊されたことがありますね？　ホテルで救援を待つのが最善の策だと教師に進言した、と我々は推測しています」

彩香ならそう言っただろう、と相澤はうなずいた。

「頭のいい子だ。ホテルなら安全だとわかったはずだ……だが、鍵はどうなる？　部屋のドアが開いているわけがない。ホテルに逃げ込んでも――」

東京ビッグリバーリゾートホテル及び東山電力に確認しました、と西条がパソコンのモニターを相澤に向けた。

「ビッグリバーリゾートホテルのルームキーは、ICタグ内蔵のカードキーで、ドアにタッチすることで解除されます。ただし、東山電力によると、大川豆島において大規模電力供給停止、つまり全島停電のような事態が起きた場合、ルームキーは強制的に自動解除されるということです。地震、台風その他災害時の避難、人命捜索に際して、ドアが施錠されていると警察、消防は何もできません。現在、ホテルのドアはすべて開いています」

客室に入れるんだな、と相澤は指を鳴らした。

「それならホテルの部屋に立て籠もり、救援を待っているだろう……すぐブラッド・セブンに伝えろ。あの子は間違いなくホテルにいる。大至急ホテルに向かい、救出しろと――」

無線が届きません、と那須田が横から言った。

「風さえ止めば、巡洋艦を島に戻すことができます。少しだけお待ちください」

梶原二尉も状況を理解しているはずです、と西条がうなずいた。

「お嬢様がホテル内に隠れている可能性が高い、と考えているでしょう。ただ、ビッグリバーリゾートホテルは総客室数二百八十一室、ツインタワー形式、二棟が並び立つ構造です。ひと部屋ずつ調べると、かなりの時間がかかるでしょう。ホテル周辺、あるいはホテル内にバイターがいてもおかしくありません」

総理執務室のドアが開き、全国務大臣と関係省庁担当者が集まりました、と井間枝が報告した。待て、と相澤は片手を挙げた。

「那須田官房長官、ブラッド・セブンは彩香を救出できるのか？」

「可能性は高いでしょう」那須田が白髪交じりの前髪に手を当てた。「ただ、どこまで確実かとなると……」

もうひとつ報告があります、と井間枝が一歩前に出た。

「中央区の河和田《かわだ》総合病院で、複数の患者がバイター化し、医師、警備員を殺害した後、病院から脱走しました。同様のケースが、都内各病院で起きています。現在、警視庁が対応していますが、バイターに襲われ、感染した警察官も出ています。また、Xやフェイスブック、その他SNSによって情報が拡散し、都民の間でパニックが発生、たった今入った連絡によれば、病院に押し入り、未感染の入院患者をリンチする者が続出していると――」

警察庁長官と警視総監を呼べ、と相澤はくわえていた煙草を二つに折った。

「NTN東日本をはじめ、携帯電話会社のトップも集めろ。デマが広がれば、収拾がつかなくなる。場合によっては、SNSを強制的に停止しなければならん。マスコミもだ。全テレビ局、ラジオ局の報道に規制をかける。外出禁止令を出すことも検討しなければ

「――」

それは事実上の戒厳令になります、と那須田が空咳をした。

「未確認の情報が多いのは事実です。焦って即決すれば、野党はもちろん、民自党内からも反対意見が出るでしょう。バイターの発生は一昨年の新型コロナウイルス以上の国難と考えてよろしいかと思いますが、与野党、官民が一体となり、合意を得た形でなければ、相澤内閣総辞職という事態になる恐れも……」

手遅れになる前に動くべきだと怒鳴った相澤に、情報の確認を優先すべきです、と那須田が強く首を振った。

「井間枝補佐官、一時間以内にレポートを上げるように。都内及び近県でのバイターの発生数、位置、被害規模、加えてSNS等による情報拡散の実態、そんなところか？　総理、判断を下すのは状況の確認を待ってからでも遅くありません」

相澤は那須田の横顔を睨みつけた。井間枝、佐井古秘書官その他官僚によるマスコミのコントロールが利いているため、相澤内閣の支持率は下がっていない。相澤としても、総理の座から降りるつもりはなかった。

だが、娘を失えば、精神的な打撃は計り知れない。総理大臣の重責を果たすこともできなくなるだろう。那須田がその機を窺っているのではないか、という疑念があった。そのために彩香の捜索を遅らせようとしているとしか思えなかった。

のではないか。

憶測だが、来年七十六歳になる那須田にとっては、最後のチャンスだという思いがある

少しの間沈黙が続いたが、まず国務大臣その他関係者に現状を説明する必要があります、と井間枝が口を開いた。

「それだけでも三十分ないし一時間ほどかかるでしょう。野党各党からも、バイターについて非常事態と認識し、協力態勢を取る準備があると申し入れがありました。衆参両院の全議員は明日……いえ、今日の午前十時、第二国会本会議場に集まります」

十時か、と相澤は額の汗を拭った。脂のような汗が、指先にまとわりついている。

「現在、深夜二時半です。この時間ですと、連絡を取ることができない者もいると思われます」私は総理の意見に賛成です、と井間枝が言った。「一刻も早く戒厳令を敷くべきでしょう。ただし、全会一致であることが望ましいというのは、確かにその通りです。絶対に避けなければならないのは、内閣総辞職という事態です」

第二国会本会議場は鉄壁の要塞です、と那須田が言った。

「外部からバイターが侵入することは不可能ですから、総理以下国務大臣、衆参両院議員の安全も確保できます。国会の機能さえ生きていれば、何が起きても対応可能です。通信設備も完備していますから、外部とも連絡が取れます。重ねて申し上げますが、現段階で戒厳令を敷くのは時期尚早というのが私の意見です。拙速では、かえって事態が混乱しま

す」

私からは以上です、と那須田が頭を下げた。相澤は新しい煙草に火をつけ、情報確認を急げと井間枝に命じた。

「まず全国務大臣との協議だ。そこから始める……西条陸将補、ブラッド・セブンの件は君に任せる。もし彩香の救出に失敗したら……いや、そんなことはないと信じている」

こちらへ、と井間枝がドアを大きく開いた。火をつけたばかりの煙草を灰皿に押し付け、相澤は立ち上がった。

3

明るくなってきたな、と藤河は窓の外に目をやった。朝五時になっていた。

「日の出は四時五十分だ」部屋の隅で腕を組んでいた梶原が目を開いた。「まだ動けん。もう少し待て。五時半になったら行動を開始する」

相変わらず風は強いが、雨は落ち着いていると藤河は言った。

「非常扉は大丈夫か？　非常階段を使って三階に上がってきたバイターが、ひと晩中体当たりを続けていたが、どうかしてるんじゃないか」

どうかしているのがバイターだ、と梶原が目を閉じた。

「安野と松崎が交代で見張っている。いくらバイターでも、鉄の扉を壊すことはできん。非常階段の幅は狭い。何体バイターが上がってきても、ドアに体当たりできるのは一体か二体だ。心配することはない」

階段には浜井と掛川がいる、と藤河は窓から体を離した。

「バリケードは堅牢で、バイターも突破できないだろう。隙間から見えたが、二階をバイターがうろついていた。二十体以上いたが、一階はもっと多いだろうな」

上はどうだ、と梶原が首を左右に傾けた。藤河は壁に斜めに立て掛けていたベッドに目を向けた。

「換気口があった。梶原に命じられ、天井の一部に穴を開けている。屋上に出ることができる。外の様子もわかるだろう。だが、屋上にバイターがいる可能性も……」

リスクはどこにでもある、と梶原が薄笑いを浮かべた。

「いいだろう、自分が見てくる。屋上にバイターがいないとわかったら、お前も上がってこい。建物の周囲にどれだけバイターがいるか、それを確認しないと動きが取れん」

AK-18を肩から提げた梶原が、ベッドを階段代わりに天井裏へ入っていった。すぐに数発の銃声が聞こえ、藤河、と呼ぶ声がした。

「来い、バイターはいない」

度胸だけはあるとつぶやいて、藤河は天井裏に潜り込んだ。換気口の金網と換気扇が外され、その周りの板が割れている。梶原がマグナムで撃ったのだろう。

大きな穴から、藤河は屋上に上がった。そこにあったのは給水タンクだけで、他には何もない。四方を金網のフェンスが囲っている。

小雨が降り注いでいたが、弱々しい太陽の光が辺りを照らしている。周囲を見渡し、信じられないと藤河はつぶやいた。マンションを数百体のバイターが取り囲んでいた。

五百はいるな、と梶原が煙草をくわえた。

「奴らはどこから来たんだ？　服でわかるが、ほとんどは島民だろう」藤河に双眼鏡を渡して、煙草に火をつけた。「観光客らしい奴もいる。藤河、お前の仲間もいるぞ」

指さした先に双眼鏡を向けると、制服姿の警察官が立っていた。目までは見えなかったが、その動きは明らかにバイターだった。

バス通りはバイターで大渋滞だ、と梶原が含み笑いをした。

「林からもバイターが下りてきている。ここからだと五百体ほどしか見えんが、その倍はいるだろう。突破するのは骨だな」

ホテルがある、と藤河は北側を指さした。

「二キロほど先だ。あそこまで行くのは厳しいぞ。ホテルにも腐るほどバイターがいるだろう」

それでも行かなきゃならん、と梶原が言った。

「任務だからな。総理の娘が隠れているのは、ホテル以外考えられん……どう突破するか、それが問題だが、手がないわけじゃない」

「どうすると？」

全員を屋上に上げる、と梶原が辺りを見回した。

「金網のフェンスがあるから、非常階段さえ押さえておけば邪魔は入らん。距離も近いし、バイターを撃つのは射的より簡単だ。一体ずつ殺していけばいい。女ＳＰとドクターに非常階段を見張らせ、すべてのバイターを掃討したら、ロープで降下する」

マンションの真下にいるバイターを撃つことはできない、と藤河は足元を蹴った。

「射撃角がない。既にマンション内に入り込んでいるバイターもいるはずだ。ロープ降下をすれば、バイターたちの目の前に降り立つことになる。その時はどうする？」

どうにかなるだろうとつぶやいた梶原が、面体のマイクを通じて四人の名前を呼んだ。

「持ち場を離れ、屋上に上がれ。全装備を運んでこい。今後の作戦は上で説明する」

バイター狩りの始まりだ、と梶原が両手をこすり合わせた。雨が全身を濡らしている。

藤河は面体を拭った。

前を歩いていた大沼が、悲鳴を上げて倒れた。ぬかるんでいた道に足を取られたのか、起き上がることができずにいる。

彩香は腕を伸ばし、大沼を引っ張った。くそ、という声が漏れた。

「何なんだよ、びしょ濡れだ。水が溜まっていて池みたいに――」

静かに、と彩香は唇に指を当てた。小雨が降っているが、夜が明け、周りの様子が見えるようになっていた。

4

ビッグリバーリゾートホテルを目指して歩き始めたのは、六時間前だ。強い雨と風が容赦なく体力を奪い、三人の歩くスピードは亀のように遅くなっていた。

林の中に藪《やぶ》があり、そこで雨風を凌《しの》げるとわかったので、しばらく休むことにしたのは三時間ほど前だ。体育座りのまま、武藤が寝息を立てたのは、藪に入った一分後だった。気づくと、彩香も眠っていた。

八月、真夏だが、寒さで目を覚ましたのは一時間ほど前だ。隣では、武藤が体を震わせていた。

木に寄りかかるようにして寝ていた大沼を起こし、藪の外に出た。辺りが明るくなっていることに気づいたのはその時だ。

衣服は水に浸けたようにぐしょ濡れで、絞っても意味はなかった。ホテルが唯一の希望だ。部屋に入れれば、服を乾かし、休むこともできる。

バイターがいなければの話だけどな、と大沼が周りの様子を窺った。声を立てるなと言ったのは大沼だが、口数が多くなっている。喋っていないと不安なのだろう。

彩香は武藤と目を見交わした。諦めたように、武藤が首を左右に振った。

止めても、大沼は話し続けるだろう。宅間がいれば違ったはずだが、後輩が注意しても、耳を貸すような男ではない。

風は変わらず強かった。林の木々の間を、音を立てて吹き過ぎている。歩いていても、体温が下がっていくのがわかった。

強い風は体温を奪う。夏でも登山者が低体温症で死ぬことがあるほどだ。

大沼も武藤も、顔色が真っ白になっている。唇だけが紫色で、それは彩香も同じだった。歯の根が合わず、震えが止まらない。

ストップ、と大沼が手で合図した。目の前の道に、石が敷き詰められていた。

人間が作った道だ。緩い上りの坂道が長く続いているので、今の位置からだと小高い丘に見えた。

遊歩道だ、と大沼が石の道を何度も踏みつけた。

「丘を上がれば、ホテルが見えるはずだ。そうに決まってる」

でも、と彩香は道の左右に目をやった。遊歩道の周りに木々はない。ホテルが整地しているのだろう。

大沼の推測は正しい、と彩香もわかっていた。遊歩道はホテルに続いている。

だが、そこに隠れる場所はない。バイターがいたらどうするのか。

二人が先に行け、と大沼が命じた。

「バイターがいたら、戻ってこい」

「大沼さんは？」

どこからバイターが出てくるかわからない、と大沼が振り返った。

「おれが後ろを守る。文句があるか？　三人で安全を確認するんだ。そうするしかないだろ？」

開き直ったような言い方だった。バイターが現れたら、真っ先に逃げるつもりなのだろう。

武藤くん、と彩香は手を伸ばした。

「一緒に行こう。頭を低く……バイターがいるかもしれない。気をつけて」

武藤の手を引いて、なだらかな傾斜を上がっていくと、芝生が見えた。素早く左右に視線を走らせたが、バイターの姿はない。

正面にビッグリバーリゾートホテルが建っていた。半円形の建物が二つ並んでいる。ゆで卵を縦に二つに切った形に似ていた。二本の連絡通路も見える。

突然、背後から悲鳴が聞こえた。振り向くと、大沼の背後に一体のバイターが迫っていた。

彩香は武藤の手を引いて、エントランスへ走った。バイターがいます、と武藤が足を止めた。

エントランスの前の大きな噴水の周辺に、五体のバイターが立っていた。気づかなかったのは、周りの風景に同化していたためだ。

「まずいぞ！」逃げてきた大沼が後ろを指さした。「一人じゃない、十人、いや、もっといる！　バイターだ！」

林の中から、男、女、年齢もわからないバイターの群れが這い出していた。前にもいます、と武藤が叫んだ。

「このままだと挟み撃ちに――」

武藤の口を塞いで、落ち着いて、と彩香は囁いた。

「バイターよりあたしたちの方が素早く動ける。今ならバイターたちの間を抜けて、ホテルに入ることができる」

もう駄目だ、と大沼がその場に膝をついた。

「ホテルに救援部隊はいない。どうすりゃいい？　ホテルの中に入ったって、バイターが山ほどいたら、逃げられないぞ！」

風が吹いています、と彩香は武藤の手を摑んだまま左右に視線を走らせた。

「雨も……音さえ立てなければ、気づかれません。あれだけ大きなホテルです。必ず隠れる場所があるはずです」

待ってくれ、と涙を拭った大沼が背後についた。静かにとだけ言って、彩香は一歩踏み出した。

5

銃声が響き、弾かれたようにバイターが倒れた。死屍累々《ししるいるい》だな、とＡＫ-18を金網に立て掛けた梶原が大きく口を開けて笑った。

藤河は四方に目を向けた。マンションの周囲に、数百体のバイターが折り重なるようにして倒れている。

午前六時、梶原の指示で自衛官三名と藤河は屋上からの狙撃を開始した。スコープに映るバイターの頭部に銃弾を叩き込むのは、容易い作業だった。

最もバイターの数が多かったバス通り側は梶原が担当し、休む暇もないほど引き金を引き続けていた。藤河と安野、そして香澄も百体近いバイターを倒している。二時間足らずで、最後のバイター排除が終わった。

予定通りだ、と梶原が双眼鏡で周囲を確認した。

「だが、問題が残ってる。マンションと敷地内に、バイターが残存しているはずだ」

正確に言えば、マンションの周囲数メートル以内にいるバイター、ということになる。屋上のフェンス越しに、真下にいるバイターを撃つのは物理的に不可能だ。

「どうにかなるだろう、と言ったのはそっちだ」藤河は過熱していたAK-18の銃身から手を離した。「どうするつもりだ?」

女SP、と梶原が裕子を呼んだ。

「非常階段の様子はどうだ? バイターはいたか?」

視認はできませんが、かなりの数がいるようです、と裕子が答えた。

「足音でわかりました。三階まで非常階段で上がってきたバイターも十体ほどいると思われます」

「下は?」

三階フロアにはいません、と裕子が屋上の床を指した。

「非常扉を施錠しているので入れません。ですが、階段、そして一階、二階フロアには何十体といるでしょう。百体近いかもしれません」

策は二つある、と梶原が指を二本立てた。

「派手にやるなら、階段を爆破し、一階と二階にいるバイターを爆殺する。非常階段のバイターは、火炎放射器で焼き殺せばいい」

バイターが爆死するとは限らないと言った藤河に、確かにそうだ、と梶原が口をへの字に曲げた。

「それじゃ、地味にやろう。マンションはバス通り、林、庭、駐車場に囲まれている。正面玄関はバス通りに面しているし、非常階段の降り口は駐車場だ。そして林は見通しが悪い。リスクが最も低いのは庭側だ」

「それで？」

ロープで屋上から庭に降下する、と梶原が言った。

「約一〇メートルだ。自分たち自衛官は訓練を積んでいるし、警察官だって素人じゃないんだ。難しくはないだろう。ドクター、あんたが一番心配だ。できるか？」

何とかなるでしょう、と掛川が答えた。

「捜査一課に異動した時、研修を兼ねてロープ降下訓練をしています」

庭にもバイターはいる、と藤河は首を振った。

「数は少ないだろうが、いるのは間違いない。マンション内にいるバイターも、おれたちに気づけば外に出てくる。百体のバイターが一斉に襲いかかってきたら、どうするんだ？」

奴らのスピードじゃ無理だ、と梶原が舌打ちした。

「庭側には窓がある。破るのはバイターでも簡単にできるが、その時点で自分たちは庭に降りている。迎撃は容易だし、ショットガンやサブマシンガンもある。自分たち自衛官が先に降りるから、お前が心配するようなことにはならん」

準備を、と梶原が命じると、香澄と安野がバックパックから降下用のロープを取り出し、金網のフェンスに巻き付けた。香澄の指示に従い、裕子と掛川もセッティングを終えた。

「自分たちが降りたのを確認したら、警視庁隊も続け」梶原がロープの端を握った。「ロープをハーネスに結んでいれば、万一落ちても地上一メートルで自動停止する。後は自己責任だ」

おれたちが降りる前に、庭のバイターを倒してくれと藤河は言った。

「安全が確認できなければ、降りるわけにはいかない」

たまには信じろ、と梶原が藤河の肩を叩いた。

「一体でもバイターが残っていたら、自分たちの身が危うい。きれいに片付けておくから、安心しろ。安野、松崎、準備はいいな？　行くぞ」

合図の声と同時に、三人の自衛官がロープで降下を始めた。すぐに銃声がいくつも重なった。梶原たちが庭のバイターを撃っているのだろう。

位置につけ、と藤河は命じた。

「バイターを倒せば、梶原から連絡が入る。それまで待て。焦らなくていい」

三分後、問題ない、と面体の中で梶原の声が響いた。

「降りてこい。バイターはすべて倒した」

先に行けと命じると、裕子と掛川がロープから手を離した。ハーネスと連動している自動降下装置が作動し、二人が降りていく。

藤河は屋上を確認し、ロープの反動を利用して、地面に降り立った。まだ二人は空中にいる。硝煙の臭いが濃く漂っていた。

「バイターは？」

見ての通りだ、と梶原が銃口で辺りを指した。庭に数十体のバイターが倒れていた。

「あの二人が降りたら、マンションを爆破する。一階にはまだバイターがいるだろうが、燃えて灰になればそれで終わりだ」

降りてきた裕子と掛川が体からハーネスを外し、ロープを回収した。バス通りに出る、と梶原がAK–18を構えた。

「ホテルまでの最短ルートを進む。道はバイターの死体だらけだ。注意して進め」

行けるか、と藤河は振り返った。裕子と掛川がそれぞれうなずいた。

前を進む梶原たち三人の後に続き、バス通りに出た。梶原と安野がマンションに向かって手榴弾を投げると、爆発音と共に建物が炎上した。

遮蔽物がないため、雨と風がもろに全身を直撃している。道そのものがぬかるんでいるのと、バイターの死体で足の踏み場もない。歩き辛いが、前に進むしかなかった。

「気をつけろ、道は底無し沼と同じだ。下手に踏み込むと足が抜けなくなる」面体のスピーカーから梶原の声がした。「バイターの死体を踏み付けて歩く方が楽だが、滑る恐れがある。一歩ずつ慎重に進め」

大丈夫か、と藤河は面体のマイクで掛川に呼びかけた。

「おれの後ろにつけ。何かあったら――」

悲鳴が聞こえ、藤河は振り向いた。数メートル後ろで、裕子がうつ伏せに倒れている。

「立てるか？　今行くぞ」

バイターです、と掛川がその場に尻餅をついた。裕子の足首を、バイターが摑んでいる。

藤河はベレッタを抜いたが、バイターが裕子の体に覆いかぶさる方が早かった。長い悲鳴が続き、突然止んだ。

「撃て、藤河！」

梶原の怒声に、ベレッタを構えた。体を起こしたバイターの口に、肉片がある。真っ赤な血が滴り落ちていた。

その顔を目がけて、藤河は引き金を引いた。バイターの額に大きな穴が開き、後方に吹っ飛んだ。

駆け寄ると、苦痛に顔を歪ませた裕子が足首を手で押さえていた。赤い血がその手を汚している。

「梶原！　バス通りのバイターはすべて倒したと言ったはずだ！」

倒したさ、と近づいてきた梶原が面体を外した。

「だが、死んだと確認はできなかった。この雨だ。何百体もいたんだぞ。わかるわけがない」

浜井、と手を伸ばした藤河を掛川が止めた。

「……浜井さんは出血しています。バイターウイルスに感染している可能性が高く、触れるのは危険です」

「どうすればいい？」

掛川が顔を背けた。女SPはお前の部下だ、と梶原が言った。

「藤河、お前が決めろ。ただし、ひとつだけ言っておく。ブラッド・セブンの任務に支障を来《きた》す者、障害となる者は処分する。それはわかってるな？」

「おれに……浜井を殺せと？」

そんなことは言ってない、と梶原が背を向けた。浜井、と藤河はベレッタの銃口を上げた。

「おれは……おれは……」

正座の姿勢を取った裕子が、面体を取って頭《こうべ》を垂れた。掛川、と藤河は叫んだ。

「浜井を救う方法はないのか？　ラザロワクチンを投与して――」

ラザロワクチンにバイターヴィルスを治癒する効力はありません、と掛川が囁いた。

「感染後、潜伏期を経て昏睡期に入りますが、その間に投与すれば……」

そんな時間はない、と背中を向けたまま梶原が言った。浜井にラザロワクチンと注射器を渡せ、と藤河は怒鳴った。

「昏睡する直前、自分でワクチンを打てば……」

不意に銃声が鳴った。裕子が握っていたベレッタの銃口から、白煙が上がっている。こめかみに開いた穴から流れた血が、顔を赤く染めていた。

自分で始末をつけたか、と梶原が小さく息を吐いた。

「藤河、ドクター、自分たちには任務がある。それを忘れるな。行くぞ」

藤河は面体を外し、裕子に頭を下げた。頬を濡らしているのが雨なのか、涙なのか、自分でもわからなかった。

FEAR 9

ビッグリバーリゾートホテル

1

　八月五日午前九時、相澤は第二国会本会議場の総理執務室に隣接する円卓会議室に入った。全国務大臣、そして野党各党の党首が深刻な表情を浮かべ、それぞれの席に設置されたパソコンを見つめている。

　約六時間前、深夜三時過ぎに井間枝首相補佐官から、都内でのバイター発生と被害について詳細なレポートが上がり、その後も一時間ごとに報告が続いていた。

　東京都内をはじめ、神奈川、大阪、福岡などでもバイターによる被害は拡大する一方だった。警察庁の指示で各都道府県警に対策本部が設置され、警察主導によるバイター狩りが始まっていたが、その過程で警察官がバイターウイルスに感染するなど、激しい混乱が続いている。

相澤は午前六時から二時間だけ仮眠を取ったが、その間も関係各所から多くの報告書が届いていた。全国務大臣、そして与野党衆参両院の全議員にもメールで送付されている。誰もが状況の深刻さを理解していた。

「政府はもちろん、感染症研究所、医師、科学者たちも、今に至るまでバイターウイルスの正体を特定できていない」

席に着いた相澤は、前置き抜きで話し始めた。その後方で、井間枝と佐井古秘書官が立ったまま左右に目を向けている。

「高熱、頭痛、吐き気、昏睡等、前兆症状はあるが、インフルエンザその他の病気でも同様の状態になる者は少なくない。その判別は困難であり、結局バイター化しなければバイターと認定できなかった。そのため、警察、自衛隊の対応が後手に回ったのは認めざるを得ない」

全員が円卓会議室のドアに近い席に顔を向けた。総理のおっしゃる通りです、と長谷部警察庁長官が渋い表情を浮かべた。

「バイターウイルスに感染した可能性があるというだけで、対象者を隔離するわけにはいきません。人権侵害の批判は免れませんし、他の病気の重篤患者であれば、隔離したために死亡することもあり得ます。隔離施設、つまりヴィジットルームの設営も時間、場所等の問題があり、予定より遅れており、加えて、新型コロナウイルスの時以上に、医師、病院その他医療従事者の協力を得ることが難しくなっています。これはコロナの時、感染者を受け入れた病院の多くが経営危機に陥ったこと、自助、家助《か》を政府が求めたため――」

佐井古が太った体を震わせるようにして、空咳をした。相澤内閣が〝自助、家助、互助〟を新スローガンにしたのは、相澤のスピーチライターを務めていた佐井古の発案だった。

いずれにしましても、と長谷部が顔を伏せた。

「法的な根拠なしに隔離すれば、バイター騒ぎが収束した後、責任の所在が問題になるというのが警察庁の見解です」

もうそんな悠長なことを言ってる場合ではない、と相澤は強く首を振った。

「事態は予断を許さないほど深刻化している。集まってもらったのは、バイター法の説明のためだ」

全員のパソコンに『バイター法・仮案』という文字が浮かび上がった。バイター法は、平成十一年に定められた感染症新法の法解釈を変更し、バイターウイルスをレベル5と認定することがその骨子となる。レベル4のエボラ、マールブルグ、天然痘ウイルスよりも危険度が高い、というのがその定義だ。

「バイターウイルスの感染は日本のみならず、世界にパンデミックを引き起こしかねない。それを防ぐための法律と考えてもらいたい」

具体的な内容は、と野党第一党国民友愛会党首、長山光三《ながやまみつぞう》が手を挙げた。二つある、と相澤はパソコンを指した。

「これまではバイター化した者だけを人に非ざる者と規定し、害獣として殺処分を認めていたが、今後はバイターに濃厚接触した者、加えて何らかの前兆がある者をすべて感染者と見なす。人権侵害と長谷部長官は言ったが、これは百年に一度の国難だ。感染者はヴィジットルーム、もしくは政令都市の指定病院に強制隔離し、経過を観察する。もうひとつ、バイターはウイルスの感染源でもある。バイター法が成立すれば、他の法律の解釈を変更することなく、殺処分が合法化されることになる」

その判断は誰がするのですかと質問した長山に、全国都道府県警察に設置するバイター対策本部だ、と相澤は答えた。

「総理大臣の私自らが、バイター対策本部長となる。無論、このバイター法を拡大解釈していけば、警察が危険だと判断した者は誰でも逮捕、あるいは殺しても構わないということになりかねない。批判の声も上がるだろう。だが、これ以外にバイター被害の拡大を防ぐ方法はない」

バイター化している者を警察官が射殺した例は既に多数あります、と井間枝が口を開いた。

「襲われた警察官が発砲し、バイターを殺害したという事例です。これについては警察庁も正当防衛と見なし、許可を出しています。また、大川豆島においては自衛隊、警察、海保等にバイター殺処分命令が出ています。これは刑法37条の緊急避難を適用したものですが、明らかにバイターウイルスに感染した根拠がある者でも、バイター化していなければ逮捕、確保、拘束、隔離はできませんでした。バイター法は警察、自衛隊にその根拠を与えるための法律です」

しかし、と長山が首を傾げた。

「バイター法によって、感染が疑われる者を無制限に隔離するというのは……事実誤認、デマ、悪意による密告なども起き得るかと思いますが、その判断基準はあるのでしょうか？　また、昏睡期に入った者にラザロワクチンを投与すれば、約六割がバイター化を免れるということですが、不明な点も多く、最新の情報では昏睡期が三十分以内、あるいは七十二時間以上に及ぶ例も報告されているそうです。その場合、どう対処されるのですか？」

全員のパソコンの画面が切り替わり、映像が流れ出した。バイターが人間を襲い、その肉を食らっている。

バイターが襲ったのは東練馬《ひがしねりま》署の警察官だ、と相澤は言った。

「もし全国の警察がその機能を停止すれば、全国民がバイターになりかねない。もはや亡国の危機と言っても過言ではないのだ。アメリカ、その他諸外国の援助も期待できない。

国家壊滅の危機を止めるには、バイター法を国会で成立させる以外ない。挙国一致体制で臨まなければならない国難と考えてほしい。昏睡期については別途検討する」

バイターの危険性は全国会議員が理解しています、と長山がうなずいた。

「バイター法については、六時間前、那須田官房長官名で各党に通達が届いています。国民友愛会内でも検討しましたが、基本的には賛成というのが我が党の方針です。しかし、バイター法が成立すれば、四十七都道府県のバイター対策本部、そしてその本部長である総理の権限が極端に大きくなります。例えば時限立法とするなど、検討すべき課題があるでしょう。総理もおっしゃったように、与野党全会一致でなければ、国民の理解も得られません……民自党内、あるいは各野党はどう考えているのか、その確認が必要だと思いますが」

民自党は全派閥が了解している、と相澤はうなずいた。検討中だ、と数人の党首が手を挙げた。

大至急結論をまとめてもらいたい、と相澤はそれぞれの顔に目をやった。

「一時間後、衆参両院議員全員出席のもと、第二国会本会議場で私自らがバイター法案を提出する。党派を超え、この国難と対峙《たいじ》しなければならないと考える。警察庁、防衛省、消防庁、その他関係機関がそれぞれの限界を訴え、特に病院では医師、看護師が医療現場を放棄するなど、医療崩壊が始まっている。バイター法以外、有効な対策はない。協力を強く要請する」

背後に目を向けた相澤に、井間枝と佐井古が大きくうなずいた。バイター法の作成、そしてその実施を進言したのはこの二人だ。

バイター法によって総理大臣の権限を拡大し、事実上の相澤独裁体制を取ることが二人の狙いだ。指示したのは相澤自身だった。

新型コロナウイルスの対応に齟齬《そご》が生じ、一時は支持率が二〇パーセント台にまで落ち込んだが、あの危機を乗り越え、今に至っている。悪夢を繰り返してはならない、というのが相澤の本音だった。

既に根回しは始まっている。警察、検察の人事に介入することで、どちらも相澤の意のままだ。各省庁も相澤の意向を最優先にしている。

ただし、野党や一部世論もそれを察し、抗議運動が起きているのも事実だ。バイターの出現を奇貨とし、相澤一強体制を維持、強化する。バイター法はその布石となるだろう。

日本の国力が落ちているのは、強いリーダーがいなかったためだ。自分こそ、その任にふさわしい、と相澤は信じていた。腐った日本を美しい国に変える。そのためには相澤独裁政治が必要なのだ。

「先ほど時限立法という話が出たが、私もそうあるべきだと考えている」相澤は周囲を見渡した。「他にもさまざまな意見が出るだろう。総理大臣として、また民自党としても、民主主義に則《のっと》り、各党の意見を考慮しつつ、なおかつスピード感のある対応をしなければならないと考える。以上だ」

相澤は席を立った。発言する者はいなかった。

2

前から、そして背後からバイターが追ってくる。彩香は武藤の手を握ったまま、前に進んだ。武藤を守らなければならないという思いが、恐怖心を上回っていた。

見える範囲に、バイターが二十人ほどいる。虚ろというより、表情がない顔で彩香たちを見つめていた。一歩一歩、近づいてきたが、そのスピードは鈍かった。

「助けてくれ！」大沼の悲鳴が聞こえた。「奴らが追ってくる！　逃げろ！」

走らなくていい、と彩香は武藤を自分の背後に回した。

「それより、音を立てないで。バイターはほとんど目が見えていない。静かに動けば、気づかれない」

武藤が小さくうなずいた。バイターの視力が悪いのは、眼球が白濁化していることと関係があるのかもしれない。

音や匂い、つまり聴覚や嗅覚で人間の存在を感知する能力は高いが、明るくなれば視力に勝る人間の方が有利になる。バイターの位置がわかっていれば、避けて進むことも容易だ。

慌てず、冷静に、と彩香は自分に言い聞かせた。バイターの腕力は異常に強く、瞬間的なスピードは常識で考えられないほど速い。だが、怖くても、恐ろしくても、バイターから目を逸らしてはならない。他に身を護る術《すべ》はない。

ホテルのエントランスへ続く空間は広く、二十人以上のバイターがいたが、それぞれの位置は離れている。動きをよく見ていれば、いくらでも隙はあった。音さえ立てなければ、気づかれることはない。

悲鳴を上げながら、大沼が彩香たちを追い抜いていった。数人のバイターが大沼の方を向き、両手を前に出して歩き始めた。

興奮した鼠《ねずみ》のように、大沼がホテル前の庭を駆け回っている。パニックに陥り、何も考えられなくなっているのだろう。

約一〇メートル先にホテルのエントランスがあり、ドアが大きく開いている。どうしますと囁いた武藤に、大沼さんを助けると彩香は言った。

見捨てて逃げることはできない。二人より三人の方が、生き残る確率も上がる。

息を切らしている大沼の後を、バイターたちが追っている。彩香は腕時計を外し、一分後にアラームをセットした。そのまま噴水に向かって投げると、芝生の上に落ちた。

すぐにアラームが鳴り出し、バイターたちが体の向きを変えた。武藤を連れてホテルのエントランスに向かいながら、大沼さん、と彩香は両手を振って合図を送った。

バイターの群れが、鳴り続けている腕時計に顔を向けている。優れた聴覚のため、アラーム音に反応したのだろう。

口を開いた大沼が、ゆっくりとバイターの群れから離れた。芝生なので、スニーカーの靴音に気づくバイターはいなかった。

こっちです、と口だけを動かした彩香がエントランスに入ると、大沼も後に続いた。

「どうして逃げた？」両膝に手を置いた大沼が、かすれた声で言った。「何で二人だけで……」

静かに、と彩香は唇に指を当て、中の様子を窺った。正面にフロントとロビーがある。バイターの姿はなかった。

ビッグリバーリゾートホテルについて、詳しいことは何も知らない。島内最大規模のホテルで、ツインタワー構造、客室は約三百、わかっているのはそれぐらいだ。

ロビーから中を見る、と彩香は武藤の耳に唇を寄せた。

「ここからだと、フロアが見えない。バイターがいなければ、何とかなる」

ロビーに足を踏み入れると、内装は南国風だった。椅子はすべて籐製で、観葉植物がフロントの周りを埋め尽くしている。

フロントの上のプレートに目をやると、太い二本の矢印の下に、左が東館、右は西館と記されていた。

バイターはいません、と武藤が小声で言った。東館、西館に繋がるエレベーターホールが左右にあり、奥に非常階段という表示が見える。どちらへ行くべきなのか。

エレベーターが停止しているのは、確かめるまでもなかった。数字は9までで、その上はRとなっている。九階建てのようだ。

西館へ、と彩香は右に視線を向けた。

「東館の非常階段の扉が、少しだけ開いている。バイターが通ったのかもしれない」

「上がるんですか？」

二階から九階までが客室、とフロントの案内図に書いてあったと彩香は言った。

「こういうホテルに泊まったことが何回かある。部屋の電子ロックは、停電しているから自動で解除されているはず。バイターがいない部屋に入り、ドアをロックする。ホテルのドアは頑丈だから、バイターは入れない。なるべく上層階がいい。二階や三階だと、バイターが窓を破って飛び込んでくるかもしれない」

バイターがいたらどうするんだ、と大沼が首を振ったが、一緒に来てくださいと言って西館に向かった。不満げに肩をすくめた大沼が、足を引きずるようにしながらついてきた。

あれを見ろ、と梶原が指さした。ビッグリバーリゾートホテル循環バスターミナル、と看板が掲げられているガラス張りの待合所が、バス通り沿いに建っていた。

林が間にあるので、その先は見えないが、待合所の横にある道を進めばホテルに着くのだろう。

3

藤河の後ろに香澄と掛川、最後尾に安野がいる。周囲に注意、と梶原が低い声で言った。

「ホテルの客や従業員がバイター化しているかもしれん。ツインタワー、全二百八十一室と聞いたが、客と従業員、合わせて千人以上がホテルにいただろう。全員がバイターになっていたら、戦うも何もない」

だが、総理の娘がいる可能性は高い、と藤河は言った。

「相澤彩香について、警視庁内で事前にレクがあった。自修館中学では成績もトップクラスで、頭のいい子だと教師たちが話している。ホテルならバイターの侵入を防ぐことができると判断したはずだ」

中二にしては頭がいいらしい、と梶原がうなずいた。

「自分も総理の娘があのホテルに隠れていると考えている。捜さなければならんが、そのためにはバイターとの交戦を覚悟する必要がある」

交戦、という言葉に違和感はなかった。既に友部、裕子の二人がバイターの餌食になっている。大川豆島は戦場だった。

現時点で三つの可能性がある、と梶原が全員の顔を順に見つめた。

「少女が無事でいるか、バイターウイルスに感染したか、あるいは死亡しているか、その三つだ。無事なら保護し、救援を待つ。死亡していた場合でも、遺体を東京へ運ぶ。問題は少女が感染していた時だ」

その時はどうすると尋ねた藤河に、それはドクターの領域だと梶原が答えた。

「感染と言っても、潜伏期間、昏睡期、他にもあるだろう。完全にバイター化していたら、殺処分するしかないが、昏睡期であればラザロワクチンを注射する。そうだな、ドクター？」

僕が持っている医療キットでは、ウイルスの確認ができませんと掛川が言った。

「感染しているのか、いないのか、確実に見分けることは不可能です。昏睡していれば感染したと見なし、ラザロワクチンを注射できますが、その時点で拒否反応を起こし、死亡するかもしれません。また、三割はワクチンの効力がないまま、バイター化することもあり得ると……」

その時は殺すと言った梶原に、命令と違うと藤河は首を振った。

「ブラッド・セブンの任務は総理の娘の発見、保護、救出だ。万が一バイター化していても、捕獲して東京へ運ぶよう命じられている」

リスクが高過ぎる、と梶原が吐き捨てた。

「どれだけバイターを見てきた？　危険な存在だとわかっているはずだ。バイターを捕獲しろ？　どうすればそんなことができるか、教えてもらいたいね。暴れまわる少女を押さえ付けろと？　引っ掻かれただけで、自分たちが感染者になることもあり得るんだ。バイターは殺すしかない」

状況によるだろう、と藤河は言った。

「確かに、殺処分せざるを得ない場合もあるかもしれない。だが、可能であれば少女を捕らえ、東京へ移送するべきだ。ＷＨＯも政府も、手をこまねいて見ているわけじゃないだろう。世界中の科学者、医師、製薬会社が治療薬の開発に着手しているはずだ。バイター化していても、人間に戻す方法があるかも――」

甘ったれたことを言うな、と梶原が一喝した。

「今から、対バイター戦が始まる。戦争に犠牲は付き物だ。それが総理大臣の娘であっても、やむを得ない。バイターはすべて殺処分せよ、という命令を出したのは総理本人だぞ」

「しかし……」

親の立場になってみろ、と梶原がくわえた煙草に火をつけた。

「化け物になった娘を見たいと思うか？　抱きしめることさえできないんだぞ。少女本人だって、バイターとして生き続けることを望むはずがない。殺すのは功徳《くどく》だよ。とにかくここで議論している暇はない。少女が感染していなければ問題ないんだ」総員、装備の点検を始めろ、と梶原が煙を吐いた。「ＡＫ-18の残弾数を報告、ベレッタ、マグナムについても同じだ。ショットガンは自分、火炎放射器は安野、サブマシンガンは藤河が所持する。自分の身は自分で護れ。ドクターは松崎と行動を共にしろ」

香澄と安野がバックパックを背中から下ろした。五分で終わらせろ、と梶原が低い声で命じた。

4

循環バスの待合所脇にある道に入り、ホテルへ向かって歩を進めた。先頭は梶原、藤河は掛川と共にその後ろに続き、香澄と安野が最後尾につく隊形だ。三分後、ビッグリバーリゾートホテルが見えてきた。

バイターだらけだ、と梶原がつぶやいた。前庭に噴水があり、その周りでバイターが虚ろな表情のまま、ゆっくりと歩いている。総数五十二体、と香澄が囁いた。

「服装から判断すると、ほとんどが宿泊客のようです。すべての客、従業員がバイター化していた場合、千体を遥かに超える可能性もあります」

不利だな、と梶原がぽつりと言った。

「平地であれば自分たちが有利だが、ホテルに踏み込めば退路が激減する。装備があっても、千体が相手ではどうにもならん。ホテルの客室は約三百、少女がどこに隠れているか、見当もつかない。全室しらみつぶしに調べていたら、あっと言う間に日が暮れる」

それでもホテルに入るしかない、と藤河は言った。

「他に総理の娘を捜す手段はない」

呼びかけてみてはどうですと掛川が提案したが、リスクが大き過ぎると梶原が舌打ちした。

「バイターは音に敏感だ。少女がホテル内のどこに隠れていても、自分たちが救援に来たと知らせるためには、大声で叫ばなけりゃならん。防音も徹底しているだろうし、自分たちの声が少女に届くかどうか、それも怪しい。無闇に叫んでバイターが気づいたらどうなるか、考えるまでもない」

一斉に襲いかかってくるでしょうね、と安野が怯えた表情を浮かべた。ホテル内での戦闘は不利だ、と藤河は前庭のバイターの群れを指さした。

「まず、奴らを排除しよう。この距離なら、狙い撃つのは簡単だ。銃声を聞けば、ホテル内のバイターたちも出てくるだろう。奴らの動きは遅い。こっちの方が有利だ」

おびき出すか、と梶原がAK-18を構えた。防音と言ってましたよね、と掛川が囁いた。

「数えましたが、ホテルは九階建てです。下層階はともかく、上層階のバイターが音に気づくでしょうか?」

やってみなけりゃわからん、と梶原が配置を指示した。梶原と安野が左サイド、藤河と香澄が右サイドに分かれ、バイターを狙撃する。

距離は約一〇〇メートル、前庭までの道は両脇に生け垣があるので、バイターが乗り越えてきてもすぐわかる。狙撃には打ってつけだ。

一体ずつ確実に仕留めろ、と梶原が命じた。

「バイターは蛇と同じだ。頭を潰さない限り死なない。慎重に狙え」

指示を終えた梶原が立ったままスコープに目を当て、引き金を引いた。噴水の手前にいたバイターの頭部に穴が空き、崩れるようにして倒れた。

音に気づいたのか、他のバイターが同時に振り向いた。撃て、と梶原が落ち着いた声で命じ、藤河は香澄と共に伏射の体勢で続けざまに引き金を引いた。

射撃技術に関しては、藤河もそれなりに自信があったが、やはり自衛官の方が上だった。梶原、香澄、そして安野も八割以上の確率で頭部に命中させている。

藤河、香澄、安野は地面に体を伏せ、AK-18を固定させた姿勢で狙撃していた。命中精度が高くなるのは伏射だ。

だが、梶原は違った。立射の状態で狙撃を続けている。臨機に対応できるメリットがあるが、腕力がなければできない。

前庭での戦闘は十分足らずで終わった。バイターは銃声、そして人間の匂いに反応し、前進するだけだ。一定の距離を保っている限り、危険はない。

確実に死んだか調べろ、とAK-18を背中に回した梶原がベレッタを引き抜いた。

「頭部を破壊しない限り、腕や足がなくなっても、バイターは生きている。動いていたら、額を撃て……ドクター、ホテルのエントランスに動きはないか？」

バイターは出てきません、とエントランスを見張っていた掛川が答えた。手榴弾でも放り込むか、と梶原が下顎を突き出した。

「フロントを爆破すれば、バイターたちも気づくんじゃないか？」

無茶言うな、と藤河は手を振った。

「火事になったらどうする？　総理の娘を含め、自修館中学の生徒たちが二階より上のフロアに隠れていたら、逃げられないぞ」

冗談だ、と梶原が乾いた笑い声を上げた。

「安野、生きているバイターはいたか？」

前庭を一周した安野が、すべて死んでますと報告した。前門の虎は潰した、と梶原がホテルを指さした。

「後門の狼を退治しよう……だが、このホテルはツインタワーだ。東館、西館、中学生たちはどっちにいる？」

二手に分かれますかと言った安野に、駄目だ、と藤河は首を振った。

「ここにいるのは五人だけ、そして掛川は戦力としてカウントできない。実質四人しかいないんだ。二人一組で動けば死角ができる。効率が悪くても、全員一緒に行動した方がいい」

確かにそうだ、と梶原が薄笑いを浮かべた。

「だが、それでも選ばなきゃならん。フロントに東館、西館と表示がある。左が東館、右が西館ってことだ。中学生たちがどっちへ行ったか、正しい方を選べば手間も時間も危険も半分で済む。意見はあるか？」

判断材料がない、と藤河は言った。他の三人が顔を見合わせ、そのまま目を伏せた。

フロントとロビーを調べよう、と梶原がエントランスに向かった。

「何か痕跡が残っているかもしれん。まずはそこからだ」

安野が梶原の後ろについた。二人に続いた藤河に、気になることがあります、と香澄が耳元で囁いた。

「何だ？」

前庭のバイターはすべて死んでいます、と香澄が言った。

「ほとんどがホテルの宿泊客、従業員ですが、島民もいました」

ホテルへ遊びに来ていたんだろう、と藤河は言った。

「カフェやレストランを利用するとか、商談とか……」

農機具メーカーの寮からこのホテルまでの間に、数軒の民家がありました、と香澄が声のトーンを落とした。

「ホテルから元屋町までの間には、もっと多くの家、アパート、マンションがあるはずです。すべての住人がバイター化していたら……バイターには集団化する傾向がある、と説明があったのは覚えてますか？　バイターは動物的な本能で群れを作ります。彼らを動かしているのは、人間の血と肉への渇望です」

「何が言いたい？」

元屋町へ向かったバイターもいたと思います、と香澄が言った。

「ですが、ホテルを目指した群れもいたかもしれません。人としての意識が何らかの形で残っていたとすれば、ホテルに求めている血と肉、つまり人間がいると察知して……」

まずいな、と藤河は顔をしかめた。

「もし君の言う通りだとすれば、ホテルに向かっているバイターとホテル内のバイターに挟まれる形になる。バイターの群れが現れる前に、少女たちを発見、保護しなければ、脱出できなくなるぞ」

早く来い、と梶原が顔だけを向けた。無言のまま、藤河はその後を追った。

5

気味が悪いくらい静かだ、と大沼が西館三階から四階へ上がる非常階段の踊り場で囁いた。

彩香たちは三人ともスニーカーを履いているので、慎重に歩けば足音はほとんどしない。照明は消えていたが、非常階段の非常灯が点灯している。ホテル内に自家発電装置があるのだろう。

歩きやすいな、と大沼が大声で言った。静かに、と彩香は唇に指を当てた。

四階まで上がったところで、どうする、と大沼が足を止めた。

「最上階まで行く必要はあるのか？　この四階フロアで隠れてもいいんじゃないか？　ドアをロックすれば、バイターだって壊せない」

でも窓を塞ぐことはできません、と武藤が言った。それは上の階も同じだ、と大沼が首を振った。

「無理に上へ行かなくたっていいだろう。四階フロアにドアが開いている部屋さえあれば、そこに立て籠もって救助を待った方がいい」

行くぞ、と大沼が非常扉を手で押し開けた。目の前に長い廊下が続いている。左右にいくつもの客室のドアがあった。

バイターはいるか、と非常扉を手で押さえたまま大沼が言った。いません、と彩香は囁いた。天井の照明が消えているため、廊下は薄暗い。

先に行け、と彩香と武藤の肩を押した大沼が非常扉を閉めた。鍵がないので、ロックすることはできない。

「バイターがこのフロアに入り込んでくるかもしれない」急げ、と大沼が大声で命じた。

「その前に、ドアが開いている部屋を探すんだ」

声を低くしてください、と彩香は言った。どの部屋にバイターがいてもおかしくない。気が気ではなかった。

全館停電のような非常時には、部屋のオートロックが解除されるのはわかっていた。試しに近くの部屋のドアノブを押し下げると、あっさり開いた。

覗き込んだ武藤が、体を強ばらせたまま飛び下がった。手が離れると、ドアがゆっくり閉じた。

「……バイターがいたの？」

武藤が口に手を当ててえずいている。何を見たのか、わかったような気がした。

「……四人いました。大人が子供を食べて……」

離れろ、と大沼が非常扉を押し開けた。

「気づかれたら、追ってくるぞ。上へ逃げるんだ」

彩香は武藤の腕を摑んで、大沼の後を追った。背後でドアが開く音がしたが、振り向くことはできなかった。

大きな足音を立てて、大沼が非常階段を駆け上がっている。走らないで、と彩香は武藤の腕を押さえた。

「四階のバイターがあたしたちを追ってるのは間違いない。でも、足は遅い。怖いのはわかる。あたしだって怖い。だけど、怯えてもどうにもならない。わかるでしょう？」

うなずいた武藤が背後に視線を向けた。ドアを押し開けた四体のバイターが上を見ている。

彩香は武藤の腕を引いて、一段ずつ階段を上がった。後ろから四体のバイターがついてくる。ただ、そのスピードは遅かった。

非常扉の裏に、館内案内図が表示されていたが、五階と九階に西館と東館を結ぶ連絡通路があるのがわかった。状況によっては、東館へ逃げた方がいいかもしれない。

五階の非常扉を開いた大沼が、フロアに飛び込んでいったが、すぐに悲鳴が上がった。戻ってきた大沼の耳から、血がフロアに垂れている。

「助けてくれ！」

叫んだ大沼の肩を、何本もの腕が摑み、引きずり倒した。開いたままになっているドアから廊下が見える。数え切れないほどのバイターがそこにいた。

「相澤、助けて――」

血だらけの手を伸ばした大沼の体が、凄まじいスピードで後ろに引きずられていく。彩香は武藤の手を摑んで、階段を駆け上がった。

踊り場で振り返ると、数体のバイターが大沼の体を非常扉の前で押さえつけていた。腕、足、腹に咬み付き、肉を食いちぎっている。そのたびに悲鳴が上がったが、やがて何も聞こえなくなった。

「六階へ上がって、フロアを調べる。バイターがいたら、七階へ向かう。運がよければ、バイターがいない部屋があるかも……そこへ逃げ込むしかない」

武藤が口に手を当てた。指の間から、黄色い胃液が階段に溢れていった。

6

フロントとロビーの周囲を調べていた梶原が、東館へ向かうと言った。

「非常階段の扉が少し開いている。総理の娘が上がっていったのかもしれん」

九割は勘だがな、と苦笑したが、他に手掛かりがないのは藤河もわかっていた。二分の一の確率だから、当たる時は当たるし、外しても仕方ない。

二階まで非常階段で上がったところで、全員ベレッタを持て、と非常扉の前で梶原が命じた。

「このホテルはツインタワーで、ゆで卵を縦に半分に切ったような形になっている」構造上、上層階は客室が少ないと梶原が言った。「逆に七階以下の下層階は面積も広く、客室数も多い。だが、広いといってもホテルはホテルだ。ライフルを使えるスペースはない。今から二階フロアに入り、全客室を調べる。どこにバイターが潜んでいてもおかしくない。気をつけろ」

お前が先頭だ、と梶原が安野の肩を叩いた。

「自分と藤河が援護する。松崎はドクターを頼む。バイターが二十体以上なら、安野は火炎放射器で奴らを燃やし尽くせ。火災のリスクはあるが、襲撃を防ぐにはそれしかない」

了解です、と安野が目で答えた。準備はいいか、と確認した梶原がドアノブを下げ、静かにドアを開いた。

十数体のバイターが、不規則に廊下を歩いている。壁に頭を打ちつけている者もいた。

このフロアに総理の娘はいない、と藤河はつぶやいた。

「いたとしたら、とっくに食われている。どうする？」

全室を調べる、と梶原がベレッタを構えた。

「それが自分たちの任務だ。藤河、お前は右側のバイターを殺せ。自分は左だ」

梶原が引き金を引くと、そのたびにバイターが糸の切れた操り人形のように崩れ落ちていった。

銃声に気づいたバイターが体の向きを変え、のめるように進んできたが、銃弾の方が遥かに速い。十数体のバイターを殲滅するために要した時間は、二分に満たなかった。

廊下にバイターの死体が転がっている。動かないことを確認した梶原が、部屋を調べろと怒鳴った。

「左右、それぞれ十室ほどある。停電でオートロックが解除されているから、ドアは開いているはずだ。注意しろ、ここはビジネスホテルじゃない。客室は広い。バイターがいたら必ず殺せ。室内での戦闘は不利だ。一瞬の躊躇が命取りになるぞ」

来い、と安野に命じた梶原が左側手前のドアを押し開け、中に入っていった。銃を持て、と藤河は掛川に声をかけた。

「お前のことは守るが、保険は必要だ。頭を狙えとは言わない。バイターと遭遇したら、迷わず引き金を引け。わかったな?」

はい、とかすれた声で掛川が答えた。入るぞ、と藤河は廊下右側のドアノブに手を掛け、合図した。後ろでは香澄がベレッタを両手で構えている。

ドアを開け放つと、外に面した窓から淡い光が差し込んでいた。リゾートホテルとしては標準的な造りで、リビングとベッドルームに分かれている。

トイレとクローゼットを調べろ、と藤河は命じた。

「おれはベッドルームを見てくる。バイターが潜んでいるかもしれない。油断するな」

廊下から乾いた銃声が数発聞こえた。梶原と安野がバイターを撃ったのだろう。気をつけろと叫んで、藤河はベッドルームに踏み込んだ。

クイーンサイズのベッドが二つ並んでいる。素早く屈み込み、ベッドの下を覗き込んだ。バイターはいない。

クリア、と香澄が抑えた声で叫んでいる。ベッドルームから出ると、ドアの前で掛川が額の汗を拭っていた。

「ベランダにもバイターはいない。隣の部屋に移ろう」

ドアを開くと、向かいの部屋から梶原と安野が出てきた。バイターがいた、と梶原が肩をすくめた。

「宿泊客だろう。中年の夫婦だった。用心しろよ」

「心配してくれるとは思わなかった」

ドクターは当てにならん、と梶原が苦笑した。

「頼りになるのは、自分たち三人とお前だけだ。一人欠けたら、戦闘力は二五パーセント滅になる。そうなったら少女を捜すも何もない」

藤河は隣の部屋のドアを開けた。部屋の構造は複雑とは言えない。バイターがいればすぐにわかるし、隠れる場所はトイレとクローゼットだけだ。そしてバイターに身を隠す知恵はない。

ただし、相澤彩香は違う。中学生たちが隠れている可能性はある。発見するためには、確認が必要だ。

二階フロア全室の捜索が終わったのは、二十分後だった。廊下の奥で非常階段に通じる扉を押し開けた梶原が、バイターはいないと言った。

「だが……三階フロアで何かを引きずるような音が聞こえた。バイターだろう。数は不明だが、二十体以上と考えていい。ドクターが三階の非常扉を開けろ。自分たちが守っているから、心配はいらん。何かあれば迷わず攻撃せよ。ドアを開けたら、すぐ下がれ。松崎は後方で援護だ」

三階へ続く非常階段を、梶原が駆け上がっていく。後ろに続いた安野が非常扉の前で火炎放射器を構え、藤河はその横に並んだ。自分が突入する、と梶原が言った。

「相手は化け物だ。容赦するな、すべて殺せ。行くぞ」

前に出た掛川が中腰のまま、ドアノブに手を掛けた。梶原の合図でドアを開くと、廊下で数十体のバイターが蠢いていた。

一瞬の間も置かず、梶原がショットガンの引き金を引いた。立射の姿勢で撃つのは、メリットとデメリットがある。メリットは素早く撃てることで、デメリットは狙いが正確に定まらないことだ。

梶原が使用しているショットガンはベネリM3T、装弾数は七発だ。セミオートマチック機能のため、七発の弾丸を撃ち尽くすのに、五秒とかからなかった。

廊下は狭く、全弾命中したのが藤河にもわかったが、バイターの生命力は異常に強い。脳を破壊しない限り、前進を止めない。

手足を吹き飛ばされたバイターたちが、一斉に振り向き、ゆっくりと近づいてくる。代われ、と下がった梶原がショットガンに弾を込め始めた。前に出た藤河は、サブマシンガンをフルオートにして掃射した。

サブマシンガンがショットガンに勝るのは弾数とスピードだ。バイターの前進を食い止めるためには有効な武器だが、欠点もある。

使用する銃弾はショットガンと比較すると破壊力が低い。加えて、狙いがつけにくかった。

後方から香澄がベレッタで一体ずつバイターを倒していたが、装弾数は八発しかない。いくつかの部屋のドアが開き、そこからバイターが這い出してくるのが見えた。

「安野、火炎放射器だ！」梶原が怒鳴った。「奴らを焼き尽くせ！」

ショットガンの引き金を梶原が引くと、連続して七発の散弾が発射され、数メートルまで接近していたバイターが後ろに弾き飛ばされた。一歩前に出た安野が、喚きながら火炎放射器に着火し、炎をバイターに向けた。

一〇メートルほどの長い炎が、バイターたちを包んだ。燃え上がったバイターは、それでも前進を止めない。

頭ではなく体が勝手に動き、藤河はサブマシンガンをフルオートにして撃ちまくった。弾丸が次々にバイターに命中するのがわかった。

「廊下を焼け、安野！」

梶原の命令に、安野が火炎放射器のノズルを左右に振った。壁と天井に炎が燃え移り、凄まじい熱波が藤河たちを襲った。

火災報知機の音と、轟々と燃える炎の音が重なり、何も聞こえない。同時に、天井からスプリンクラーの水が大量に降ってきた。

「大変です、バイターが上がってきます！」面体の中で掛川の声が響いた。「二階から、いや、外からかもしれません。どうしますか？」

三階フロアの捜索は中止、と梶原が叫んだ。

「このフロアに少女がいたとしても、手遅れだ。四階へ上がる」

急がないとまずい、と藤河は掛川の腕を摑んで立ち上がらせた。

「三階の捜索は諦めるしかないが、このままだと東館で火災が起きる。総理の娘を発見しても、逃げ場がなくなるぞ」

「五階と九階に連絡通路があります」非常扉の裏の案内図に目をやった香澄が大声で言った。「西館に退避することは可能ですが、相澤彩香さんが東館に隠れていたら……」

気配に気づいて、藤河は踊り場の上に目を向けた。非常階段から、何かが降りてきている。

「非常扉を閉めろ！」バイターだ、と藤河は怒鳴った。「三階を封鎖しないと、上下から挟み撃ちにされるぞ！」

四階へ続く非常階段に、二体のバイターが立っていた。無言のままベレッタを抜いた梶原がその額を撃つと、倒れたバイターが仰向けになって階段から転がり落ちてきた。

「安野、下がれ」ドクターは非常扉をロックしろ、と梶原が命じた。「四階からもバイターが出てきた。五階まで上がるぞ」

「バイターがすぐ下まで来ています！」掛川が悲鳴を上げた。「何とかしてください！」

落ち着け、と梶原がベレッタを構えた。

「三階の非常扉はロックしたな？　安野は四階へ上がり、バイターを火炎放射器で焼き殺せ。自分は下のバイターを殺す。松崎は自分の援護、藤河はドクターを守り、安野がバイターを撃退したら各部屋を調べ、少女がいなければ四階の非常扉をロックしろ。その後合流して五階へ向かい、少女の捜索を再開する。火勢が激しくなったら、西館に避難するしかない」

梶原と香澄がベレッタを構えたまま、階段を数歩降りた。バイターが次々と上がってくるのが、藤河にも見えた。

「安野三尉、非常階段は狭い」火炎放射器は使えない、と藤河はマグナムを握りしめた。「だが、バイターも一体ずつしか降りてくることはできない。狙い撃てば――」

命令だ、と叫んだ安野が踊り場に立ち、火炎放射器の炎を放った。非常階段にいたバイターの体に炎が燃え移り、一体、また一体とその場に崩れ落ちていく。

「梶原二尉、上がってください！」安野が火炎放射器の炎を止めた。「バイターは倒しました。急いで――」

炎の渦から起き上がったバイターが、火だるまになりながら安野に襲いかかった。燃え上がるバイターが安野にしがみつき、藤河の目の前でもつれ合うようにして階段から落ち、二階と三階の間にある踊り場に重なって倒れた。断末魔の悲鳴だけが、耳に残った。

「安野！」

階段を上がってきた梶原がバイターを撃ったが、間に合わなかった。面体と防護服の間にある僅かな隙間にバイターが牙を当て、安野の肉を食いちぎっている。

梶原が二度引き金を引いた。一発はバイター、そしてもう一発が安野の頭部を貫いた。

「ドクター、火炎放射器を持て。四階の捜索は中止する」五階に上がれ、と梶原が叫んだ。「バイターを殺せ。皆殺しにしてやる！」

階段を駆け上がった梶原が五階の非常扉を開け、手榴弾を投げ込んだ。五秒後、凄まじい爆発音がした。扉を全開にした梶原が、上がってこいと命じた。

「五階の全室を調べる。その後、六階から九階まで少女を捜す。発見できなかった時は、西館に移動、捜索を続行する。東館の火災は止められん。時間は限られている。急げ」

「バイターが六階より上のフロアにいたらどうする？」

藤河の問いに、殺すだけだと梶原が怒鳴った。その形相は悪鬼そのものだった。

FEAR 10
爆 裂

1

四方から火災報知機の音が鳴り響いている。五階フロアの非常扉の前に立った梶原が、素早くショットガンの引き金を引いた。七体のバイターが後方に吹っ飛んだが、虚ろな声を上げながら、ゆっくりと立ち上がった。

手榴弾の爆発により、フロアのあちこちで火災が起きていたが、炎で体を焼かれたバイターが次々に現れている。

藤河と香澄は背後から援護に回り、バイターの頭部にベレッタの銃弾を浴びせた。火炎放射器と可燃性液体、圧搾《あっさく》ガス入りのシリンダーを抱いたまま、掛川が直接床に尻をつき、呆けたように涙を両眼から溢れさせている。

無茶だ、と藤河は空になったショットガンの弾倉に弾を込めていた梶原の腕を摑んだ。

「ドアを開けるなりショットガンを撃ってどうする？　バイターじゃなく、少女たちがいたかもしれない。総理の娘を殺したら、それは殺人だ」

「殺人？　結構だよ。逮捕でも何でもすりゃあいい」間抜けなことを言うな、とリロードを終えた梶原が廊下を見渡した。「ドアを開けなくても、気配はわかる。バイター以外の何だっていうんだ？　少女がこのホテルに逃げ込んだとすれば、廊下にいる限り、バイターの餌食になってる。バイター化してるかもしれん。その時は総理の娘でも殺すしかない」

ブラッド・セブンの任務は相澤総理の娘の救出だ、と藤河は拳を強く握った。

「無事でいる可能性はゼロじゃない。発見、保護し、島から脱出する。もしウイルスに感染していても、確保して東京へ連れ戻す。死亡していた場合は遺体を運ぶ。そうじゃなかったか？」

頭が固いな、と梶原がこめかみを指でつついた。

「もうそんなことを言ってる場合じゃない。今、自分たちにとって最優先なのは、生き残ることだ。はっきり言うが、総理の娘がバイターになっていればいいとさえ思ってる。それなら、殺したところでどこからも文句は出ない。いいか、バイター殺しは殺人じゃない。自分を護るためなら、何だってする。命さえあれば、後はどうにでもなる」

不意に、頭上から大量の水が降ってきた。スプリンクラーです、と香澄が言った。

「下の階の火災の熱を感知したと思われます。梶原二尉、このフロアの捜索を続けますか？」

掛川が悲鳴を上げた。すべての部屋のドアが開き、そこからバイターが出てきている。その数、約五十体。

舌打ちした梶原が、マグナムを片手で構えた。

「ドクター、後ろはどうなってる？　バイターは上がってきてるか？」

いいえ、とかすれた声がした。マグナムの銃口から七発の弾丸が発射され、バイターの顔を破壊した。

だが、残ったバイターたちが手を前に伸ばし、近づいている。藤河はサブマシンガンを両手でホールドし、引き金を引いた。鋭い発射音が連続し、バイターたちが次々と倒れていく。

フルオートのサブマシンガンには照準を定めにくいという欠点があるが、廊下の幅は三メートルほどで、広いとは言えない。体や足に弾が当たってもバイターは死なないが、前進を止めることはできる。

いい判断だ、とベレッタをホルスターから引き抜いた梶原が、腕だけで這ってくるバイターの頭部を撃った。

「五階フロアの捜索は中止。全室にバイターがいた。少女が隠れていたとしても、とっくに食われてる。連絡通路があるが、西館には移動せず、このまま東館を調べる。上へ行くぞ」

下がれ、と梶原が手で合図した。ドアを背に座り込んでいた掛川が、死にたくないとつぶやいた。

「ここから逃げましょう。外へ出るんです。ホテルから離れれば――」

下へは行けん、と梶原が掛川の首根っこを掴んで、強引に立ち上がらせた。

「火災が起きてる。わかるか？　火事だよ。おまけにバイターもいる。東館の全フロアを調べ、少女が見つからなければ九階まで上がり、連絡通路を使って西館に渡る。時間の問題で、東館は焼け落ちる。その前に西館へ行くんだ。他に助かる道はない」

総理の娘が東館にいたらどうすると叫んだ藤河に、無事なら保護する、と梶原がベレッタをホルスターに戻した。

「だが、命を捨ててまで、そんなことをする気はない。自分は総理大臣に義理も借りもないからな。各フロアの非常扉を開け、バイターがいれば即時撤退する。奴らを一体ずつ殺すのは弾の無駄だ。九階に上がったら連絡通路に爆薬をセットし、西館に渡った後、爆破する。それで背後の憂いはなくなる」

「東館を捨てるってことか？　総理の娘を含め、中学生たちが隠れているかもしれない。見殺しにする気か？」

誰がそんなことを言った、と梶原が面体の位置を直した。

「いいか、少女の捜索は続行する。だが、生きている可能性は低い。少なくとも東館ではな。あれだけバイターがいたんだ、食われてなかったら奇跡だよ」

足音が聞こえます、と香澄が叫んだ。

「非常階段です。バイターが上がってきています！」

行くぞ、と梶原がバックパックを背負った。このフロアを調べなくていいのか、とベレッタを握った藤河に、ここにはいません、と香澄が囁いた。

「梶原二尉の言動に問題があるのはわかっています。ですが、現状分析とその判断は確かです。全室からバイターが出てきたのは、わたしも見ました。相澤彩香さんが室内にいるとは思えません」

急げ、と梶原が怒鳴った。両手、両足を使って、掛川が非常階段を上がっている。藤河は香澄の後ろにつき、振り返った。

いくつかの炎の塊が、這うようにして階段を上っている。焼け爛《ただ》れた顔のバイターたちが迫っていた。

2

西館七階へ続く非常階段の踊り場で、彩香は足を止めた。武藤が壁に手をつき、体を支えている。

「もう少しだけ頑張って」彩香は武藤の手を引っ張った。「七階にはバイターがいないかもしれない。部屋に隠れれば、入ってくることはできない」

五階フロアに逃げ込もうとしたが、待っていたのは十体以上のバイターだった。不用意にドアを開けた大沼が捕まり、体中を咬まれていた。

大沼を救うことはできなかったし、何らかの手段でバイターを撃退しても手遅れだっただろう。夥《おびただ》しい血がフロアの床を染めていた。

その後六階に上がり、ドアを細く開いて廊下を確認したが、そこでも虚ろな顔のバイターの群れが歩いていた。諦めて七階へ向かったが、武藤の歩みが極端に遅くなっていた。

肉体的にも、精神的にも限界が近づいているのだろう。それは彩香も同じだった。

「きっと……七階にもバイターがいます」わかるんです、と武藤が肩を落とした。「八階も九階も……もう逃げられません」

そんなことない、と彩香は首を振った。

「このホテルの案内図を見たでしょ？　二階から上が客室だったけど、八階と九階の客室は他のフロアと違う。セミスイート、そしてスイートルームだった」

「何ですか、それ？」

高級客室ってこと、と彩香は階段を一段上がった。

「このホテルはツインタワーで、円錐形になっている。最上階の九階は面積が小さい。たぶん、九階フロアには二つしか部屋がない。それは八階も同じで、フロア面積は狭くても客室の面積は広い」

「それが何だっていうんです？」

バイターは人間を襲う、と彩香は言った。

「欲しているのは人間の血と肉、それだけよ。八階と九階に泊まっていた人数は少なかった。バイターが八階、九階フロアに入った可能性はある。そこにいた人たちを殺して、食べたかもしれない。だけど、人数が少ないから、それ以上どうすることもできない」

「それは……わかります」

「人間がいないフロアにいても、食欲を満たすことはできない。だから、人間の数が多い下へ降りていった」

バイターが効率を考えるとは思えません、と武藤が真面目な顔で言った。そうかもしれない、と彩香は苦笑を浮かべた。

「バイターに考える能力はない。本能で動いているだけで、目の前の人間を食うことしか頭にない化け物よ。食べる物がなくなったら、獲物を探して移動する。動物と同じ」

あえて強い口調で言ったのは、武藤を励ますためだが、それだけではない。自分の論理は正しい、という思いがあった。

部屋数が少ない八階、九階では、必然的に宿泊客の人数が減る。食料となる人間がいない場所に留まる理由は、バイターにない。

バイターの犠牲になった者たちを、何人も見てきた。バイターの食欲は飢えたハイエナ以上だ。

肉を食み、血を啜り、骨まで噛み砕く。そのスピードは異常なまでに速い。

九階に十人の宿泊客がいたと仮定すると、数体のバイターが襲えば、全員を食い尽くすまで三十分もかからなかっただろう。最後の血の一滴まで胃の腑《ふ》に収めれば、もう食べ物はない。

そしてバイターは常に飢餓状態にある。次の獲物を狩りに、他のフロアへ行ったと考えてもおかしくない。

「もうひとつ、重要なことがある」彩香は武藤に微笑みかけた。「宿泊客が異常に気づき、部屋に籠城しているかもしれない」

政治家の娘として、幼い頃から高級ホテルに宿泊する機会は多かった。ビッグリバーリゾートホテルは二つ星クラスだが、スイートルームにはそれなりの設備が整っているはずだ。それにはセキュリティも含まれる。

部屋は全室オートロックだが、停電のため施錠は解除されている。バイターでも開けることができるだろう。だが、内鍵がある。ドアチェーンもだ。

スイートルーム、セミスイートルームはプライバシー保護のため、防音壁になっているはずだ。当然、壁は分厚く、頑丈だろう。内鍵をかけ、ドアチェーンでロックすれば、鉄壁の要塞と変わらない。

農機具会社の寮の薄いドアとは違い、バイターがどれだけ体当たりしたところで、壊れることはない。それには確信があった。

宿泊客が室内に籠城していれば、助けを求める二人の中学生を放っておくはずがない。部屋に入れば、絶対に安全だ。後は救助を待てばいい。

でも、と言いかけた武藤が口を閉じた。わかってる、と彩香は小さくうなずいた。

おそらく、バイターは非常階段から八階、そして九階まで上がっていっただろう。突然現れたそれを宿泊客が不審に思ったとしても、警戒はしなかったはずだ。不用意に近づいて、襲われた可能性は十分にある。

バイターが部屋のドアに体当たりした時に立てた音を、ノックと勘違いしてドアを開けてしまったかもしれない。その後のことは、想像するまでもなかった。

七階はスルーしよう、と彩香は武藤の手を握り直した。

「それより、八階まで上がって様子を見た方がいい。七階よりもバイターがいる可能性は低い」

階段って疲れますね、と武藤が太ももを叩いた。行こう、と彩香はまた一歩段を上がった。

3

第二国会本会議場に十八人の国務大臣、衆議院議員四百六十五人、そして参議院議員二百四十八人、更に事務方まで合わせると八百人以上が入ったのは、八月五日午前十時だった。

通常であれば、内閣提出法案の場合、内閣法制局による審査があり、閣議決定、閣僚懇談会、皇居御在所への書類提出、記者会見など繁雑な手続きを経た上で、国会で審議されるが、バイターはある種の自然災害というのが国会議員全員に共通した認識だった。

時間がないのは誰もがわかっていた。再び衆参両院が同時審議する形を取ることになったが、それについては与野党が合意している。

相澤は自らバイター法案を提出し、緊急立法を訴えたが、その内容が事実上の戒厳令であり、全権を総理大臣に集中させるという条文があったため、一部の議員から反対意見が出ていた。

法案の性格上、詳細かつ丁寧な説明も必要だった。会議が始まってから三時間経過した午後一時になっても、質疑応答が続いていた。

一時間の休憩を宣言したのは、衆議院議長の柊静雄《ひいらぎしずお》だった。衆議院議長及び参議院議長は行政の長である総理大臣、司法の長である最高裁判所長官と並ぶ立法の長、三権分立の長の一角だ。

総理大臣自らの発議であっても、最終的な立法権は衆議院議長にある。今回、事前の協議によって参議院議長の片山平蔵《かたやまへいぞう》が全権を柊に委譲することが決まっており、議事の進行も柊が務めている。

第二国会本会議場には、各党の専用室があり、休憩提案を受け、全員が席を立った。相澤も総理執務室に戻るつもりだったが、廊下に出たところで那須田と井間枝が駆け寄ってきた。

「総理、状況は悪化しております」並びかけた那須田が報告を始めた。「都内二十三区のうち、新宿、渋谷、豊島、品川、中央の五区で大量のバイターが発生しています。暴動と言ってもいい事態です。現場は混乱を極めており、特に危険なのは中央区で、幹線道路の封鎖をバイターが突破しました。このままではバイターの大群が都内を占拠することもあり得ます」

東京だけではありません、と井間枝が口を開いた。

「神奈川、大阪、福岡、その他七つの府県から、同様の報告が入っています。衆参両院全議員の同意が望ましいというお考えは理解できますが、時間がないのも事実です。会議が再開された段階で、強行採決に踏み切ることも考慮しておいた方がよろしいのではないでしょうか」

強引な印象を与えたくない、と相澤は総理執務室のドアを開け、ソファに座った。

「新型コロナウイルスの際、緊急事態宣言を出すタイミングが早過ぎたと非難されたのを忘れたのか？　同じ過ちを繰り返してどうする？　全会一致とまでは言わんが、野党の支持も必要だ」

あの時とは事情が違います、と那須田が語気を強めた。

「バイターの危険性はあらゆる感染症と比較にならないほど高い、と我々は考えております。井間枝補佐官が言うように、一刻も早い決断を――」

決断とは言ってません、と井間枝が眉をひそめた。

「可及的速やかにという意味で申し上げました。強行採決は選択肢のひとつに過ぎません」

「それは違うだろう」那須田が苛立った声を上げた。「東京はパニックに陥っている。それは認めざるを得ない。事態を収拾するためには……」

ノックの音と共にドアが開き、佐井古秘書官が入ってきたが、無視して那須田が話を続けた。

「総理自らもおっしゃっていたように、バイターは百年に一度の国難です。国家存亡の危機と言っても過言ではありません。会議の再開と同時に、強行採決をするべきです」

少し時間をくれ、と相澤は煙草に火をつけた。焦って対応を誤れば、マスコミと世論の袋叩きに遭うだろう。それどころか、総理の椅子から引きずり下ろされかねない。

午前中の審議で強い懸念を表明した議員たちが指摘したのは、全権を総理大臣に集中させる期間が示されていない、ということだった。期間を曖昧にしたのは、相澤の意図による。

バイター法が成立すれば、事態収拾まですべての決定権を相澤が掌握することになる。それこそがバイター法の真の狙いだった。

(何を考えてるのか)

相澤は那須田の顔を見つめた。新型コロナウイルス流行の際、緊急事態宣言の発出を提案したのは那須田だった。

過去に類例のない事態であり、相澤としても判断に迷いがあったのは確かだ。後に性急過ぎたと批判されたが、それは結果論だろう。あの時点ではやむを得ない決定だったと相澤は考えていたし、那須田もそれはわかっているはずだ。

バイター法は緊急事態宣言より強い権限を総理大臣に与えることになる。強引に成立させれば、後々問題になりかねない。那須田の狙いはそこにあるのではないか。

失策を誘い、自分を総理の座から追い落とし、次の総理を狙っている。そのために強行採決を主張しているとしか思えなかった。

しばらく沈黙が続いたが、一歩前に出た佐井古が、別件で報告がありますと屈み込んだ。

「台風が東北沖方面に北上し、大川豆島が勢力圏から外れたため、三十分前、海自の巡洋艦〝あらふね〟が大川豆島に向かったと連絡がありました。間もなく、中波の通信圏内に入るということです。〝あらふね〟を基地局として、大川豆島との通信が可能になります」

いつだ、と相澤は煙草を灰皿に押し付けた。約十分後です、と佐井古が答えた。

「ただし、天候は荒れており、風雨も激しく、波も高いということです。電波が届くのは間違いありませんが、連絡が取れるかどうか……ノイズが酷くなるのは確実です」

私が直接話す、と相澤は立ち上がった。

「ブラッド・セブンの指揮官は、陸自の梶原二尉だったな？　彩香を救出したか、それだけ確認したい」

目を伏せたまま、佐井古が小さく首を振った。

「総理……元屋町の警察と自衛隊による救出本部からの報告では、昨夜の段階で、バイターが大川豆島に大量発生しています。真夜中、午前二時の時点で、元屋町を守るのが限界だったと……」

「午前二時？　梶原と話した時間じゃないか」相澤はロレックスに目をやった。「彼は捜索中と言っていた。西条陸将補によれば、彩香がビッグリバーリゾートホテルに向かったのは、ほぼ確実ということだった」

あの子は頭がいい、と相澤はライターをポケットにしまった。

「安全な場所を見つけて、隠れているだろう。ブラッド・セブンが彩香を発見、保護していれば問題はない。午前九時を目処に、警察と自衛隊による一万人の救出部隊が、大川豆島へ向かうと報告を受けている。その後は何も聞いていないが、どうなってる？」

それは東京湾を出港する時間です、と那須田が言った。

「一万人の警察官、自衛官を一気に大川豆島へ派遣することはできません。台風の影響もあり、現時点でヘリは発着不能です。自衛艦、海保艦を動員していますが、高速巡洋艦で運べる人数は約三千人、一万人全員が島へ上陸するのは、早くても午後三時以降です。お嬢様の捜索はその後に――」

とにかく梶原と話す、と相澤は那須田を手で制した。佐井古が総理執務室のドアを大きく開いた。

「状況がわからなければ、判断はできん。通信担当官が秘書官室にいると聞いた。どこだ?」

案内します、と井間枝が廊下に出た。彩香は無事に決まってるとつぶやいて、相澤はその後に続いた。

4

六階から八階のいずれも、廊下でバイターが蠢いていた。梶原の指示で、藤河は九階へ上がった。

全員、武器の確認、と梶原が命じた。

「九階の非常扉を開ければ、バイターがいるだろう。だが、ここを突破しなければ、どうにもならん。全火力を集中してバイターを倒す。先頭はドクターだ」

どういうことです、と掛川が目を丸くした。安心しろ、と梶原がその肩を叩いた。

「ドアを自分が開けたら、すぐ火炎放射器に着火しろ。スイッチを押すだけでいいように、セッティングを済ませている。目の前にバイターがいても怯えるな。火力はマックスにしてあるから、炎がバイターを焼き尽くす」

おれがやると言った藤河に、お前は援護だと梶原が首を振った。

「ドクターにバイターは撃てん。弾の無駄になるだけだ。ドクターは三十秒火炎を放射したら、すぐに下がれ。後は自分たちがやる。火事になっても構わん。どうせ東館には戻らない。むしろ火災が起きた方がいいくらいだ」

危険だ、と藤河は梶原の目を見つめた。

「掛川は火炎放射器を使ったことがない。素人に何をさせる気だ？」

「それはお前も同じだろう」自分も変わらん、と梶原が苦笑した。「訓練の経験はあるが、自衛官でもめったに使用しない。簡単な計算だよ。自分たち三人の誰かが火炎放射器を使えば、援護は二人になる。ドクターには何もできない。援護が三人いた方が、確実に対処できる。タイミングさえ間違えなければ、ドクターが一番安全だ」

急がないと危険です、と香澄が非常階段に目を向けた。

「八階の非常扉が開いた音がしました。ロックが甘かったんでしょう。足音も聞こえます。バイターがわたしたちに気づき、追ってきているんです」

命令に従え、と梶原がショットガンを手にした。

「指揮官は自分で、ここは戦場だ。抗命は許さん」

できるかと小声で尋ねた藤河に、何とか、と掛川がうなずいた。

「それに……僕はここまで足手まといになっていただけです。役に立てるのであれば、何でもやります」

配置につけ、と梶原が指示した。

「ドクターはドアの右、藤河は左に立て。自分がドアを開けたら、同時に攻撃を開始しろ。三十秒後、攻撃を一時停止。その後、自分がショットガンでバイターを撃つ。それでも倒せなかったら、松崎が止めを刺せ。わかったな？　すべてはスピードとタイミングだ。一発で決めろ」

藤河は非常扉左側の床に伏せ、サブマシンガンを構えた。反対側では掛川が火炎放射器を構えている。

「開けるぞ。三、二、一、ゴー！」

梶原がドアを大きく開き、すぐに掛川が火炎放射器のスイッチを押した。十メートル以上の長い炎が伸びていく。

藤河も引き金を引いた。連続して発射される弾丸が、炎を貫いていく。放たれた炎と、サブマシンガンの発射音で、何も聞こえない。

「ドクター！」

梶原の叫び声に、掛川が後退し、藤河も引き金から指を離した。フロアに飛び込んだ梶原がショットガンを連射した。

廊下が燃えている。真っ赤な視界の中、何体ものバイターが死のダンスを踊っていた。

だが、バイターの生命力は異常なまでに強かった。炎の塊と化しながら、前進を続けている。

その頭部に向けて、香澄がベレッタの銃弾を放った。狙いは正確で、次々にバイターが倒れていく。

「前進！」

ショットガンを背中に回した梶原が右手にマグナム、左手にベレッタを握り、炎の中に突っ込んでいった。床、壁、そして天井にも火が回っている。

着用している防護服には耐火性があるが、息を吸い込むと肺が焼け付くように痛んだ。面体の中に熱が充満している。

「藤河さん、どこです？」掛川の悲鳴が聞こえた。「どっちに行けば――」

来い、と藤河は掛川の腕を摑んで立たせた。その背後に、八階から上がってきたバイターがいた。

掛川の体を突き飛ばし、藤河はマグナムの引き金を引いた。バイターの顔に穴が空き、そのまま仰向けに倒れた。

すぐ後ろに、三体のバイターが続いている。掛川、と藤河は叫んだ。

「先に行け。ここはおれが守る。松崎三尉に続け」

腰が抜けたのか、立ち上がりかけた掛川が足をよろめかせて倒れた。藤河はマグナムを撃ち、三体のバイターを倒した。

「掛川、急げ！　来るんだ！」

大丈夫です、と掛川が床に手をつくと、鈍い音がした。同時に、火炎放射器のノズルから凄まじい勢いで炎が放たれた。

「掛川！」

誤ってスイッチを押した掛川の体が、炎に包まれている。藤河はその炎に突っ込んでいった。

掛川の手から火炎放射器の筒先が飛び、周りにいた数体のバイターを燃やしている。凄まじい勢いで、天井からスプリンクラーの水が降ってきた。

藤河は壁に貼られていたタペストリーを剝がし、掛川の体に叩きつけた。だが、炎は消えなかった。

「藤河、何をしている」急げ、とマグナムを乱射していた梶原が叫んだ。「連絡通路まで来い！　松崎、ドクター、返事をしろ！」

ようやく炎が消えたが、掛川のアサルトスーツから大量の煙が上がっている。しっかりしろ、と藤河は掛川の面体を外した。

「大丈夫だ、おれが助ける。目を開け！」

無駄だとわかっていた。防護服は自衛隊の装備品で、消防士の耐火服とは性能が違う。火炎放射器の炎を浴びて、無事でいるはずがない。

「藤河さん……結局、僕は役立たずのままでしたね」

苦痛に顔を歪めた掛川が激しく咳き込むと、飛び散った痰《たん》が床を赤く染めた。

「そんなことはない。お前はよくやった。必ず助かる。医者だろ？　医者が死んだら、笑われるぞ」

医者だからわかるんです、と掛川が荒い息をついた。面体に守られていたため、顔に火傷《やけど》の痕はない。

だが、首から下は酷かった。溶けた防護服の隙間から、炭化した肉が覗いている。どうにもならないのが、藤河にもわかった。

「藤河さん、僕のバックパックを……中にラザロワクチンが入っています」

藤河は掛川の上半身を起こした。駆け寄った香澄が、息を呑んで見つめている。

「バックパックは燃えてますよね？　でも……ラザロワクチンのケースは無事なはずです。耐火仕様ですし、衝撃にも強いと説明がありました」

持っていってください、と掛川がまた咳き込んだ。

「総理の娘さんがバイターウイルスに感染していたら……昏睡期を待ってワクチンを打って……」

それは医者の仕事だ、と藤河は掛川の肩を揺すった。

「素人の医療行為は違法だ。お前はおれを犯罪者にしたいのか？　立たなくていい、おれが背負う。必ず少女を見つけ、東京へ連れ帰る。ウイルスに感染していたら、その時はお前の出番だ。おい、聞いているのか?」

小さく笑った掛川が目をつぶった。藤河さん、と香澄が首を振った。

「ここは危険です。このままでは、連絡通路を渡れなくなります。これ以上火災が広がらないうちに、退避するべきです」

顔を上げると、目の前に炎の壁が迫っていた。藤河のアサルトスーツも焦げ、数カ所から煙が上がっている。

掛川のバックパックに手を突っ込むと、小さなケースがそこにあった。

「必ず少女を救う。約束する」

こっちだ、と梶原が叫ぶ声が聞こえた。藤河は香澄の手を取り、炎の壁に突っ込んでいった。

5

彩香は九階非常扉のドアノブに手を掛け、ゆっくりと開いた。数センチの隙間から中を覗くと、廊下、壁、天井、至るところに血の痕があったが、バイターの姿はなかった。

振り向くと、音はしませんと武藤が囁いた。静かに、と手で合図してから、ドアを大きく開いた。

廊下の長さは二〇メートルほどだ。奥にグリーンの非常灯が見え、扉があった。

連絡通路よ、と彩香は小声で言った。

「東館と繫がっているから、渡って逃げることもできる。でも……」

東館にもバイターがいますよね、と武藤がため息をついた。とりあえずここにはいない、と彩香は辺りを見回した。

廊下の右側はガラス張りで、地上を見下ろすことができた。一階ロビーとフロントで、何かが蠢いている。バイターだ。

左側は客室、スイートルームだった。手前、そして奥にドアがひとつずつある。九階全体がひとつのスイートルームになっているのだろう。

入るんですか、と武藤が背後に目をやった。

「隠れる場所は、他にありません。だけど……」

中にバイターがいるかもしれない、と彩香はうなずいた。

「それでも、部屋に入るしかない。オートロックが解除されているから、ドアは開く。バイターがいたら、奥の連絡通路へ走って、そのまま東館へ逃げる。バイターは動きが鈍いし、足も遅い。あたしたちの方が素早く動ける。逃げるだけなら、それほど難しくない」

わかりました、と小さくうなずいた武藤がドアに近づき、ドアノブを押した。

「……開きません」

振り向いた武藤の顔に、戸惑いの色が浮かんでいる。そんなはずない、と彩香はドアノブに手を掛けた。

「ドアはオートロックだけど、停電の時には自動的に解除される。地震でも台風でも火事でも、何かあった時にドアが開かなかったら、救助ができない。それなのに、どうして開かないの？」

わかりません、と武藤が頭を掻いた。内鍵を掛けてる、と彩香はドアから一歩離れた。

「他に考えられない……武藤くん、助かるかも。九階にバイターが上がってきたのは、間違いない」ここでスイートルームの客を襲った、と彩香は廊下の壁を指した。「一人、あるいは数人の犠牲者が出た。でも、泊まっていたのは四、五人……もっと多かった。家族旅行なら、両親と子供、おじいちゃんやおばあちゃん、おじさんとかおばさんとか、全員で十人以上いたかもしれない。部屋の大きさから考えたら、それでも全然余裕でしょ？」

何人かはバイターに殺されたんですね、と武藤が指を折った。

「それに気づいた家族が部屋に逃げ込み、中から内鍵をかけた。だからドアが開かない、そういうことですか？」

バイターが内鍵をかけるはずがない、と彩香はドアをノックした。

「生き残っている人がいれば、助けてくれる。部屋の中は安全だし……」

開けてくださいと叫んだ武藤の口を、慌てて塞いだ。

「大声を出さないで。このフロアにバイターはいないけど、八階にはいるかもしれない。声を聞き付けて上がってきたら……」

口を閉じたまま、武藤が人差し指を伸ばした。ドアの脇に、インターフォンがついている。

ボタンを押してしばらく待ったが、返事はない。気づくと、彩香はボタンを繰り返し押していた。

「誰かいますか？　助けてください、わたしたちは東京の自修館中学の生徒で、バイターに追われてこのホテルに逃げてきました。でも、ホテルの中にもバイターがいて……」

「……バイター？」

ほとんど聞き取れないほど低い男の声がした。バイターです、と彩香はインターフォンに口を近づけた。

「何かのウイルスに感染した人間がバイターになっていると、ラジオで聞きました。咬まれると人を襲うようになると……」

何人いる、と男が尋ねた。二人です、と彩香は答えた。

「わたしは自修館中学二年の相澤彩香、もう一人は一年生の武藤くんです。お願いです、ドアを開けてください。助けてください！」

それはできない、と男が言った。疲れ切った声だった。

「化け物のことは知ってる。突然現れて、私の両親に襲いかかったんだ。酷かったよ……見ていられなかった。化け物は私の息子も襲おうとしたんだ。救うだけで精一杯だった。もう二時間以上前だ。一時間ほど、奴らはこの部屋のドアに体当たりを続けていたが、このフロアから出て行ったのはわかってる。ドアについている覗き穴から見ていたんだ」

バイターはいません、と彩香は左右に目を向けた。

「今なら大丈夫です。ドアを開けてくれれば――」

あれは化け物だ、と男が声を震わせた。

「酔っ払いか何かだと思っていたが、そうじゃなかった。どんなに頭がおかしくても、人肉を食うはずがない。君たちの姿はモニターに映っている。中学生なんだね？　気の毒だが、ドアを開けるわけにはいかない」

「なぜです？　お願いします、助けてください。今なら――」

君たちがウイルスに感染している可能性がある、と男が冷たい声で言った。

「私は菅野《かんの》といって、ニチマツ銀行に勤めているが、十年ほど前まで母が看護師をしていたから、病気のことは少しわかるつもりだ。感染症だったのか……だとすれば、あのウイルスの感染力はかなり高いようだ」

そうかもしれません、と彩香はうなずいた。菅野がため息をついた。

「この部屋にはテレビ、パソコンがあるが、停電のためどちらも使えない。電話も不通だったが、君の話を聞いて状況がわかった。あの化け物たちはウイルスに感染して、バイターになったんだろう。そして……君たちが感染していない保証はない」

「そんな……わたしたちが見えてるんですよね？　化け物に見えますか？」

そうは言ってない、と菅野が小さく咳をした。

「だが、ウイルスに感染しても、すぐに発病するわけじゃない。中学二年生でも、それぐらいはわかるだろう？　インフルエンザだって潜伏期間がある。確かに、今の君たちは普通の中学生に見えるが、感染していないとは言い切れない」

「あり得ません。わたしも武藤くんも……」

ウイルスの感染経路もわからない、と諭すように菅野が言った。

「人間がバイターになっていると、ラジオで言ってたんだね？　他に情報は？」

「……詳しいことはわかりません」

ウイルスの正体も不明だ、と菅野が舌打ちをした。

「ウイルスの感染には、さまざまなパターンがある。接触感染、空気感染、飛沫感染、他にもあったはずだ。今、君たちがバイターになっていないことは確かだが、ウイルスの性質、感染源、感染経路もわかっていないのに、無用な危険を冒すわけにはいかない」

ドアを開けてください、と彩香は頭を何度も下げた。

「絶対にわたしたちはウイルスに感染していません。安全なんです、信じてください！」

この部屋に私の家族がいる、と菅野が言った。

「妻と息子、娘、私の妹夫婦とその息子の七人だ。私の両親を襲い、殺したのは、まだ若い二人の女だった。大学生ぐらいに見えた。あんなことをするなんて、今でも信じられない……水着の上にパーカーをはおっただけの姿だった」

観光客なんだろう、と菅野が壁を叩く音がした。

「あんな惨《むご》いことを……両親の肉を食らい、血を啜っていたんだ。見ているしかなかった私の気持ちがわかるか？　私の親なんだぞ！」

荒い呼吸音が続き、すまない、と詫《わ》びる声が聞こえた。

「君たちを救いたいと思っている。だが、私は家族を守らなければならない。死んだ者のことは、今さらどうにもならないが、妻と子供、妹夫婦とその息子を守るのが私の義務なんだ。わかってくれるね？」

「わかります。でも……」

ドアを開けることはできない、と菅野が声を低くした。

「妻や子供たちが怯えている。あんな化け物を見たんだ。大人はともかく、子供にとってはトラウマになりかねない。ショックを受けた私の息子は熱を出している。ケアをするのが親としての務めだ。自分のことしか考えないのか、と責められてもやむを得ないが、そうするしかないんだ」

「息子さんは……大丈夫ですか？」

眠っている、と菅野が鼻をすする音がした。泣いているようだ。

「息子は私の両親とエレベーターで一階へ降りていくところだった。そこをバイターに襲われたんだ。祖父母が二人の女に咬みつかれ、肉を食いちぎられるのを目《ま》の当たりに……バイターは息子も襲おうとした。バイターに腕を摑まれた息子を守ったのは、私の父だった」

部屋に逃げ込んだ息子の顔は、父の血にまみれていたよ、と菅野が涙声で言った。

「恐怖のあまり、熱を出していたが、どうにか落ち着かせて、今はベッドに横になっている。勝手なことばかり言うようだが、外の様子はどうなってる？　救援は来るのか？」

わかりません、と彩香は首を振った。

「わたしたちは美術部の夏合宿で八幡山にいました。元屋町で病院の入院患者が人を襲ったらしい、と他の観光客が話しているのを聞いています。元屋町の混乱は酷かったようです。警察や自衛隊が救出に向かってるはずですが……」

「ずいぶんしっかりしているな……中学二年生と言ったね？　うちの息子も同じ歳《とし》なんだ」

中に入れてください、と彩香は叫んだ。

「お願いです、その方が助かる確率が高くなります。わたしたちだけではなく、菅野さんと家族もです」

「……何を言ってる？」

「息子さんはバイターと接触した……そうですね？」腕を掴まれたと言ったはずです、と彩香はドアに顔を近づけた。「バイターウイルスに感染しているかもしれません。わたしたち美術部員は、先生に引率されて大川豆島に来ました。生き残ったのはわたしと武藤くんだけで、他は殺されたか、バイターになっています。その中には、バイターに触れたために感染した者もいました」

「……嘘だ」

本当です、と彩香はドアを叩いた。

「感染経路は飛沫だけではなく、濃厚な接触、つまりバイターの体液に触れることが原因となる場合もあるんです。息子さんの顔は血まみれだったと言ってましたが――」

あれは父の血だ、と菅野が怒鳴った。

「何を馬鹿なことを……翔太《しょうた》がウイルスに感染した？　あの化け物になると？　そんなことあるはずがない！」

宅間さんもそうでした、と彩香は静かな声で言った。

「一年上の先輩です。宅間さんもウイルスに感染して、バイターになりました。その時は気づきませんでしたけど、おかしいと思うことがありました。宅間さんの手に触れると、すごく熱かったんです。頭痛や立ちくらみも……翔太くんはどうです？　高熱以外に、何か症状を訴えてませんか？」

「頭痛がすると……だが、それはウイルスと関係ない。目の前で祖父母を殺されたんだ。ショック症状に陥るのは、当たり前じゃないか。島へ来る前から、翔太は風邪気味だった。まだ子供なんだ。風邪をひけば熱だって出るし、頭も痛くなるだろう」

「風邪ならいい、と思っています。でも、バイターウイルスに感染した恐れがあるのも確かです」

「だから何だ？」

バイターには大きな特徴があります、と彩香は言った。

「バイター化した者が男性であれ女性であれ、子供でもお年寄りでも、異常なほど凶暴になります。翔太くんがウイルスに感染していないと信じてますし、願ってもいます。でも、万一感染していたら、大人でも押さえ切れません」

わたしたちは見ているんです、と彩香は目をつぶった。脳裏に宅間の顔が浮かんだ。

「翔太くんは眠ってるんですよね？　今のうちにベッドに縛りつけるか、両手、両足を拘束しておくべきです。見張りを立て、様子を見守り、異変があればバスルームかトイレに閉じ込めないと、大変なことになります。そのためには人手が必要で、わたしたちを入れてくれれば……」

翔太はバイターにならない、と菅野が苛立った声を上げた。

「聞きなさい、君は中学生だ。どんなにしっかりしていても、頭が良くても、中学生は中学生に過ぎない。君たちにはわからないこともあるんだ。あの子がバイターになるはずがないし、もしなったとしても、私たち家族を襲うことはない。君たちを信じていないわけじゃないが、結局は他人だ。君たちをこの部屋に入れれば、リスクが高まるだけで……うるさいぞ、良子《りょうこ》。静かに――」

凄まじい悲鳴がインターフォンから溢れ出し、思わず彩香は身を引いた。何かを叩きつける音が何度も続き、異様な呻き声が聞こえた。

逃げよう、と彩香は武藤の腕を摑んだ。

「もうここは安全じゃない。翔太くんって子がバイターになって、親や姉妹《きょうだい》を襲っている。あの音は……」

もういいです、と武藤が首を振った。その時、何かが破裂するような音が連続して聞こえた。

「今のは？」

わかりません、と武藤が左右に目をやった。

「どこから聞こえたのか……下ですか？」

その間も、乾いた破裂音が大きくなっていた。連絡通路よ、と彩香は指さした。

「何かが爆発した？　違う、それならもっと大きな音がするはず。もしかしたら……」

銃声、と武藤がうなずいた。きっとそうよ、と彩香は廊下の奥に向かった。

「救援部隊が来ている。東館から上がって、バイターを撃ち殺している。武藤くん、助かるよ！」

いきなり非常扉が開き、宇宙服のようなボディスーツを身につけた男が現れた。走れ、と怒鳴っているのが彩香にもわかった。

一瞬、二人に目をやった男が、手に持っていた小さな機械のボタンを押した。次の瞬間、凄まじい音と共に連絡通路から爆風が溢れ出し、彩香と武藤は空中に投げ出された。

FEAR 11 突破

1

すべてがスローモーションのようだった。目の前に武藤が浮かんでいる。それは彩香も同じだ。

連絡通路から、防護服に身を固めた人間が一人、続いて二人出てきた。その背後に真っ赤な炎が迫っている。その中を数体のバイターが足を引きずりながら歩いていた。

いきなり背中から壁に叩きつけられ、反射的に頭を両手でかばったが、腰と足に鋭い痛みが走った。

「武藤くん！」

武藤がフロアにうつ伏せに倒れている。最初に現れた防護服の男が、連絡通路に向かってショットガンの引き金を引き続け、もう一人の背の高い男が拳銃を構え、バイターを撃っていた。

「相澤彩香さん？」面体を外した小柄な女性が、肩に手を掛けた。「声が聞こえる？　わたしは陸上自衛隊の松崎香澄三尉、総理命令であなたを救出するためにここまで来た。意味はわかる？」

わかります、と彩香は床に手をついて体を起こした。鈍い痛みが頭の奥で広がった。

あの二人も同じチームの自衛官と警察官、と香澄が指さした。

「頭が痛いの？　熱もあるみたいだけど、大丈夫？　自分の名前は言える？　あの男の子はあなたと同じ中学の生徒？」

相澤彩香、自修館中学二年です、と彩香は答えた。声を出すだけで、全身が痺《しび》れるように痛んだ。

「彼は……武藤くんもわたしと同じ自修館の美術部員です。一年生で、夏合宿のために大川豆島へ――」

「他の美術部の部員は？」

首を振った彩香の肩を、香澄が強く抱いた。

「二人だけでも生きていてくれて良かった……このホテルに逃げ込み、西館を上がってきたのね？　バイターはいるの？」

います、と彩香はスイートルームのドアを指さした。

「あそこの部屋にも……観光のために来ていた家族です。息子さんがバイターになったのは間違いありません。中から悲鳴が聞こえました」

驚いたなという声に顔を上げると、がっちりした体格の大柄な男が見下ろしていた。もう一人の背の高い男と比べると、体の厚みが二倍以上ある。二人とも面体を外していた。

「とっくに死んだと思っていたが、さすがは総理の娘だ。運が強いな」

自分はブラッド・セブン指揮官の梶原二尉だ、と男が名乗った。

「こっちは警視庁の藤河巡査部長。九階の連絡通路は爆破した。火災も起きている。東館のバイターは全滅した」

藤河という警察官が武藤の首元に指を当て、生きてるぞ、と怒鳴った。

「頭を打って、脳震盪《のうしんとう》を起こしたんだろう。しばらくすれば意識が戻るはずだ」

スイートルームのドアが開く音がした。立っていたのは少年だった。口に人間の前腕部をくわえ、唇の端から血が滴り落ちている。

顔を上げた梶原が、ホルスターから抜き取った拳銃の引き金を引いた。少年の額に穴が空き、その場に崩れ落ちた。

バイターは殺す、と梶原が彩香に顔を近づけた。

「たとえ子供であってもだ。自分たちの任務は総理の娘、つまりお嬢さんの救出だが、バイター化していた場合は殺処分せざるを得ない。松崎、よく調べろ。体に傷はないか？

バイター化の兆候は？　藤河、そっちのガキもだ。怪しいと思ったら、迷うことはない。さっさと始末しろ」

問題ない、と武藤を両手で抱えた藤河が近づいた。

「そんなことより、これからどうするつもりだ？　西館にもバイターがいるのは、聞かなくたってわかる。外へ逃げるか、それともスイートルームに籠城するか……」

できれば籠城して救助を待ちたいが、そうもいかんだろうと梶原が言った。

「東館の火災は、いずれ西館にも及ぶ。ホテル全体が焼け落ちたら、巻き込まれて焼死するだけだ。無理でも何でも、下へ降りるしかない。早く逃げないと、いつ延焼するかわからん」

この子の話を聞きましょう、と香澄が彩香の手を握った。

「西館の一階から、ここまで上がってきたと言ってます。非常階段を使ったのね？　八階より下のフロアにバイターがどれぐらいいたか、数はわかる？」

わかりません、と彩香は首を振った。そこまで確認する余裕はなかった。

降りるのは難しくない、と梶原が辺りを見回した。

「非常階段にバイターがいても、上から攻撃できる自分たちの方が有利だ。幅も狭いし、一体ずつしか上がってくることはできん。ワンフロアずつ降り、階段や踊り場にいるバイターを倒し、各フロアの非常扉を塞げば、背後から襲われることもない。問題は一階だ。

フロア内にどれだけバイターがいるかわからん。百体いたら殲滅できない。だが、突破しない限り、逃げるのは不可能だ」

外はもっと危険だ、と藤河が言った。

「庭にもバイターが腐るほどいる。しかも、ホテル内とは違い、四方から奴らは襲ってくる。だが、焼け死ぬのもバイターに殺されるのも同じだ。それなら、戦うしかない。このホテルから脱出するんだ。しかし……どうやって救助を呼ぶ？」

こいつがある、と梶原がバックパックからタブレット状の無線機を取り出した。

「安野の装備から抜いておいた。電波が途絶しているのは、東京の幕僚本部もわかってる。連中は中波交信の基地局として、巡洋艦をこの島へ派遣するはずだが、台風のために近づけなかっただろう。自分は陸自で、海自の事情に詳しくないが、大体の見当はつく。いくら総理命令でも、台風の海に突っ込むことはできん。だが、外を見てみろ。風雨の勢いが衰えているのがわかるか？　かすかにだが、陽も射している」

台風が去ったのかと言った藤河に、間違いないと梶原がうなずいた。

「どんな大型台風でも、時間が経てば移動する。早ければ一時間、遅くても数時間以内に中波電波基地局の役割を果たす巡洋艦が島に接近し、交信可能になるだろう。自分たちの位置を伝え、救援ヘリを要請すれば助かる。総理大臣の娘が生きているとわかれば、連中も来ないわけにはいかん」

ヘリは飛べるのか、と武藤を背負った藤河が大きな窓に目を向けた。

「おれは警察ヘリに何度か乗ったことがある。風雨が衰えているのは確かだが、天候が回復したとは言えない。この状況で、空自がヘリの飛行を許可するとは思えないが……」

そこは自分にもわからん、と梶原が腕時計に目をやった。

「今、午後二時半だ。時間が経つにつれ、風雨は落ち着くだろう。日没は一八四二《ヒトハチヨンフタ》。おそらく、四時前後に飛行許可が下りる。羽田からでも約五十分、伊豆からなら三十分。無線さえ繋がれば、十分間に合う」

三時間近くバイターと戦うんですか、と彩香は三人の顔を順に見つめた。

「わたしは八幡山にいました。ここへ来るまで何十人……いえ、百人以上のバイターを見ています。途中には民家や民宿、アパートやマンションもありました。住んでいた人たちが全員バイターになっていたとしたら……」

ぼくたちは君たちを追ってきた、と屈み込んだ藤河が視線を合わせた。

「状況はわかっている。元屋町側からバイターが押し寄せてくれば、挟み撃ちになるかもしれない。それでも、君たちを必ず守る。約束する」

香澄が大きくうなずいた。話は終わったか、と梶原が振り返った。連絡通路の壁に炎が迫っていた。

「藤河が言った以上に状況は悪い。すぐに降りないと、まずいことになる。自分はここに残り、バイターが現れたら殺す。藤河、お前が八階へ降り、非常階段のバイターをすべて殺して安全を確保しろ。松崎は八階非常扉の閉鎖、二人の子供も任せる。後方から自分が援護する」

いいだろう、と面体を被り直した藤河が香澄に顔を向けた。

「おれが先に行く。子供たちを頼む」

行け、と梶原が命じた。非常扉に近づいた藤河が、ゆっくりドアを開いた。

彩香は思わず悲鳴を上げた。そこに二体のバイターが立っていた。

2

連絡は取れんのか、と相澤は秘書官室の机を叩いた。〝あらふね〟と無線が繋がっています、と向かい側の席で陸自通信局通信担当官の塚本《つかもと》が言った。

「ですが、〝あらふね〟からの連絡にブラッド・セブンから応答がないと……まだ中波圏内に入っていないようです。もう少し時間をください」

どれぐらいだ、ともう一度相澤は机を叩いた。三十分、と塚本が額の汗を拭った。

「三時までには、中波到達海域に入ると思われます。総理、三十分だけお待ちください」

待てん、と相澤は左右に目を向けた。左に那須田、右に井間枝が立っている。

第二本会議場で衆参両院の全議員が待っています、と那須田が言った。

「経山《つねやま》副総理がバイター法の詳細を説明していますが、時間稼ぎに過ぎません。説明自体は、午前中に終わっています。これ以上は引き延ばせません。一刻も早くバイター法案を通過させるためにも、強行採決をするべきだと――」

何とかしろ、と相澤は塚本を怒鳴りつけた。

「ブラッド・セブンの梶原と一分でも話せれば、それでいい。彩香の無事を確認できれば――」

総理、と那須田が首を振った。

「通信がいつ可能になるか、確実に答えられる者はおりません。彼は三十分と言いましたが、一時間、二時間後になる可能性もあるのです。そうだね？」

三十分というのは予想に過ぎません、と塚本が眼鏡の縁に手を掛けた。

「天候その他、諸状況を総合的に考慮すると、〝あらふね〟が三十分以内に中波到達海域に入るのは確実ですが、時化による波の影響で、電波が届かないこともあり得ます」

一分でいいんだ、と相澤は塚本を睨みつけた。相澤の視界がぼんやり赤くなっていたが、眼球の毛細血管が切れたのだろう。

塚本が顔を伏せた。本会議場には行かん、と相澤は喚いた。

「彩香の救出に成功したという報告を聞くまで、ここから一歩も動かんぞ。君たちもわかるだろう？　総理大臣だって人間だ。娘の命が懸かっている。今の私に総理大臣としての責務を果たせというのは、酷じゃないか！」

お気持ちは理解できますが、と那須田が静かな声で言った。

「やはり総理に本会議場へ行っていただかなければなりません。これは明らかな国難であり、最悪の場合を想定せざるを得ない状況です。全国民が犠牲に……つまりバイターになる可能性もあるのです。総理不在のまま、採決はできません。それはわかっておられるはずです」

「どうして強行採決にこだわる？　バイター法は劇薬だ。ひとつ間違えれば、内閣総辞職という事態も起こり得るんだぞ？」

それだけ危機的状況にあるということです、と那須田が言った。睨み合いが続いたが、私と佐井古秘書官がこちらで待機します、と井間枝が一歩前に出た。

「ブラッド・セブンとの通信を試み、連絡が取れ次第、即時報告致します。状況に変化があれば、それもお伝えします。可能な限り強行採決を避けたいというのは、私も同意見ですが、総理が本会議場にいなければ、野党からの批判が起きるのは確実です。私に任せていただけないでしょうか」

君の意見は、と相澤は振り返った。井間枝補佐官と同じです、と佐井古がうなずいた。頼んだぞ、と相澤は井間枝と佐井古の手を強く握った。

「いいか、〝あらふね〟に中波到達海域への突入を急げと伝えろ。総理大臣命令と言うんだ。連絡が取れたら、採決中でも構わんから、必ず知らせてくれ。彩香が無事だと……」

総理、と那須田が秘書官室のドアを開いた。深いため息をついて、相澤は歩を進めた。百歳の老人より、その動きは鈍かった。

3

(焦るな)

藤河はベレッタの引き金を二回続けて引いた。二体のバイターが仰向けに倒れ、非常階段から落ちていった。

面体のヘッドライトをつけろ、と梶原の鋭い声が飛んだ。

「非常階段を確認せよ。バイターはいるか?」

意識を失ったままの武藤を背負い、藤河は階段の下に目を向けた。数体のバイターが、踊り場で蠢いている。

八階へ降りる、と藤河は叫んだ。

「非常階段のバイターを排除するが、問題は八階の非常扉だ。完全に封鎖しないと、バイターがフロアから出てくる。梶原、九階のバイターを始末したら、非常扉をロックしろ。

それで後方の安全が確保できる」

答えを聞く前に、藤河は踊り場にいたバイターにベレッタを向け、続けざまに五体を撃った。三体がその場に倒れ、二体が階段から落ち、そのまま動かなくなった。

バイターの死を確認しろ、と梶原が怒鳴った。

「一ミリでも動いたら、躊躇せず頭をぶち抜け。九階の非常扉は封鎖した。自分が援護する。松崎、八階の非常扉を塞げ」

倒れていたバイターを藤河は特殊ブーツで蹴った。動く気配はない。

死んだふりをする思考能力はバイターにない。だが、動かないから死んだとは断定できない。

撃たれた衝撃、あるいは倒れた際の打撲等によって、一時的に意識を失うこともあり得る。バイターは死人だが、肉体的には人間と変わらない。突然目を覚まし、藤河を襲うかもしれなかった。

弾数に余裕があれば、もう一発頭部に銃弾を叩き込めばいいが、残弾数が少ないため、それはできない。ベレッタとマグナムの予備弾倉を確認したが、ベレッタは九十発、マグナムは七十発しか残っていなかった。

一階フロア、そして外にどれだけの数のバイターがいるかは不明だ。この残弾数で突破できるのか。

ひとつ頭を振ってバイターの死体を踏み越え、八階の非常扉に目をやった。開いたままになっているドアの奥で、数体のバイターが床を這っている。

わたしが行きます、と叫んだ香澄に武藤を預け、藤河は階段を一気に飛び降り、叩きつけるようにして非常扉を閉めた。背中で押さえたまま、バックパックからシールドチェーンを取り出し、ドアをロックすると、バイターが体当たりする音が響いたが、開くことはなかった。

「梶原、来てくれ」藤河はドアから離れた。「急げ、七階で足音がする。バイターが上ってくるぞ」

武藤を背負った香澄が、彩香の手を引いて降りてきた。すぐ後ろに、ショットガンを肩から提げた梶原が続いている。確認したい、と藤河は二人を交互に見た。

「弾はどれだけ残ってる？　おれはベレッタとマグナム、合わせて百六十発しかない。サブマシンガンは二百発あるが、今までのように掃射はできない。余裕があるなら——」

こっちの台詞《せりふ》だ、と梶原が口元を歪めて笑った。

「ベレッタもマグナムも、五十発ずつしか残っていない。ショットガンは百包ほどあるが、拳銃では使えん。松崎、そっちはどうだ？」

どちらも百五十発ずつあります、と香澄が答えた。君には二人の子供を護ってもらう、と藤河は首を振った。

「何があるかわからない。十分な弾数を持っていた方がいい」

階段を上がってきたバイターに、梶原がマグナムを向けた。轟音が響き、破壊されたバイターの頭部が床に散らばった。

「どれだけバイターは残ってるんだ?」舌打ちした梶原が下に目を向けた。「非常階段を降りて行くのは問題ない。だが……一階フロアには腐るほどバイターがいるだろう」

東館下層階にいたバイターも一階へ降りていったでしょう、と香澄が言った。

「ホテル周辺の民家やバス通りにいたバイターが銃声を聞き付け、集まっているかもしれません。その総数は少なくとも二百体、多ければ五百以上と考えられます」

それでも突破しなければならん、と梶原が彩香を見つめた。

「無線さえ繋がれば、応援要請が可能になる。ホテルの庭にヘリを下ろせば……」

無理だ、と藤河は首を振った。

「面積こそ広いが、植樹も多いし、噴水や彫刻、オブジェも数多くあった。ヘリが着陸できるとは思えない。まだ風雨も強い。空自ヘリのパイロットは厳しい訓練を受けているだろうが、墜落したら次はない」

それはパイロットの判断次第だ、と梶原が言った。

「自分たちの訓練は、有事を想定してのものだ。要するに戦闘訓練で、パイロットの操縦技術は民間ヘリと比べ物にならん。とはいえ、無線が繋がらなければ、こんな話は絵に描いた餅に過ぎん。とにかく、二階まで降りる。そこから先は状況次第だな」

頭上で爆発音がした。九階だ、と梶原が顔を上げた。

「東館の炎が西館に燃え移ったんだろう。予想より火の回りが早い。漏れていたガスに引火したのかもしれんな」

炎は酸素と燃焼物がある限り燃え続けます、と香澄が言った。

「九階フロアを燃やし尽くせば、次は八階です。熱によって空間内の空気が膨張すると、ロックしていてもドアごと吹き飛ぶでしょう。そうなったら――」

前門のバイター、後門の炎か、と梶原が吐き捨てた。

「藤河、降りるぞ。ぐずぐずしている暇はない。非常階段のバイターをすべて殺せ。松崎は最後尾につき、二人の子供を護れ。異変が起きたら、すぐ知らせ……待て、何か聞こえる」

梶原が面体に触れた。藤河の耳にも、ノイズが飛び込んできた。

4

「こちらは陸自通信局、担当塚本。ブラッド・セブン、応答せよ。繰り返す、ブラッド・セブン、応答せよ」

井間枝は塚本の緊張した顔を見つめた。目の前のパソコンに、数本の波のような線が浮かんでいる。

〝あらふね〟が中波到達海域に入りました、と塚本がマウスをクリックした。

「イコライザーの波形は、無線の音声を表わしています。無線が繋がったのは確かですが、声として認識できていません。こちらの呼びかけが聞こえていない可能性もあります」

「専門的な話はいい。それで？」

まだ〝あらふね〟と大川豆島の間に距離があります、と塚本がモニターに目をやった。

「波が荒いため、現在位置から動けないと〝あらふね〟から連絡が入っています。無理に突入すれば、転覆しかねません。現在位置に留まり、少しでも波が収まれば、島へ接近することは可能ですが……現在時刻、一四五八《ヒトヨンゴハチ》。気象庁によれば、台風は低速のまま北上を続けています。ブラッド・セブンとコンタクトが取れるまで、もう少し時間が必要です」

電波がブラッド・セブンの無線機に届いているのは確かです、と塚本が説明を続けた。

「ノイズになっているだけかもしれませんが、それでも無線が繋がったのはわかったでしょう」

パソコンのスピーカーから、かすかな音が聞こえた。ノイズとも呼べないほど低い音だったが、応答です、と塚本が目だけを井間枝に向けた。

「反応、と言った方がいいかもしれません。ブラッド・セブンの隊員がこちらに呼びかけていると考えられます」

ブラッド・セブンがどうなろうと知ったことか、と佐井古が肥大した腹をさすった。

「総理のお嬢さんが死亡しているか、バイター化していたら、ブラッド・セブン全員が生還しても意味はない」

総理に伝えてくるとだけ言って、井間枝は秘書官室を出た。目の前に第二国会本会議場へ続く長い廊下がある。その中央を速足で進んだ。

第二国会本会議場は最大千人を収容できる巨大ホールだ。東、南側は分厚い壁で、西、北側に廊下へ繋がるドアが四カ所ある。収容人員に対し、出入り口が少ないのは、セキュリティを重視しているためだ。

当初の設計案にはドアが八カ所あったが、予定を変更して四カ所に減らしたのは、新型コロナウイルス対策の意味があった。ウイルスを会議場内に入れないため、エアフィルターを設置していたが、出入り口が多いと効果が薄れる。感染防止対策としてドアを四カ所にすると最終的に決めたのは、相澤総理だ。

その後、新型コロナウイルスの収束により、第二国会本会議場は自然災害、他国による攻撃、あるいは国内でテロ、暴動が起きた際、国会議員の一時的な避難所、そして混乱が長引いた場合にはそのまま臨時の国会会議場として使用されることになった。

テロリストが国会議事堂を襲撃した場合、警護についている警察、SP、自衛官等が攻撃を防ぎ、その間に総理大臣以下全議員が第二国会本会議場へ移動する。

建物全体がシェルターになっているので、極端に言えば、核ミサイルの直撃を受けても、安全が保証されている。テロリストの侵入を防ぐための対策も万全で、バイターをテロリストと考えれば、最も安全な場所と言えた。

井間枝は身分証とIDを立哨している警察官に提示し、虹彩《こうさい》認証による確認を受けた後、第二国会本会議場内に入った。相澤が総理席から採決を柊議長に要請している声が聞こえた。

立ったまま、井間枝は相澤の顔を見つめた。顔色が青くなっているのがわかった。

「ただ今、相澤総理大臣により、バイター法案採決の要請がありました」衆院議長の柊がマイクに口を近づけた。「事前の協議により、賛成、反対の決は立席による、と定められております。賛成の議員は起立を、反対する議員は着席したままお待ちください」

柊の言葉が終わらないうちに、数百人の議員が一斉に立ち上がった。与党民自党の議員はもちろんだが、野党議員もその列に加わっている。井間枝はハンカチで額の汗を拭った。

「全会一致でバイター法が採決されました」柊の声に、拍手が起こった。「ただ今、午後三時五分ですが、諸手続きがありますので、正式な成立は明日午前十時となります。関係各省庁は急ぎ準備を整え――」

ざわめきの中、顔を上げると、那須田が立っていた。

「今から総理が記者会見を開く。別館二階の控室に、マスコミが集まっている。時間がない。手短に状況を報告するように」

渡されたスマートフォンを耳に当てると、相澤だ、という声がした。総理席で、相澤が耳を手で覆っている。ブルートゥースイヤホンに内蔵されたマイクで話しているのだろう。

「井間枝です。五分ほど前、ブラッド・セブンからの応答を意味するノイズを陸自通信局がキャッチしました。ただし、現時点で交信は不能です」

「大至急、大川豆島への接近を命じろ」相澤の声に、怯えが混じっていた。「〝あらふね〟艦長の現場判断には容喙《ようかい》できない、と防衛省から回答があった。冗談じゃない、何のための自衛隊だ？　巡洋艦が簡単に沈むわけがない。西条陸将補に総理大臣命令だと伝え、何としてでもブラッド・セブンと交信、彩香の無事を確認しろ。それが君の仕事だ」

わかりましたと答えた井間枝に、急げ、とだけ言った相澤が通話を切った。西条陸将補は了解するかな、と那須田が仏頂面を横に曲げた。

「彼にも〝あらふね〟に対する責任がある。万が一だが、艦が沈没したら、海自、陸自から多数の犠牲が出る。そんなことになったら……」

総理命令ですと頭を下げ、井間枝はドアに向かった。退出の際にも虹彩認証とIDのダブルチェックが必要となる。繁雑だが、警備システム上やむを得ない。

廊下に出たところで自分のスマートフォンを取り出し、画面にタッチした。こちら陸自西条、という声が聞こえた。

5

二階の非常扉をロックした梶原が立ち上がった。その足元に、三体のバイターが倒れている。

「残弾は？」

梶原の問いに、藤河はマグナムを床に放った。八階から二階へ降りるまでに、数十体のバイターを撃ち殺したが、その代償として、マグナムの弾丸を使い果たしていた。

「ベレッタの予備弾倉がひとつ残っている。残りは二十発、後はサブマシンガンの二百発だけだ」

自分よりましだ、と梶原が苦笑した。

「マグナムが十発、ショットガンは七包。ベレッタはほぼ空だ。松崎、お前はどうだ？」

ベレッタの予備弾倉が六本あります、と香澄がバックパックを開いた。

「梶原二尉、藤河さん、これを使ってください」

焼け石に水だな、と二本の弾倉を受け取った梶原が一階フロアの非常扉を細く開けた。

「フロア中にバイターがいる」外も同じだろう、とドアを閉めた。「ざっと百体、おそらくはそれ以上だ。上は大火事、前はバイター。さて、どうする？」

白煙が緩やかに非常階段を伝い、近づいている。四階辺りだな、と藤河は香澄から渡された二本の弾倉をアサルトスーツのポケットに突っ込み、上に目を向けた。

「こんなに火の回りが早いとは……二十分後には、ここも火事になる」

強行突破あるのみかと吐き捨てた梶原に、駄目だ、と藤河は顔をしかめた。

「どこまで逃げても、バイターは追ってくる。奴らは諦めない。人間の血と肉のためなら、不眠不休で動き続ける。バイターの数は、おれたちが持っている弾の数より遥かに多い。ホテルから脱出できたとしても、その後はどうにもならない」

時間がない、と梶原が頭上を指した。

「十分後には三階フロアで火災が起きる。フロアごと焼け落ちれば、下敷きになって死ぬことになるぞ」

無線はどうですと言った香澄に、変わらん、と梶原が面体の側面を叩いた。

「安野の本部直通無線を繋いでいるが、聞こえてくるのはノイズだけだ。呼びかけても応答はない。陸自通信局の方も同じだろう」

「でも、それがブラッド・セブンの生存確認になっているはずです。そうであれば……」

自分たちが大川豆島で救援作戦を続行中だと陸自もわかっている、と梶原がうなずいた。

「だが、ピンポイントで位置を知らせないと、救援要請したところで……」

藤河の耳に、いきなり男の声が飛び込んできた。聞き覚えのある声だ。

「こちら梶原二尉。西条陸将補ですか？」

梶原の問いに、そうだ、というがさついた声がした。ノイズに紛れて聞き取りにくい。

藤河は面体のスイッチでボリュームを上げた。

「……現在位置は？　総理の……発見し……のか？」

自分たちはビッグリバーリゾートホテルにいます、と梶原が答えた。

「同ホテル内で総理の娘を発見、他にもう一人、中学生を保護しています。ブラッド・セブンは四名が死亡――」

西条の声が聞こえた。秒単位で電波状態が変わるのか、途切れがちだが、要点だけはわかった。

「……巡洋艦〝あら……基地局として……繰り返す、通信している……た……海は大時化で……艦の位置は波に……変わる。いつ電波が……なくなるか……こちらの指示に……」

「了解です」

「航空自衛隊のヘリが伊豆……の下田《しもだ》に待機し……救援ヘリのＶＨ‐６Ｊ、それにＣＨ‐……だ。ブラッド・セブンの現在位置がわかっ……ため、たった今飛行許可を……た。天候は不良だが……何とか……」

ヘリが来るぞ、と梶原が囁いた。ただし、と西条が舌打ちする音がした。

「陸自もブラッド・セブンの現在位置を……していた。時間、歩行速度……他、考慮すべきポイント……把握して……ビッグ……ホテルにいる可能性は高いだろ……総理の娘が隠れているとす……しかない。ホテルについては詳細な情報を……まずいのは、ヘリの着陸が……場所がない」

「ホテル及び敷地内の土地は広いですが――」

そんなことはわかってる、と西条の鋭い声がした。電波状況が良くなったのか、ノイズが低くなり、音声がクリアになっていた。

「敷地面積は東京ドームとほぼ同じ……六つのプールをはじめ、多数のエンターテインメント施設があ……各所に多数の熱帯植物を植えているし、他にもオブジェや噴水、彫刻などさまざまな物が置かれて……VH－6Jは五人乗りの小型ヘリで、機体の大きさを考えると着陸可能だが、操縦士と救援担当者の二名が乗れば、救えるのは総理の娘ともう一人だけ、ということに……CH－47JHは大型ヘリで、四十八人が乗り込めるが、機体が大き過ぎてホテル敷地内に着陸できない」

二人の子供だけでも救出をと叫んだ香澄に、VH－6Jも風が止まなければ着陸不能だ、と西条が言った。

「安全に着陸できる場所を検討し……ホテル裏手にゴルフ場がある。ビッグリバーカントリーだ。梶原、聞け。ビッグリバー……ホテル正面エントランスからシャトルバスで約五分、徒歩だと約二十分、二キロ近い距離が……ゴルフ場の運営会社に確認したが、2番ホールのフェアウェイが最も広く、大型ヘリでも安全な着陸が可能……ヘリは二機とも三十分以内に大川豆島に到着す……急ぎ2番ホールへ行き、そこで待機せよ」

「了解です」

無線が切れる恐れがある、と西条が大声で言った。

「気象庁は午後五時半まで風雨が続くと……2番ホールの位置はヘリのGPSで確認できるが、視認は困難だろう。ただし、ヘリは強力なサーチライトを搭載し……その光は、お前たちからも見えるはず……」

西条の声が乱れ始めていた。電波の状態が安定していないのだろう。

「……光を確認したら、照明弾を撃て。三〇〇メートル以下で燃え尽き……ヘリが十分に接近したことを確認してか……撃つんだ。聞こえているか？」

「了解です。ただ、現在自分たちはホテル西館一階非常階段内に隠れていますが、ホテルフロント、エントランス、その他至るところにバイターがいます。排除しなければ、ゴルフ場へ向かうことができません。大至急応援を要請します」

それはできない、と西条が何かを叩く音がした。

「救出部隊がまだ……豆島に到着していな……これは総理命令だ。何としても相澤彩香さんの安全を……それがブラッド・セブンの任務……」

市民を守るために犠牲になるのはやむを得ませんが、と藤河はマイクに口を寄せた。

「梶原二尉、松崎三尉、そしておれが死ねば、二人の子供を護る者はいなくなります。バイターに襲われたらどうしろと？」

私はブラッド・セブン指揮官の梶原二尉と話している、と西条が低い声で言った。

「藤河巡査部……君は……梶原二尉の指揮下にい……命令に従うのが君の義務だ。どのような手段を用いても、バイターの群れを排除、突破し、ゴルフ場へ……現在時刻、一五四八《ヒトゴヨンハチ》。一六二〇《ヒトロクフタマル》までにビッグリバーカントリーの2番ホールへ……以上だ」

「抗命しているわけではありません。残弾数も僅かで、バイターは数え切れないほどいます。どうやって突破しろと？」

答えはなかった。無線は、と囁いた藤河に、繋がってると梶原が面体を叩いた。

「だが、いくら待っても返事はないだろう。西条陸将補としても、状況がわからない以上、明確な指示は出せん」

「どうするつもりだ？」

考えてる、と梶原が手のひらを上に向けた。天井から火の粉が舞い降りている。

二階へ上がりましょうと言った香澄に、どうかしてる、と梶原が苦笑した。

「焼け死にたいのか？ もう三階は火の海になっているだろう。すぐ二階にも延焼する。そんなところへ行ってどうする？」

まだ二階で火災は起きていません、と香澄が天井を指さした。

「ビッグリバーカントリーはホテルの裏手にある、と西条陸将補は言っていました。二階西側の部屋は、裏手に面しています。部屋に入り、窓を壊して、そこから外へ出るんです。約七メートルの高さがありますが、降下用ロープを使えば危険はありません」

二階フロアにはバイターがいる、と梶原が口を尖らせた。一室でいいんです、と香澄が前に出た。

「非常扉を開き、ショットガンでバイターを後退させ、手前の部屋に入りましょう。ドアは開いています。室内にバイターの群れがいる可能性もありますが、数が多いとは思えません。多くても十体、おそらくはもっと少ないでしょう。撃ち殺した後、ドアをロックし、窓を割るまで一分とかかりません」

車で五分と言ってたな、と藤河は指を折った。

「ホテルの裏から行けば、ショートカットできる。三十分以内に2番ホールに着かなければ、ヘリに乗ることはできない。松崎三尉の策に賛成だ」

危険だが、やるしかなさそうだ、と梶原が唾を吐いた。

「成功率は一〇パーセントにも満たないがな……急ごう、二階が火事になったら、バイターも何もない」

大丈夫か、と藤河は屈み込んで彩香の目を見つめた。

「必ず助かる。諦めるな」

彩香が小さくうなずいた。藤河は意識を失っている武藤を肩に担ぎ、階段を上がった。

6

非常扉のロックを外した梶原が、準備はいいかと言った。香澄が藤河の背中から武藤を下ろし、この子をお願い、と囁いた。わかりました、と彩香はうなずいた。

そのガキは何とかならんのか、と梶原が口元を歪めた。

「自分たちの任務は総理の娘の救出だ。ガキのことはどうでもいい。他の連中は全員死んだんだろ？　一人死体が増えたところで文句を言う奴は……」

止めてください、と彩香は一歩前に出た。冗談だ、と梶原が苦笑した。

「そんな顔をするな。ただ、これだけは言っておく。あんたを守るのが自分たちの任務だ。邪魔になるものはすべて排除する。わかったな」

援護しろ、と怒鳴った梶原がドアを大きく開け放った。五体のバイターが一斉に振り向いたが、ショットガンが火を噴くと、一発で全員が吹っ飛んだ。

「死んじゃいないぞ！」ショットガンを構えたまま、梶原が叫んだ。「藤河、西側の部屋に入れ！　松崎は子供だ！」

一番近い部屋のドアノブに、藤河が手を掛けている。中で何かが蠢く音が彩香にも聞こえたが、藤河が構わずドアを開き、その場でサブマシンガンを掃射した。床を這っていたバイターが、異様な呻き声を上げた。

彩香は武藤を背負い、香澄の背後に回った。一歳下だが、体重は変わらない。意識を失っているため、その体は重かった。

ふらふらと立ち上がったバイターの額を、香澄が狙い撃った。銃声が鳴るたび、バイターがもんどりうって倒れていく。

部屋に飛び込んできた梶原がドアを叩きつけるように閉め、ロックした上でチェーンを掛けた。

「生き残ったバイターはいないか？　隠れているかもしれん。藤河、松崎、徹底的に調べろ！」

ドアを乱打する音が響いている。藤河と香澄がクローゼットやバスルームを調べ、ベッドの下を見て回ったが、すべてのバイターが死んでいるのが彩香にもわかった。

休んでる暇はない、と梶原が壁を蹴った。

「凄い熱だ。三階が燃えている。長くは保たんぞ」

天井の四隅から、黒い煙が噴き出している。三階の炎が天井を焦がしているのだろう。

ベランダに出た藤河が、下にもバイターがいると叫んだ。

「数は多くない。二十体ほどだ。舗装されている道路と、ビッグリバーカントリーという看板がある」

降下用ロープを出せ、と梶原がバックパックを床に置いた。

「松崎は総理の娘、藤河はガキを背負え。自分が先に降り、下のバイターを始末する」

危険ですと言った香澄に、これがある、と梶原が手榴弾を二個取り出した。

「藤河、バイターの死体をベランダから落とせ。奴らは音に敏感だ。集まってくるだろう。そこへ手榴弾を投げる。運が良ければ、半分以上が吹っ飛ぶ。生き残ったバイターは自分が殺す。ロープ降下の準備を急げ。その後はゴルフ場へ向かって走るだけだ。お嬢ちゃんは走れるな？」

はい、と彩香はうなずいた。藤河、と梶原が顔を向けた。

「そのガキはお前に任せる。ブラッド・セブンの任務は総理の娘の救出で、それ以外については義務も責任もない」

見殺しにはできない、と藤河が武藤を背負い、細いロープで体を縛った。

「救える命は救う。警察も自衛隊も関係ない。それがおれの仕事だ」

好きにしろ、と梶原がロープをベランダの手摺りに固く縛り付けた。その左側でロープを固定していた香澄が、あなたはわたしが守ると彩香の手を握った。

「背負って降りる。絶対に手を離さないで。わかった？」

彩香は顔を上げた。天井に黒い染みが浮かび、瞬く間にそれが広がっていく。一気に煙が濃くなり、降ってきた火の粉が手に当たったが、熱は感じなかった。心のどこかが麻痺《まひ》しているのだろう。

バイターの死体を抱え上げた藤河が、ベランダから下へ突き落とした。地面に激突する鈍い音に、周りにいたバイターたちが顔を向けたのが彩香にも見えた。

ベランダに出た梶原が手榴弾を放った。数秒後、凄まじい爆発音が起きた。

「今だ、降りるぞ！」後に続け、と梶原が怒鳴った。「畜生、まだバイターがいやがる。死に損ないの化け物が……殺してやる」

梶原がロープを使い、ベランダから降下を始めた。来て、と香澄が振り向いた。

「天井から炎が……もう保たない」

断続的な銃声が下から聞こえている。焦るな、と藤河が武藤を背負い直した。

「部屋が火事になっても、ベランダに燃え移るのは最後だ。それより、バイターに注意しろ」

うなずいた香澄の肩を、彩香は両手でしっかり摑んだ。ベランダの手摺りを乗り越えた香澄がロープを操作して、降りていく。

五秒も経たないうちに、地面に足がついた。目の前で、梶原がショットガンの引き金を引いている。

続いて降りてきた藤河の膝回りが破け、血が滲んでいた。壁にぶつけたのだろう。

倒れていたバイターの顔面にショットガンの銃身を叩きつけた梶原が、くそったれが、と怒鳴った。

「弾切れだ。間もなくヘリが来る。ゴルフ場まで走るぞ。いいな」

大丈夫です、とうなずいた香澄が彩香の手を握った。雨は小降りになっている、と梶原が空に目を向けた。

「だが、風は強い。全員、固まれ。離れるな。自分が先頭、松崎は総理の娘を連れてついてこい。藤河、お前は後ろだ。左右に注意。何か動いたら迷わず撃て。わかったな」

行くぞ、と梶原が走りだした。彩香は香澄と並んで、その後を追った。

無我夢中で駆け続けていると、ビッグリバーカントリー・2キロという立て看板が見えてきた。

木々が風を遮っていたが、降ってくる雨は避けようがない。全身ずぶ濡れになりながら走った。

1・5キロという立て看板の前を通り過ぎた時、梶原が大型の拳銃を構え、走りながら木の間に向けて二発撃った。同時に、背後からも銃声がした。藤河がバイターを撃ったのだろう。

道は上り坂だ。勾配は緩やかだが、思うように走れない。彩香の手を握ったまま、香澄が左前から現れたバイターを撃った。

「あと五〇〇メートルよ。ゴルフ場まで出れば、四方が見渡せる。バイターが近づいても、こっちの方が先に気づく。救援ヘリが向かっているのは間違いない。諦めないで！」

走り続けていたため、酸欠になったのか、割れるように痛む頭を彩香は手で押さえた。

走れ、と背後で藤河が叫ぶ声が聞こえた。

振り向くと、木々の間から次々にバイターが現れ、藤河に迫っていた。百体以上いる。

足を止めた藤河が、サブマシンガンの引き金を引いた。連続する発射音と共に、十体ほどのバイターが倒れたが、後ろのバイターがその屍を踏み越え、近づいてくる。

サブマシンガンを投げ捨てた藤河が、足を引きずりながら走りだした。膝から血が噴き出している。

「松崎、藤河！　こっちだ！」

梶原の怒鳴り声に、彩香は前を見た。十段ほどの階段があり、その上に梶原が立っていた。

「ゴルフ場だ！　2番ホールは近い。走れ！」

彩香の手を離した香澄が面体を外し、顔を見つめた。大丈夫ですと言うと、行きなさい、と前を指さした。

「梶原二尉があなたを守る」

「バイターは上がれない」

「松崎さんは？」

藤河さんを助ける、と香澄が小型拳銃の弾倉を確認した。

「バイターを足止めして、藤河さんが階段を上がったら手榴弾で爆破する。段がなければ、バイターは上がれない」

走って、と叫んだ香澄が続けざまに引き金を引いた。墨汁のような黒い雨が降る中、バイターが次々と倒れていく。

わき目も振らず、彩香は前へ進んだ。階段まであと五〇メートル。

足が滑り、前のめりに転んだ。転んだのではない。足をすくわれていた。

強い悪臭と、荒い呼吸音が近づいてくる。泥だらけの顔を上げると、二体のバイターが真っ白な目で見つめていた。叫ぶことすらできず、彩香は目を閉じた。

FEAR 12　ヴィジットルーム

1

伏せろ、という怒鳴り声に、彩香は反射的に顔を泥に沈めた。二発の銃声と共に、立て、とまた怒声が響いた。顔を上げると、木製の階段の上で梶原が手を伸ばしていた。

「バイターが迫ってきてるぞ！　上がってこい！」

両手で顔を拭い、泥を払った。ぬかるんだ道に左足がはまっていたが、強引に引き抜くとスニーカーが脱げて、歩けるようになった。

疲労、不眠、そして頭痛のために体がふらついたが、階段に飛びつき、一段ずつ上がり始め、最後の段に手を掛けた時、襟首を掴まれ、体ごと引きずり上げられた。

無事か、と梶原が彩香の服についていた泥を手ではたき落とした。

「まったく、さすがは総理の娘だ。運がいいのか、それともバイターの忖度か？　冗談だ、泥の上に倒れたお嬢さんを見失ったんだろう。奴らは目が悪いし、雨で匂いも消えている。音がしなけりゃ、バイターも見つけようがない」

バイターはわたしを見ていましたと言った彩香に、目が合っただけだ、と梶原が苦笑した。

「下がってろ。松崎と藤河がここまで来たら、引っ張り上げなきゃならん……いいか、自分のベレッタには十発しか弾が残っていない。あの二人も似たようなものだろう。現在時刻、午後四時五分。十五分後にヘリが来る。それまでは防戦あるのみだ」

雨の勢いは弱くなっていたが、風は衰えていない。ゴルフ場のコースは吹きさらしで、強い風が濡れた体から容赦なく体温を奪っていく。彩香は肩を両手で抱くようにしたが、震えが止まらなかった。

こっちだ、と梶原が叫んだ。顔を上げた彩香の視界に、武藤を背負った藤河と香澄の姿が映った。後ずさりながら銃を撃ち、バイターの前進を止めている。

背後は雨で霞んでいたが、百体以上のバイターの群れが両手を前に出し、足を引きずりながら二人を追っている。顔に表情はなく、目は虚ろだった。

香澄が階段に足を掛け、上がってきた。すぐ後ろに藤河が続いたが、その足首をバイターが摑んだ。

苦痛の呻き声を漏らした藤河が、振り向きざまベレッタでバイターを撃った。額に穴の空いたバイターが、階段から落ちていった。

二人とも見ろ、と梶原が左斜め後ろにあった小さな小屋を指した。

「雨よけの休憩所だ。2番ホールは約五〇〇ヤード、ヘリはフェアウェイ中央、二五〇ヤード地点に降下するだろう。ヘリの到着まで、あの休憩所に隠れよう」

これを、と香澄が手榴弾を差し出した。うなずいた梶原がピンを抜き、階段に引っ掛けた。

伏せろ、と藤河が彩香と香澄を押し倒すと、五秒後、凄まじい爆発音と土砂が降ってきた。

階段を吹っ飛ばした、と梶原が面体を外した。

「これでバイターは上がれん。とりあえずは安全だ。休憩所に入るぞ。雨はともかく、風が酷い。このままだと、子供たちが低体温症で意識を失う」

駄目だ、と藤河が首を振った。

「フェアウェイを見ろ、バイターがいる……くそ、どこから来たんだ？」

指さした先に、数十体のバイターが立っていた。距離、約二〇〇メートル。

手榴弾の爆発音を聞き付けたのか、足を引きずるような独特の歩き方で近づいてくる。

休憩所からも、二十体ほどのバイターが出てきた。

「おれのベレッタには弾が十五発残っている」後は手榴弾一個だ、と藤河が弾倉を確認した。「松崎三尉、君は？」

二十六発ありますと答えた香澄が、視線を右に向けた。十発だ、と梶原が口を尖らせた。

「トータル五十一発じゃ、奴らは止められそうにないな……畜生、ヘリはまだか？」

気づくと、バイターの群れが横に大きく広がっていた。包囲しようとしているのが、彩香にもわかった。意図しているのではなく、本能に基づく動きなのだろう。

フェアウェイを塞いでやがる、と梶原が唾を吐いてから面体を被った。

「畜生、どうしろっていうんだ……待て、無線が入った。陸自の梶原二尉だ。そっちは？」

香澄の面体のスピーカーから漏れる声が、彩香の耳にも聞こえた。

「CH-47JH操縦士の舘村《たてむら》だ。梶原二尉、正確な現在位置は？」

「ビッグリバーカントリー、2番ホールだ」

「今、そこに何人いる？」

「ブラッド・セブン隊員三名、子供が二人。一人は総理の娘だ」

フェアウェイ三〇〇ヤード地点にバンカーがある、と舘村が声を大きくした。

「そこまで前進して、バンカーに入ったら照明弾を撃て」我々はその光を目印に降下する、と舘村が言った。「風が強い。降下時に横風が吹くと、機体の安定が保てない。検討したが、上空二〇メートル地点でホバリングし、そこから救命ポッドを降ろし、君たちを回収する」

急いでくれ、と梶原が低い声で言った。

「前方、約二〇〇メートル地点で数十体のバイターの群れが行く手を塞いでいる。後方にも約二十体いる。無理やりでも何でも突破するが、自分たちの残弾数は五十一発、バンカーまで行き着く頃には、全弾撃ち尽くしているだろう。ヘリが来なけりゃ、全滅するしかない」

「了解。我々の後ろにVH-6Jが続いている。非常事態が起きた際には、彼らが救援に向かう」

無線を切った梶原が、ベレッタの銃把を握った。

「自分は休憩所のバイターを倒す。松崎と藤河はフェアウェイのバイターを排除しろ。十体倒せば、スペースができる。奴らの動きは鈍い。間を走って抜け、バンカーに向かう。急がないと、ヘリの到着に間に合わん」

風が強過ぎる、と藤河が顔をしかめた。

「ホバリングと操縦士は言っていたが、この強風の中、機体の安定を維持できるのか？万が一、墜落したら――」

CH-47JHは四十八人乗りの大型ヘリだ、と梶原が左右に目を向けた。

「機体が大きければ大きいほど安定性は増す。何人乗ってるか知らんが、連中も武装しているはずだ。上空からの援護もあるだろう。今は目の前のバイターを倒すことに集中しろ」

武藤を背負った藤河と香澄が拳銃を構えたまま、前進した。彩香は顔を手のひらで拭い、その後を追った。

2

香澄は彩香の手を取り、バンカーの濡れた砂の上に伏せた。約一メートルの深さがあるので、バイターからは見えない。

よくやったな、と梶原が藤河に声をかけた。

「見直したよ。獅子奮迅ってのは、まさにあれだな。お前がバイターを撃ち殺していなかったら、突破は不可能だった」

武藤を背負ったまま前に出た藤河が、五体のバイターを倒し、血路を開いた。三体のバイターを撃った香澄を援護したのも藤河だ。梶原が言ったように、藤河がいなければ、ここまで来ることはできなかっただろう。

その代わり弾がなくなった、と藤河がベレッタをホルスターに戻した。梶原二尉、と香澄は彩香の額に触れた。

「凄い熱です。このままだと、肺炎を起こしかねません」

落ち着け、と梶原が声を低くした。

「CH-47JHには医療キットもあるし、医師も乗っている。今、できることは何もない……藤河、照明弾を寄越せ。バイターが近づいている。一〇〇メートルもないぞ」

藤河が大型の銃を渡した。梶原が引き金を引くと、空中で照明弾が花火のような光を放った。

その光と交差するように、空中でライトが点滅した。ヘリだ、と梶原が叫んだ。

「座標でバンカーの位置を測っている。すぐに救命ポッドが降りてくるぞ。自分が受け取る。お前たちは伏せて待ってろ」

子供たちをと叫んだ香澄に、安全確保が先だ、と押さえ付けるように怒鳴った梶原が立ち上がった。気をつけろ、と藤河が面体を外した。

「立てばバイターにも見える。奴らが襲ってくるぞ」

命令に従え、と梶原が大声で言った。

「そこで待機。動くな」

突然、雨の中からロープが降りてきた。梶原が手を伸ばして摑もうとしたが、強風のため横に流れていく。ロープを追って、梶原がバンカーから飛び出した。

香澄はバンカーの縁《へり》に近づき、周りを見た。五〇メートル先にバイターが立っている。

握っていた彩香の手から、力が抜けていった。気を失ったのだろう。

「この子が意識を取り戻した」藤河が武藤を座らせた。「大丈夫か？」

香澄はバックパックの中身をすべて出し、ジッパーを全開にした。広げた布地で彩香と武藤の体を覆うと、風よけになった。

そんな使い方があったのかと苦笑した藤河が、ヘリは、と空に目を向けた。

バンカーの外で梶原が手を伸ばし、ロープを摑もうとしている。接近中、と香澄は面体のヘッドホンに手を当てた。風が強いため、交信する声がよく聞こえない。

「……サーチライトで照らすと言っています。位置の確認をしているんでしょう。ただ……」

「ただ？」

機体の揺れが激しいようです、と香澄は耳にヘッドホンを押し付けた。無線の音声にノイズが被っているが、機体が不安定な時に起きる現象だ。

バイターが近づいている、と藤河がにじり寄ってきた。

「三〇メートル前方だ。おれたちに気づいたら……」

香澄は空を指さした。ヘリコプターのローターが風を切る音が大きくなっている。

バイターは音に敏感だ。降下を続けているヘリに向かっていくだろう。

「梶原二尉、急いでください」香澄は面体の無線を切り替えた。「危険です、バイターがヘリに気づけば、何をするかわかりません、その前に子供たちを……」

お前たちはそこにいろ、と梶原が叫ぶ声が聞こえた。

「今、ロープを掴んだ。すぐに救命ポッドが降りてくる。まず自分が乗り、ヘリの機内に入る。その後、バンカーまで誘導し、お前たちを救出する」

梶原が自分たちを見捨て、ヘリに避難しようとしているのが香澄にもわかった。そんな気はしていた、と藤河が肩をすくめた。

「ロープを確保して、救命ポッドの降下位置をヘリに知らせる必要があるのは確かだが、それなら子供たちも一緒に連れていくべきだった。二度手間にならずに済むからな。だが、救命ポッドは一人用だ。子供なら二人乗れるが、梶原は自分の安全確保を優先した。バンカーで待ってろと言ったのも、邪魔されたくなかったからだろう。信用したおれが馬鹿だった」

大丈夫です、と香澄は藤河の肩に触れた。

「ヘリには三十名以上の自衛官が乗っています。総理の娘さんがいる以上、彼らは必ず救援に来ます。上空からバイターを狙撃するのは難しくありません」

ヘリに乗ったら梶原を殴ると言った藤河に、止めません、と香澄は小さく笑った。

サーチライトの光に照らされた梶原が降りてきたカプセル型の救命ポッドに乗り込むと、二本のロープが上がり始めた。

バイターがヘリに気づいた、と藤河がつぶやいた時、空中で異音がした。金属がこすれ合う音だ。

「ローターから火花が散ってる。故障か？」

香澄は体を反転させ、空に視線を向けた。降りしきる雨の中、ヘリの機体がゆっくり回転している。

数人の自衛官が外に投げ出され、いくつもの悲鳴が重なった。同時にロープが一本切れ、救命ポッドが振り子のように大きくスイングした。

その勢いに吞み込まれるように、ヘリの機体が下に向いた。後部から煙が出ている。三〇メートルの高さから、一気にヘリが墜落した。

ローターがフェアウェイの芝生に突き刺さり、そのまま回転を続けている。近くにいた数体のバイターの首が切断され、辺りに転がった。

墜落したヘリの機体が歪み、ローターが停止する直前、凄まじい音を立てて爆発した。

香澄はバンカーの中で伏せ、飛んでくる破片を避けた。

炎上しているヘリに、数十体のバイターが近づいている。何人かの自衛官がヘリから脱出していたが、雨の中、血しぶきが飛び散った。バイターが自衛官を襲っている。

フェアウェイに転がっていた救命ポッドの蓋の部分が外れ、血まみれになった梶原が這い出してきた。数体のバイターをベレッタで撃ったが、すぐに弾が切れた。

助けてくれ、という凄まじい悲鳴が上がったが、それもすぐに止まった。バイターが梶原に襲いかかり、面体や防護服の上から咬み付き、腕、足、そして首を食いちぎっている。

諦めたように首を振った藤河が、自分の面体の無線を耳に押し当てた。

「こちらブラッド・セブン、藤河だ。VH-6J、応答してくれ」

VH-6J指揮官の桐山《きりやま》だ、と返事があった。

「CH-47JHの墜落を確認した。機体は爆発、炎上、生存者はいないだろう。バイターが機体に群がっているが、何をしている?」

自衛官たちの肉を食ってる、と藤河が言った。

「聞いてくれ、今、おれと陸自の松崎三尉、そして総理の娘、相澤彩香さんと自修館中学の一年生の男子の四人が、2番ホール中央のバンカーに隠れている。大至急、救助を要請する」

急行する、と桐山が答えた。

「可能であればバンカー付近に降下、君たちを収容する。だが……」

「何だ?」

VH-6Jは五人乗りだ、と桐山が言った。

「自分と操縦士、そして空自レンジャー部隊の隊員一名が機内にいる。子供二人の救出は可能だが、君たち二人を乗せることはできない」

「なぜだ？　積載重量制限か？　そんなものは無視しろ。超過しても――」

安全が確保できない、と桐山が低い声で言った。

「下ではわからんだろうが、強風が吹いている。三人でも不安定な状態だ。子供二人はともかく、君たち二人を乗せたら、離陸不能になる可能性が高い。機体が小さいため、風の影響をもろに受ける。東京へ無事に戻るためには、君たちのどちらか一人を残さざるを得ない」

「どうしろって言うんだ？」

応答はなかった。子供たちをお願いします、と香澄は藤河に頭を下げた。

「ブラッド・セブンの任務は、総理の娘さんを救出することです。わたしより藤河さんの方が、彼女を守る力があります」

頭上からローター音が聞こえている。子供の救出を優先する、と藤河が言った。

「強風の中、ヘリがバンカーに着陸するのは難しい。スキッドが砂に埋もれたら、離陸できなくなる。レンジャー部隊の隊員がロープで降下し、子供を背負う形で機内に戻ることになる。それを二回繰り返さなければならない」

「はい」

桐山は五人が限界だと言ったが、そんなことはないと藤河が笑みを浮かべた。

「積載重量制限は、目安に過ぎない。子供を二人合わせても、八〇キロほどだろう。君も小柄だ。おれも含め、四人とも乗ることができる」

通常ならそうですが、と香澄は額に指を押し当てた。

「雨はともかく、横風が強いのは確かです。四人全員が乗れば、全体の重量が増えて、安定した飛行を保つのは難しくなるでしょう。わたしが残ります。藤河さんは二人の子供を――」

安っぽいヒロイズムだ、と藤河が口をすぼめた。

「大丈夫だ。自衛官だろ？　自衛隊のヘリ、操縦士を信用しろ。それより、バイターの方が気になる」

「バイター？」

ローター音だ、と藤河が頭上を指した。

「これだけの音に、バイターが反応しないはずがない。今は墜落したヘリに群がっているが、ほとんどの乗員は焼け死んでいる。バイターは生きた人間の血と肉を好む。おれたちがいるとわかれば、戻ってくるだろう。それまでにヘリに乗り込まないと、厄介なことになる」

目の前に一本のロープが降ってきた。顔を上げると、防護服に身を固めた男が滑るように降りてきた。

「相澤総理の娘は？」

男が大声で叫んだ。ここだ、と藤河が彩香を抱き上げた。

「意識を失っている。君の体に縛りつけて、上げるしかない。固定用のハーネスは？」

その必要はない、と男が彩香の肩に右腕を回して抱え込み、同時にナップザックを放った。中に数十本の弾倉が入っていた。

「三〇メートル上で、ヘリがホバリング中だ。合図でウインチが巻き上げられる。援護を頼む。まずはこの子の回収が先だ」

男が胸の無線機で、準備完了と呼びかけた。すぐにロープが上方へ巻き上げられていった。

バイターがいる、と藤河が囁いた。香澄はベレッタの弾倉を交換した。

「ヘリに気づいたんだろう。来るぞ、何体いる？」

少なくとも三十体、と香澄は耳に全神経を集中させた。

「いえ、五十体以上かも……風雨で足音が消されていますが、正面、そして後方からも接近しています」

再びロープが降ってきた。来い、とレンジャー隊員が叫んでいる。

武藤くん、と藤河が肩に手を置いた。

「お姉さんの背中に乗れ。絶対に手を離すな。一分もかからない。ヘリに乗りさえすれば安全だ」

藤河さん、と香澄は叫んだ。

「わたしではなく、藤河さんが行くべきだと——」

おれより君の方が軽い、と藤河が白い歯を見せて笑った。

「簡単な計算だ。一気にウインチに荷重がかかれば、機体が傾く。それが一番危険だ」

彼の言う通りだ、とレンジャー隊員がうなずいた。すぐに戻ります、と香澄は藤河を見つめた。

「状況を伝え、藤河さんを救助します。一人増えたぐらいで、ヘリは墜落しません」

レンジャー隊員が香澄と武藤の体にハーネスを取り付けた。待っていてくださいと香澄が叫んだ時、バンカーの上に影が差した。バイターが立っていた。

行け、と怒鳴った藤河がベレッタの引き金を引いた。額を撃ち抜かれたバイターが、バンカー内に転がり落ちた。

香澄もベレッタを構えようとしたが、レンジャー隊員に制止された。ウインチの巻き上げが始まっている。一本のロープで結ばれた三人の体が、空中で木の葉のように揺れた。

ヘリの中にいた男が香澄の腕を掴み、強引に引きずり上げた。海に浮かぶ丸木舟のように、機体が激しく上下動を繰り返している。

空自の桐山二尉だ、と男が言った。

「陸自の松崎だな？　防衛省と警察庁から命令が出ている。ブラッド・セブンの任務は完了した」

「待ってください！　藤河巡査部長がまだ下に……彼を救ってください！」

無理だ、と桐山が首を振った。数十メートル下で、銃声が続いている。

「強風が吹いている。装備も含め、重量制限はとっくにオーバーしているんだ。この状況で藤河をヘリに乗せるのは、自殺行為に等しい。それは奴もわかっている。だから、君を先に行かせた」

藤河さん、と香澄は下に向かって叫んだ。数十体のバイターが輪を作っている。上に目を向けた藤河が、小さく笑ってうなずいた。

離脱せよ、と桐山が命じた。ローター音が大きくなった。

香澄は自分のベレッタをホルスターから抜き、そのまま下へ放った。拾い上げた藤河がベレッタを両手に握り、左右に向けて引き金を引くと、続けざまに十体以上のバイターが崩れるように倒れた。

「東京へ」

桐山の声が響いた。ヘリがゆっくり方向を変えた。香澄は身を乗り出すようにして、下を見つめた。

二丁拳銃の藤河が次々にバイターを倒していたが、弾倉交換のためナップザックに手を伸ばした時、背後からバイターが肩に咬み付いた。苦悶の呻き声を上げた藤河が、強引にバイターを引き離し、その額をベレッタで撃った。

雨が激しくなっている。音は聞こえないが、藤河がベレッタを撃つ発射光が見えた。

ヘリが上昇を続けている。そして、何も見えなくなった。

松崎さん、という声に香澄は振り向いた。真っ青な顔をした武藤が、すがるような目で見つめている。

「相澤さんが……」

桐山を押しのけ、香澄は彩香の頰に触れた。陶器のように真っ白で滑らかな肌が、冷たくなっていた。

3

〝相澤彩香救出〟の第一報が第二国会本会議場内にある総理執務室に入ったのは、約二時間前の午後五時分、一名を除き、ブラッド・セブンの六名が死亡したという連絡も同時にあったが、民間人の救出は自衛官、警察官の義務だ。やむを得ないと相澤は考えていた。

だが、その後詳報が入るにつれ、総理執務室全体が沈黙に包まれた。三十分前、彩香を乗せた自衛隊の救援ヘリ、VH-6Jがヴィジットルーム設営地の竹芝に着いたという連絡が入り、空自桐山二尉が彩香の死亡を確認したという報告を受け、相澤はすべての予定を変更し、永田町《ながたちょう》から竹芝へ向かった。

竹芝桟橋を中心に、海岸通《かいがんどお》りが封鎖され、そこに千戸以上のプレハブが建っている。自衛隊、警視庁、東京消防庁の職員が設営したヴィジットルームだ。

周囲には機銃を構えた自衛官が約千人並び、同数の警察官と共に警備を担当している。

那須田と井間枝に先導され、総合指揮車と呼ばれる自衛隊の特殊車両に乗り込むと、そこに岩のような体つきの男が立っていた。

「彼が桐山二尉です」那須田が敬礼した男を指さした。「お嬢様をヘリで救出し、東京へ向かう途中……」

黙れ、と相澤は自衛隊特殊車両の窓を叩いて怒鳴った。気圧《けお》されたように、那須田が頭を深く下げた。

君が救出の指揮を執ったと聞いた、と相澤は革製のシートに腰を下ろした。はい、と桐山が背筋を伸ばした。

だがブラッド・セブンの隊員ではない、と相澤は言った。

「生存者が一名いるというが、どこだ？」

総合指揮車の奥に座っていた小柄な女性に、桐山が顔を向けた。

「陸自の松崎香澄三尉です。彼女はブラッド・セブンに加わり、任務遂行に当たっていましたが――」

立ち上がった松崎という女性自衛官が敬礼した。詳しい事情を聞きたい、と相澤は体の向きを変えた。

「私にわかっているのは、大川豆島のゴルフ場で自衛隊の救援ヘリが彩香、同じ中学校の生徒、そして君を救出したということだけだ。その時点で、彩香が死んだという報告は受けていない。一体何があった？」

相澤彩香さんはヘリに乗る直前に意識を失っていました、と松崎が硬い表情のまま言った。

「お嬢様を発見、保護した時点で、頭痛、発熱等の症状がありましたが、それは疲労あるいは緊張のためだ、とわたしたちは考えていました」

続きを聞こう、と相澤はくわえた煙草に火をつけた。ヘリが大川豆島を離れた直後、救出された少年が彩香さんの異常に気づきました、と松崎が視線を床に落とした。

「体温及び血圧低下、脈拍も微弱でした。少年に詳しい事情を聞いたところ、自修館中学美術部員たちが逃げ込んだ農機具会社の寮でバイターと遭遇、その際何らかの形で接触し、傷を負った可能性が高いことがわかりました。つまり、お嬢様は……昏睡期に入ったのです」

バイターウイルスに感染したと言いたいのか、と相澤は火のついた煙草を投げ捨てた。間違いありません、と松崎がうなずいた。

「桐山二尉と共に彩香さんが昏睡状態にあることを確認し、ヘリ内に用意されていたラザロワクチンを注射しました。バイター対策マニュアルには、感染者の六割がバイター化しないとありましたが、竹芝ヘリポートに到着した時点で、死亡が確認されています」

本当か、と振り返った相澤に、那須田と井間枝が頭を垂れた。

「……この後どうなる？」

バイターウイルスの正体には不明点が多くあります、と那須田が口を開いた。

「ウイルスに感染後、体調不良、そして昏睡期に入るまでの時間に個人差があることは、既に説明済みです。最初の報告では、バイターウイルスに感染しても、約八十時間バイター化しなかった例もあります。新型コロナウイルスと同様に、無症状のまま陽性反応を示した者もいます。お嬢様には何らかの抗体があったのではないか、と感染研の医師から意見が上がってますが、バイター化が遅れているのはそのためと思われます。ですが、松崎三尉の報告にあったように、医療班がお嬢様の死亡を確認しています。残念ですが……」

数時間以内に蘇生するでしょう、と井間枝が言った。

「バイター化への前段階です。その後約二時間、お嬢様は人間としての意識を持ち、会話も可能になるはずです。しかし……最終的には再び心肺停止状態となり、それからバイターとして蘇ります」

彩香はどこだと怒鳴った相澤に、ヴィジットルーム内に安置されております、と那須田が答えた。

「総理、落ち着いてください。お嬢様がバイターウイルスに感染したこと、数時間以内にバイター化すること、それがどれほど総理にとって大きなショックか、我々も十分に承知しております。ご心中は察するに余りありますが、これ以上はどうすることも……バイターウイルス感染者の多くが指定施設に隔離され、面会は不可、ヴィジットルームも順番待ちが続いていますが、総理とお嬢様に関してはすべて最優先としております。ですが……」

数分、沈黙が続いた。額に浮いていた脂汗を、相澤は指で拭った。

「官房長官、何を言ってる……彩香は私の一人娘だ。妻を病気で亡くした私にとって、ただ一人の家族なんだ。あの子が大川豆島へ行き、連絡が取れなくなった時点で、私は自衛隊及び警察官の大量動員と、彩香の救出を指示したが、君を筆頭に経山副総理、その他全国務大臣が反対した。幹事長、政調会長、総務会長の党三役も含めてだ」

「総理、それは……」

一昨年、新型コロナウイルスの感染が全国的に広がった、と相澤は指に挟んでいた煙草に火をつけた。

「あの時、私が母と娘、そして親戚や友人にPCR検査を優先的に受けさせたことで、世論、野党からの批判を受け、一時は内閣総辞職の危機に陥った。同じ過ちを繰り返してはならないと考えたのは理解できる」

「……はい」

総理大臣の娘という理由で、自衛隊や警察を動かすことはできないと相澤は煙を吐いた。

「権力の濫用と非難されるのは当然だ。一度はともかく、二度目は許されない。今回は野党の追及も執拗《しつよう》になるだろう。責任を問われ、私は総理の椅子から降りざるを得なくなる。だが、そんなことはどうでもいい。あの時、全国務大臣の反対を押し切ってでも、自衛隊と警察を大川豆島に派遣するべきだった。私は後悔している。彩香さえ生きていれば、それでよかったんだ」

総理、と那須田が頭を振った。なぜ誰も従わなかった、と相澤は左右に目を向けた。

「普段は忖度するくせに……月見の会や大学新設は党にとって重大な問題となるが、娘の生死は党と関係ないからか？　官房長官、今日まで君は重責を担い、私を支えてくれた。それには感謝している。だが、彩香の死は君をはじめ、すべての国務大臣に責任がある。君たちの反対のために、私は娘を失った」

私にも二人の子供がいます、と那須田が顔を上げた。

「父親としての苦しみ、悲しみは理解できるつもりです。しかし、総理にはお立場があります。この国の長である総理が、自分の娘を護るために自衛隊や警察を動かしたとなれば、秩序は崩壊し――」

彼から報告があった、と相澤は井間枝を指さした。

「ブラッド・セブンは、佐井古秘書官の発案によって編成されたと君は言っていたが、実際に立案したのは君自身だそうだな。井間枝くんも佐井古くんも反対したが、官房長官の強い命令には従わざるを得なかったと……自衛官、警察官の混成チームというのは、どちらの顔も立てなければならない、という意識が君の中にあったからだ。急造の混成部隊が、組織的な行動を取れるはずもない。君が優先したのは、私でも彩香でもない。君自身の政治的なポジションだ」

「違います、総理。そんな意図はありません。私は……井間枝、何を言った？　どういうつもりだ？」

井間枝が顔を背けた。私の側にも危惧があった、と相澤は煙草の灰を床に落とし、冷笑を浮かべた。

「君は他派閥のトップと接近していたな？　井間枝くんと佐井古くんから報告があった。言うまでもないが、バイターは戦後最大の国難だ。収束は内閣の義務であり、責任でもある。だが……君が次期総理になるために、彩香を犠牲にする必要はあったか？」

そんなつもりはありません、と那須田が首を振った。

「松崎三尉の報告によれば、お嬢様はブラッド・セブンを大川豆島へ派遣する前に、バイターウイルスに感染していたと考えられます。数万人の部隊を送り込んでいれば、発見と救出は早くなったでしょう。しかし、お嬢様がバイターウイルスに感染したことは、逃れようのない運命だったと……」

バイター法案は国会を通過した、と相澤は井間枝が差し出した灰皿で煙草を消した。

「明日午前十時、正式に成立する。施行されれば、あらゆる権能が私に集中する。全省庁、内閣その他の人事も私が決定できる。官房長官、長い間ご苦労だった。井間枝くん、正式に新官房長官を決めるまで、異例だが君が代理を務めるように。百年に一度の国難だ。非常時には優秀な人材が必要となる。佐井古くんは首相補佐官代理だ。いいね」

深く頭を下げた井間枝を一瞥した那須田が、諦めたようにため息をついた。

「井間枝、君を首相補佐官に推したのは私だ。忘れたのか？　裏切られたと言う気にもなれん……総理、私があなたの尻拭いをどれだけ……もういい。失礼します」

背中を向けた那須田が、指揮車を降りていった。入れ替わるように入ってきた自衛官が、相澤に向かって敬礼した。

「たった今、お嬢様が蘇生されました。総理と話したいと――」

相澤は素早く立ち上がり、ネクタイを直した。

「案内してくれ」

了解しました、ともう一度敬礼した自衛官が車を降りた。相澤は井間枝と共にその後に続いた。

4

延々と建ち並んでいるプレハブは、規格が統一されており、大きさも同じだった。約十畳ほどの広さで、出入り口が前後に二カ所ある。ひとつは面会者のためで、もうひとつはバイターウイルス感染者用だ。

プレハブ内は、分厚いアクリル板で二つに仕切られている。透明なため、お互いの顔を見ることができる。マイクとスピーカーを使えば、会話も可能だ。

自衛官の案内で、相澤はヴィジットルーム内に入った。目に飛び込んできたのは、椅子に座っている彩香の姿だった。

顔色は青を通り越して蒼白に近い。パパ、と叫んでいるのがわかった。

アクリル板の両側には、それぞれ横長の机が設置されている。相澤は手を伸ばし、マイクのスイッチを押した。

「聞こえるか、彩香。パパだ。助けに来たよ」

「ここは……どこなの？」彩香が顔を左右に向けた。「あたしは……助かったの？　どうしてこんな……手と足を椅子に縛りつけられてるの？」

落ち着きなさい、と相澤はアクリル板に手を当てた。

「……彩香はバイターウイルスに感染している」

口をつぐんだ彩香が顔を伏せた。聞くんだ、と相澤はアクリル板を叩いた。

「今は昏睡期を経て、蘇生したと説明があった。つまり、症状は収まっている。だが、完治したということではない。これから数時間……それ以上、あるいはそれ以下かもしれないが、いずれかの時点でお前がバイター化すると医師が言っている」

「……本当に？　あたしがあの化け物になるの？」

そんなことあるはずない、と相澤は大きく口を開けて笑った。

「お前がウイルスに感染したのは確かだが、バイターにはならない。二年前の新型コロナウイルスのことは、彩香も覚えているだろう？　感染者は全世界で何千万人もいたが、九割以上が治ったし、亡くなった者のほとんどが高齢者だった」

「覚えてる……でも……」

高齢者は体力が低下している、と相澤は話し続けた。

「抵抗力が弱かったためで、誰の責任でもない。だが、お前はまだ十四歳で、体力も自然治癒力も備わっている。お前はバイターにならない。パパにはわかる。お前に限って、そんなことはあり得ない」

頭が痛い、と彩香が苦しそうに訴えた。

「手足の感覚もないし、パパの顔もはっきり見えない。あたしはあの島で、何千……それ以上のバイターを見た。その中には友達もいたの。パパ……約束して。あたしをバイターにしないって。もしバイターになってしまったら、あたしを……」

馬鹿なことを言うな、と相澤は怒鳴った。

「彩香、お前は疲れている。食事も睡眠もろくに取っていないし、大川豆島は台風で、風雨も酷かった。意識を失ったのは低体温症に陥ったからで、手足の感覚が鈍っているのもそのためだ。彩香、パパを見なさい。パパと話そう。嫌なことは全部忘れて、楽しいことだけ考えるんだ」

ママに会いたい、と彩香の目から涙が溢れた。

「パパとママとあたし、三人でフランスに行ったよね。あたしはまだ小さくて……小学校一年生の時？　夏休み、パリで二週間過ごした。すごく楽しかった」

覚えてるよ、と優しい声で相澤は言った。

「あの時、パパとママがちょっと目を離した隙に、彩香が迷子になった。凱旋門《がいせんもん》の近くだったね。後でわかったことだけど、彩香は近くのカフェでフランス人の老夫婦とお喋りしてたんだ。でも、パパもママもそんなことはわからなかったから、どれだけ探したか、どんなに心配したか……彩香はいつも笑っていた。お前は私たちの太陽だ。ママが病気になった時も、彩香が支えてくれたね」

彩香が小さくうなずいた。相澤は自分の手をアクリル板に押し当てた。

「何も心配しなくていい。パパがいる。知ってるだろ？　日本で一番偉いのは総理大臣だ。パパは彩香のためなら何でもする。少し休んで――」

この部屋は寒い、と彩香がつぶやいた。

「どうしてここにいなきゃならないの？　ウイルスがうつるから？　寒くて震えが止まらない……頭が痛い。どうしてこんなことに？」

井間枝、と相澤は大声で叫んだ。

「部屋のエアコンをつけろ。暖房にするんだ」

すぐに、という井間枝の声がスピーカーから聞こえた。風邪と同じだよ、と相澤は言った。

「熱があるのに、震えが止まらなくなることがあるだろう？　あれは高熱が体の中のウイルスを殺しているんだ。今は我慢しなさい……彩香、パパを見るんだ。話をしよう。バイターウイルスもコロナウイルスも同じだ。二週間入院していれば治る。そうしたら、パパと出掛けよう。パパは彩香が行きたいところなら、どこでもいい」

よく聞こえない、と彩香が首を何度も振った。

「スピーカーが壊れてるの？　パパの声が聞こえない……頭が痛い。すごく痛いの……パパ、助けて」

医者はいないのか、と相澤は机を叩いた。バイター化の前兆症状です、とスピーカーから女性の声がした。

「別のマイクを使用しているので、わたしの声はお嬢様に聞こえません。総理、お嬢様は頭痛、発熱、悪寒等の前兆症状があり、視覚、聴覚、嗅覚、その他五感の喪失が始まっています。医学的な治療に効果はありません。それは他の患者と同じで――」

彩香は違う、と相澤は椅子から立ち上がった。

「何をしている？ 君は医者だな？ 自分の仕事をしろ！ 彩香は頭が痛いと言ってる。頭痛薬、解熱剤、何だっていい。薬を処方して、症状を和らげることぐらいできるはずだ。患者を治せない医者に、存在意義などない！」

お気持ちはお察しします、と女性が言った。

「ですが、今はお嬢様と一秒でも長く話をするべきだと……過去の症例から、お嬢様は長くても三十分以内に意識を失い、心肺停止状態となると思われます。個体差はありますが、早ければ数分後にバイターとして蘇るでしょう。その際は、ご家族がデススイッチを押さなければなりません」

「デススイッチ？ 何を言ってる？ 君は私に娘を殺せと言うのか？」

テーブルの上にあったタブレットに、男の顔が映し出された。副総理兼財務大臣の経山巧《たくみ》だった。八十歳という年齢の割に血色がいい。少し曲がった唇が動き、独特のしゃがれ声が聞こえた。

「総理……あんたの苦悩は盟友である私が誰よりもわかっている。だが、ヴィジットルームの設営とデススイッチについては、あんたが決めたことだ。バイター化した者が人間に戻らないと確定した時点で、近親者によるデススイッチの作動、バイターの殺処分を行なうと決めたのも――」

即時撤回だと叫んだ相澤に、今がお嬢さんと話す最後のチャンスだ、と経山が言った。

「あんたもバイターの映像を見ているはずだ。自分の娘をあんな化け物にさせたいかね?」

派閥こそ違うが、相澤は経済通として知られる経山を副総理兼財務大臣という要職に就け、協力体制を取っていた。相澤内閣が長期政権となったのは、二人の間に強固な信頼関係があったためだが、同郷の先輩、しかも十歳年長のため、上からの物言いはいつものことだった。

「奴らが人間ではない何か、つまり化け物になるのはわかっているはずだ」経山の口が大きく歪んだ。「そんな姿になるのを、娘さんが望んでいると思ってるのかね? 安楽死と考えるべきだと閣僚会議であんたは言ったが、我々も同じ意見だ。バイターになってしまえば、どうにもならんよ」

彩香、と相澤はアクリル板を叩いた。まばたきを繰り返した彩香が顔を上げた。

「大丈夫だ、心配するな。小学生の時に、インフルエンザにかかったことがあっただろ?

四十度近い熱が出て、体が痛いと言ってたね？　だけど、何日か休んでいたら治った。病気なんて怖くない。わかるね、彩香。今は苦しいかもしれないけど、パパがついている。目を開けて、パパを見るんだ！」

彩香のまばたきの回数が増えている。両眼から大粒の涙が頰を伝っていた。怖い、と幼さの残る唇からつぶやきが漏れた。

「パパ、彩香はどうなるの？　宅間さんみたいに、バイターになるの？」

馬鹿なことを言うな、と相澤は何度もアクリル板を叩いた。

「彩香はバイターにならない。お前は優しい子だが、少し気の弱いところがある。不安になったり心配したりするのは、誰だってそうだ。でも、悪いことなんか起きない。パパが彩香を守ってみせる。信じてくれ！」

彩香の鼻から、ひと筋の血が垂れていた。大丈夫だ、と相澤はマイクに向かって大声で叫んだ。

「お前は強い子だ。ウイルスになんか負けない。そうだろ？　返事をしなさい、彩香！　中学を卒業したら、留学したいと言ってたね？　パパは反対してたけど、今は違う。どこに留学したい？　アメリカ？　イギリス？　どこだっていい。好きなところに行きなさい。どこがいい？」

オーストラリア、と彩香が小声で言った。

「コアラがいるでしょ？　抱っこして、写真を撮るの……でも、そんなことどうだっていい。彩香はパパと一緒にいたい。それだけでいいの」

「彩香！」

荒い呼吸音が聞こえている。長く吸い込み、短く吐く。その繰り返しだ。

「彩香！」

返事はなかった。一分後、呼吸音が聞こえなくなった。

相澤は両手でアクリル板を叩いた。爪が割れ、血が流れていた。

「大きく息をしなさい！　深呼吸するんだ！　目を開けろ、パパを見て、話をするんだ！」

彩香の体が、一瞬激しく震えた。それが最期だった。呼吸が止まったのが、相澤にもわかった。

「彩香！」

タブレットに映っていた経山が、席を離れた。同時に、彩香の側のドアが開き、防護服を着用した二人の男が入ってきた。

一人が脈を調べている間に、もう一人が彩香の体を椅子ごと一メートル後ろに下げた。

瞳孔にペンライトの光を当てていた男が首を振り、二人が出て行った。

総理、と経山の声がタブレットのスピーカーから流れ出した。

「たった今、娘さんの死亡が確認された。心停止、瞳孔拡大、呼吸もしていない」

まだできることがあるはずだ、と相澤は怒鳴った。

「蘇生措置はどうした？　心臓マッサージは？　呼吸不全ということなら、新型コロナウイルスの時のように、人工呼吸器を装着すればいい。どうしてＡＥＤを使わない？」

意味がないんだ、と経山が低い声で言った。

「この二日間で、三千人以上のバイターウイルス罹患者が出ている。初期の段階では蘇生措置を試みていたが、まったく効果はなかった。それどころか、医療従事者をバイターが襲う例が頻発したため、昨日の午前中、日本医師会から公式に蘇生措置の拒否通達が来ている」

「……では、どうしろと？」

選択肢は二つだけだ、と経山が更に声を低くした。

「娘さんがバイター化する前に、人間のまま殺処分するか、バイターになった後に殺すか、そのいずれかだ。あんたがデススイッチを押せば、銃弾がお嬢さんの脳幹を破壊する。痛みはないし、一瞬で終わる。それが娘に対して父親が示す最後の愛情だと私は思うが……」

押さないぞ、と相澤はアクリル板に取り付けられている赤いボタンに目をやった。

「経山さん、何を言ってるのか、わかってるのか？　実の娘を殺せと？　話にならん！」

国民にそれを強いてきたのは総理だ、と経山が言った。

「残酷だと批判する者もいるが、仕方ないだろう。警察官、自衛官、消防、医師、誰にもデススイッチは押せない。バイターは人にあらずというのが閣議決定だが、それでも元人間を殺すことは、倫理的にできない。しかし、バイターは存在そのものが危険であり、ウイルスの感染源でもある。殺処分するしかないと決定したのはあんたで、デススイッチを押すのは最も血縁関係が近い者と定めたのもあんた自身だ」

「だが……」

数分以内にお嬢さんはバイターとして蘇る、と経山が空咳をした。

「はっきり言うが、正視に耐えるものじゃない。親として、バイターになった娘を放置できるかね？　誰もがあんたと同じ反応を示したが、バイター化した近親者を見れば、頑強に拒否していた者も自ら進んでデススイッチを作動させている。これは個人的な意見だが、バイター化する前にデススイッチを押すべきだと思うね」

あの子は生きている、と相澤は激しく首を振った。

「十四歳だぞ？　抵抗力だってある。医学的に死亡が確認されたというが、脳死状態にあるというだけの意味に過ぎん。数時間、いや二十四時間後に意識を取り戻した例もあるんだ。私は諦めない！」

異様な呻き声に、相澤は顔を上げた。彩香が白目を剝き、裂けそうなほど大きく口を開けている。鼻孔、喉から鮮血が迸り、アクリル板を真っ赤に染めた。

「パぱ……コロシ……て……」

かすかな声がした。十四歳の少女の声ではない。

乾いた破裂音と同時に、彩香の額に穴が空き、そのまま動かなくなった。

相澤は自分の手を見つめた。彩香がバイター化したとわかった瞬間、反射的に手が動き、デススイッチを押していた。

再びドアが開き、三人の防護服を着た男たちが入ってきた。一人が彩香の左手の小指に注射器の針を刺し、試薬入りの試験官に数滴の血液を垂らした。

透明だった試薬が、鮮やかなブルーに変わった。それを確認した二人の男が彩香の体をストレッチャーに乗せ、外へ運び出した。

待て、と相澤はヴィジットルームを飛び出した。ストレッチャーを押していた若い男が面体を外し、残念です、と頭を下げた。首回りに白衣の襟が覗いていた。

「お嬢様がバイター化したのは、ご覧になった通りですが、脳幹破壊により、ウイルスは活動を停止、死亡が確認されました。今後については、我々感染研に一任ください」

待機していた男たちの間を、ストレッチャーが進んでいく。待ってくれ、と相澤は叫んだ。

「最後に……彩香の顔が見たい」

許可が下りていません、と若い男が首を振ったが、黙れと一喝して相澤は彩香の顔にかけられていた白い布を取った。額に空いた穴以外、彩香の顔は生前と何ら変わらなかった。

男たちが無言で見つめている。相澤は彩香の頬に触れた。肌は氷のように冷たかった。

バイター化すると急速に腐敗が進みます、と若い男が口を開いた。

「一時間以内に全身の肉が悪臭を放つようになり、部分的に筋肉が溶解します。総理の決断が早かったため、お嬢様は生きていた時と同じ姿のまま、亡くなられました。父親として、正しい判断だったと思います」

慰めにもならん、と相澤は目元を拭った。気づくと、涙が溢れていた。

「感染研に任せろということだが、今後どうなる？」

ほとんどの感染者は解剖に回されますが、お嬢様は違います、と男が言った。

「血液検査を行なった後、火葬ということに……もちろん、総理のご意向が優先されますが」

そうしてくれ、と相澤は小さくうなずいた。ストレッチャーが動き出した。

車を準備しています、と近づいた井間枝が囁いた。

「ご自宅に戻られますか？　それとも、第二国会本会議場に――」

帰るとだけ言った相澤に、手配しますと頭を下げた井間枝がその場を離れた。肩を震わせて、相澤は顔を両手で覆った。

the end of the beginning オーバーシュート

＊　＊　＊　＊

一夜が明け、相澤は白金《しろかね》の私邸から総理専用車で永田町の第二国会本会議場へ向かった。到着したのは、午前九時四十分だった。

総理執務室に入ると、民自党最大派閥水菊会《すいぎくかい》の長老、尾崎憲三郎《おざきけんざぶろう》、副総理の経山、幹事長の前田健作《まえだけんさく》、そして井間枝と佐井古が待っていた。

「総理、まずお嬢さんのことだが、お悔やみ申し上げる」座っていた尾崎が、隣のソファを指した。「辛く、厳しい決断だったろう。だが、君の判断は正しかった。他に道はなかったのだ」

尾崎先生のおっしゃる通りです、と前田がうなずいた。

「今日の朝刊、テレビのニュースでも、総理の毅然《きぜん》とした行動が称賛されております。これまでバイター化した家族を隠している者がいましたが、今後はそれもなくなるでしょう。バイターウイルスはバイターによって感染します。すべての殺処分が済めば、パンデミックも収束すると……」

それは楽観的過ぎるでしょう、と井間枝が立ったまま口を開いた。

「今も警察、自衛隊とバイターの戦いは続いています。昨日の閣議で、中央区、千代田区、港区の三区を合併して、避難特区とすることが決定しました。三区に繋がる全道路を封鎖していますが、避難してくる市民の受け入れ態勢は、十分と言えません。また、その中にバイターウイルス感染者がいることも考えられます」

どうしろと言うんだ、と経山が顔を向けた。今後、内閣官房の主導で関係者と協議します、と井間枝が答えた。

「避難特区に壁を築く、という案が出ています。この後、十時の本会議でバイター法が正式に成立する予定ですが、総理の権限でこの案を推進していただくことが肝要と考えます」

その話は後でいいだろう、と尾崎が広げた扇子で顔を扇いだ。

「総理、疲れているのはわかる。肉体的にも精神的にも、限界に近いはずだ。今後のことはバイター法の正式な成立後に考えればいい。既に衆参両院の全議員が第二国会本会議場に集まってきている。与野党は一致団結し、この国難を乗り切ると心をひとつにしている。

リーダーとして、君の力が必要だ。無論、経山くんをはじめ、我々も支える」

わかっています、と相澤はソファに腰を下ろし、顔を右の手のひらで拭った。眠っていないのか、と尾崎が顔を覗き込んだ。

「いや、それも無理ないか……前田幹事長、バイター法成立後の予定は？」

昼食休憩を挟み、午後一時から全国務大臣、全野党党首とバイター対策会議を開きます、と前田が言った。

一時間延ばしてはどうか、と尾崎が立ち上がった。

「少しでも総理を休ませたい。顔色も悪いし、このままでは倒れてしまうだろう。経山くんもそう思わんか？　君の方から関係各所に連絡を頼む。さて、そろそろ時間だ。行こうか」

尾崎に促され、相澤は立ち上がった。第二国会本会議場まで続く長い廊下を歩いている間、誰も口を開かなかった。

ドアの前に立っていた二人の警察官が黙礼し、ＩＤのご提示をお願いしますと言った。

「毎回のことだが、面倒だな」

苦笑した尾崎がＩＤを取り出し、虹彩チェックを受けた上で本会議場に入っていった。経山、前田、井間枝、佐井古が続き、最後に相澤は小型カメラに目を向けた。認証機能が作動し、自動でドアが開いた。

佐井古が総理席に相澤を座らせ、すぐ後ろの席に腰を下ろした。相澤の左右に尾崎、経山が座り、井間枝と前田が自分の席に戻った。

ただ今よりバイター法について、その細則を確認します、と衆議院議長の柊がマイクに口を近づけた。

「まず、バイター法は時限法と決定しております。非常事態宣言は総理大臣の発議によりますが、野党各党、また与党内からも一部反対意見があり、それに鑑《かんが》み、超党派によるバイター対策委員会を設置、非常事態宣言の際には同委員会に報告の義務を……」

相澤は顔を上げた。衆参両院議員全員が柊を見ている。

不意に目が霞み、まばたきの数が多くなった。膝に小さな赤い滴が落ち、そして柊の声が聞こえなくなった。

（そうだろう）

目をつぶり、腕を組んだ。何も見えず、何も聞こえない。

バイターはバイターそのものがウイルス感染者であり、媒介主でもある。総理大臣として、すべての報告を受けていたため、感染経路はわかっていた。

バイターウイルスは濃厚接触、つまり飛沫によって感染する。飛沫とは、体液を意味する。

血、唾、汗、大小便、そして涙。

彩香がバイター化した瞬間、恐怖が引き金となり、デススイッチを押した。その行為自体は法的にも許されている。

だが、あの時、何かが壊れた。妻を病で亡くし、娘の彩香だけが生き甲斐だった。にもかかわらず、自らの手で彩香を殺した。

あの瞬間、すべてが意味を失った。生きている理由はない。

ヴィジットルームからストレッチャーで搬出された彩香の遺体を確認し、死に顔を見た。そして、その頬に触れた。冷たかったのは、彩香の涙だ。

彩香の涙に触れた指で、自分の目を拭った。彩香がいない世界に意味はない。バイターウイルスに感染して、死ぬつもりだった。

帰宅してすぐ、頭痛が始まった。その後熱が上がり、四十一度を超え、同時に悪寒で全身の震えが止まらなくなった。

意識が朦朧《もうろう》としたが、時計から目を離さなかった。眠ってしまえば、昏睡期に入ってしまう可能性がある。私邸の使用人たちに怪しまれぬよう、意志の力だけで耐え、時間が過ぎるのを待った。

家政婦には、八時半に起こすように伝えていた。昏睡期の間にラザロワクチンを注射しない限り、感染者は死ぬ。午前三時、相澤は死亡していた。

だが、家政婦に起こされたことで蘇生した。その後約二時間、人として活動できるが、再び死に、バイターとして蘇る。すべて計算通りだった。

彩香を殺したのは、大部隊の派遣に反対した全国務大臣だ。彼らの背景には、全国会議員がいる。世論の批判を恐れ、責任を回避しようとした者たち。彼らを許すことはできない。

相澤は組んでいた腕をほどき、目を開けた。ぼんやりとした視界の中、大勢の国会議員が立ち上がっていた。

「井間枝くん」

何でしょう、と身を乗り出した井間枝の目に、相澤は二本の指を突き立てた。悲鳴が上がった。

そのまま、左右に座っていた経山と尾崎の腕に嚙み付き、発言していた元アイドルの参議院議員と柊に唾を吐きかけた。

「総理、止めてください！」

佐井古が腕を摑んだが、爪で引っ搔くと手が離れた。隠し持っていたナイフを取り出し、左手首に当て、そのまま切り裂いた。

真っ赤な血が飛び散り、数十人の議員がそれを浴びた。悲鳴と怒号が沸き起こり、パニックで叫ぶだけの者もいた。

流れる血を押さえることなく、相澤は議員席に突進した。誰もが逃げようとしたが、本会議場は密室だ。

ナイフを持ち替え、今度は右手首に刃を当てた。凄まじい勢いで血が噴き出し、周囲にいた国会議員の顔に血しぶきが飛んだ。

本会議場内は修羅場《しゅらば》と化していた。誰もがその場から逃れようとしたが、ドアを開くことができずにいる。

パニックのため、IDをかざすという単純なことさえ考えられなくなり、ただ開けろと叫び、ドアを叩き続けているだけだ。

相澤は血だらけの左腕を大きく振った。飛び散った血が議員たちにかかり、そのたびに大きな悲鳴が本会議場内に響き渡った。多くの者の顔が血に染まっていた。

横から飛びついてきた男の腕をナイフで刺し、相澤は第二国会本会議場内をゆっくり歩いた。近づいてくる者はいない。ただ逃げ惑うだけだ。

誰もが脅えている。視力はほとんど失われていたが、匂いでそれがわかった。

「ドアを開けろ！　警備！　誰か助けてくれ！」

いくつかの声が重なり、ドアが開く音がした。顔を向けると、数人の警察官が拳銃を構えていた。

誰が総理大臣を撃つんだ、と相澤は口を大きく開いた。

「責任は取れるのか？　弾が当たれば、返り血が飛ぶ。バイターウイルスが混ざった血だ。

浴びれば感染する……そして、私は感染者だが、まだバイターになっていない。人間なんだ。数人の国会議員を傷つけたが、殺してもいない。傷害事件の犯人を撃ち殺した警察官がどうなるか――」

撃て、と叫ぶ声がした。

「私が許可する」責任は取る、と警察官の背後に立っていた那須田が言った。「相澤総理はバイターウイルスを意図的に感染させようとしている。それは殺人と同じだ。構わん、撃て！」

数発の銃声。相澤は仰向けに倒れた。胸や腹部から、真っ赤な血が流れている。

「……まだだ」薄笑いを浮かべて起き上がり、相澤は那須田に飛びかかった。「撃たれても、私は死なない。お前たち全員を道連れにしてやる」

腰を抜かした那須田の顔を、相澤は両手の爪で引っ掻いた。悲鳴を上げた那須田が後ずさったが、顔面についた傷から血が垂れている。

相澤の喉から獣のような咆哮《ほうこう》が上がり、警察官たちが後退した。助けてくれ、と那須田が叫んでいる。

飛び込んできた自衛官の制服を着た小柄な女性が、伏せたままベレッタの引き金を引いた。

その瞬間、目の前が真っ暗になった。

何も見えない。何も聞こえない。何も感じない。

（これが……死か）

薄れていく意識の中、相澤の脳裏に美しい草原が浮かんだ。駆け回っている幼い娘。その笑顔。

（彩香）

そこで意識が途切れた。目の前にあるのは、深く暗い闇だった。

解説

吉田大助《よしだだいすけ》
（ライター・書評家）

よく読む者は、よく書く。読者として数多くの、そして多様な小説に触れてきた作家は面白い小説を書く、という出版界に昔から伝わる格言だ。しかし、五十嵐貴久という作家には、こちらの言葉の方がよく似合う。よく観る者は、よく書く。

例えば、第二回ホラーサスペンス大賞を受賞した二〇〇一年のデビュー作『リカ』のヒロインは、ホラー／スラッシャー映画『13日の金曜日』（一九八〇年）に登場する殺人鬼ジェイソンの女性版と言える怪物だった。二度にわたってテレビドラマ化（韓国&ベトナムで実写映画化）された入れ替わりものの傑作『パパとムスメの7日間』（二〇〇六年）は、大林宣彦《おおばやしのぶひこ》監督の『転校生』（一九八二年）を本歌取したものであることはよく知られている。

超高層ビルの火災を扱う『炎の塔』（二〇一五年）は『タワーリング・インフェルノ』（一九七四年）、沈没寸前の豪華客船を舞台にした『波濤の城』（二〇一七年）は『ポセイドン・アドベンチャー』（一九七二年）。二〇二三年に大幅改稿を経て再出版された『交渉人』（二〇〇三年）に刺激を与えたのは、同名タイトルの映画（一九九八年）だ。映像的な文章の質感も含め、根っからの映画好きなのだろう。

　インプットとアウトプットが同じジャンルである必要はないのだ。むしろ他ジャンルの作品から受けた刺激を、小説に変換する術《すべ》を身に付けたならば、同業者の作品とかぶる率もグッと減り個性的な小説が書けるのではないか。映像ならではの表現を文章で表現しようとする営みには、実験精神が宿っていくに違いない。五十嵐貴久が、極めて多彩なジャンルに挑戦している理由も説明できる。映画ほど、グローバルかつ普遍的な――国境を超えて「お約束」を共有できる――さまざまな物語ジャンルを開拓（可視化）してきたエンターテインメントは他にないからだ。

　そう考えると、この作家が本書『バイター』において、このジャンルに挑むことになったのは当然だったのかもしれない。もともとはブードゥー教で呪術によって生き返った死体を意味し、映画史に初登場となった『ホワイト・ゾンビ（恐怖城）』（一九三二年）以降はその様態を維持していたものの、ジョージ・A・ロメロ監督の『ナイト・オブ・ザ・リビングデッド』（一九六八年）および続編『ゾンビ』（一九七八年）において「嚙んだ相手もゾンビになる」という特性が与えられ、ホラー、そしてエンターテインメントとしての可能性が爆発。映画が生んだ物語ジャンルとして名高い、ゾンビものだ。

　プロローグに位置付けられる「the beginning」の章から衝撃的だ。伊豆半島南東沖に位置する架空の島・大川《おおかわ》豆島《ずしま》を、海上自衛隊護衛艦をはじめとする約八〇隻が包囲した。人間の血を海岸に向かって放出し、その臭いから「エサ」が近くにいると予想してわらわらと海岸線に集まってきた奴らを、一斉射撃。脳を破壊すれば運動神経路が遮断され、活動を停止する——人間サイドがその学びを得たところで、作戦は突如中止となる。島内において、新しい作戦を遂行するためだ。

第一章に当たる「FEAR 1」ではまず、大川豆島でいったい何が起きているのかが、警視庁のSAT（特殊部隊）の一員である藤河《ふじかわ》徹《とおる》へのレクチャーというかたちで記録されていく。八月一日、噴火口付近でミイラ化したニホンオオカミと思われる動物の死体が発見された。現地調査に赴いた大学教授らが、それを調べるために東京へ持ち帰ろうとしたところ、ミイラが動き出したうえに体中から出血。その血を浴びた教授らは、マラリアを思わせる症状を発症したのちに死亡した。問題はその後だ。死んだはずの教授らが蘇生したと思いきや、周囲の人間たちに噛み付いて死体の山を築き上げた。凶暴化した教授らの眼球は白濁し、意味不明の唸り声を上げるのみでコミュニケーションは取れず、痛覚も失われているようだ。報告を受けた政府高官が出した結論はこうだ。「ゾンビと呼ぶしかないのかもしれません」。専門家は他の人間を噛む（bite）ことから、彼らを「バイター」と命名。人間をバイターに変える「バイターウイルス」を特定し、接触感染あるいは飛沫感染によるパンデミックの可能性を指摘した。

そんななか、SATの藤河徹を含めた警視庁および自衛隊の精鋭七人が「ブラッド・セブン」というチームを組み、大川豆島に上陸して新たな作戦に臨むこととなる。内閣総理大臣・相澤《あいざわ》統一郎《とういちろう》の一人娘である中学二年生の相澤彩香《あやか》が、所属する美術部の夏合宿で大川豆島を訪れていたのだ。住民と観光客を合わせると、島に潜むバイターの数は四桁を超える可能性がある。ゾンビだらけの島で、安否不明となった一四歳の少女を救え――。物語のゴールポストが屹立した瞬間だ。

「FEAR 2」以降は、ブラッド・セブンの視点から作戦の進展が語られると共に、当の相澤彩香の視点から美術部員らの動向が語られる。この視点のスイッチングが、物語全体を通じて効きに効いている。大川豆島でのサバイバルに巻き込まれた美術部員らの足跡を、ブラッド・セブンが追いかける、そこで否応なしに生じる時間差が歯痒さのドラマを演出しているのだ。ネタバレにならないよう曖昧に表現するならば、例えば美術部員らはAの道を選んだのに、ブラッド・セブンはBの道を選んだ。そのことを、読者は知っているけれども、登場人物たち（ブラッド・セブン）は知らない。そっちじゃないのに、その先はバイターが待ち構えているだけなのに……といった歯痒さは、読み手にとって面白さ以外の何物でもない。また、「FEAR 3」では娘のことを何より心配しながらも、本土でも同時多発的に発生したバイターを駆除し、国難解決のために尽力する相澤統一郎の視点も投入され、物語はさらに狂熱を帯びていく。

本作におけるゾンビの造形は、比較的スタンダードと言っていいだろう。例えば、たとえゾンビになっても、見た目は人間の姿のままだ。だからこそ、怖い。自分や隣人もそうなるかもしれない、と感じられるからだ。アクション表現に関しては、二一世紀突入以降の全世界的ゾンビブームを巻き起こすきっかけとなった、サバイバルホラーゲーム『バイオハザード』シリーズからの影響が感じられる。出入り口を一箇所に絞り込んだうえで一匹ずつ狙い撃ちする、とは『バイオハザード』の基本のゾンビ攻略法だ。二一世紀突入以降のゾンビ映画は「走るゾンビ」に象徴されるトリッキーな進化を遂げているが、こちらのゾンビは視力が弱いこともあり、従来通り動きは鈍い設定だ。ただし、猛烈に強い。ゾンビ化すると痛覚や恐怖心が失われるために、人間が本来持っている潜在的な身体能力を極限まで引き出すことができる……という本作の説明には、強い納得感があった。

恐怖という点で最も注目すべき設定は、物語中盤に登場する。大川豆島で作戦を進めるブラッド・セブンが、民宿の前でバイター集団の挟み撃ちに遭うシーンだ。「どうやっておれたちの存在に気づいたのか」。仲間の疑問に、SATの藤河は答えられない。白く混濁した目を持つバイターは視力が悪い。ならば音か匂いか？　しかし、島内は強い雨が降り強風が吹きさらし、五感はほぼ遮られた状態にあるのだ。その答えは小説内では出ていないのだが、一連の描写から連想した生物がいる。ズワイガニだ。

「生命の本質は蔓延《はびこ》ること」という名言で知られる生物学者の長沼毅《ながぬまたけし》は、深海のフィールドワークでズワイガニの奇妙な生態に直面した。ズワイガニは海底にエサを撒くと、どこからともなく群がってくる。しかし、どうして群がることができるのか。匂いが伝わったというならば上流からも群がってくるのはおかしいし、実験によると、仲間がエサを食べる時の音に反応しているわけでもないようなのだ。答えは、まだ出ていないのだという(長沼毅・藤崎慎吾《ふじさきしんご》『辺境生物探訪記』)。ここからはシロウトの妄想となってしまうが、エサの存在を仲間に伝達する、同種内のみで通じるテレパシーのような能力があってもおかしくないのではないか。本作ではバイターになると、そのような能力を獲得することになるのではないか? バイターの視点が採用されていないため、詳しい原理はわからないままだ。だからこそ、読み手は自由に想像することができる。

さきほど、本作におけるゾンビの造形は比較的スタンダードと言っていい――と記したが、実は物語の序盤から極めて独特なルールが披露されている。バイターウイルスに感染した人間はまず、最大で二〇時間ほどの昏睡期に突入する。この昏睡期に「ラザロワクチン」を注射すると、六割の確率でバイター化を阻止できる。しかし、投与直後にショック死する者が一割、残り三割の人間は、生き返ったのち数時間で死亡しバイターとなる。その経緯が明らかになったことから、「ヴィジットルーム」と呼ばれる隔離施設が各地に設営され、バイター化が確定した感染者とその家族らが最後の時間をそこで過ごすこととなった。人情から構築されたものではない。感染者を射殺する「デススイッチ」と呼ばれるボタンを、家族に押させるための仕組みだ。

この「ヴィジットルーム」の存在こそが、本作にあまたのゾンビものとは一線を画すオリジナリティを付与することとなった。作家・映画評論家の中原昌也《なかはらまさや》は、〈ゾンビの持つ最もおぞましい部分〉は何かという問いに対して、〈言葉が通じないこと〉だと喝破した（伊東美和《いとうよしかず》・山崎圭司《やまざきけいじ》・中原昌也『ゾンビ論』）。ところが本作では、一つの見方を採用するならば、言葉が通じてしまう。その結果、かつてない悲劇が生まれた。絶望が生まれた。これ以上はもうネタバレにすぎるが……小説を読んで絶叫したのは久しぶりだ。

先行作品をリスペクトしながらも、単に愛や憧れを表明するだけでなく、先行作品には足りなかった部分を探り当てて、物語のアップデートを施す。ゾンビものに一石を投じる本作は、「よく観る者は、よく書く」五十嵐貴久の作家性がふんだんに盛り込まれた秀作だ。

初出
「小説宝石」二〇一九年七月号〜二〇二〇年六月号
二〇二〇年一二月　光文社刊

※この作品はフィクションであり、実在する人物・団体・事件などには一切関係がありません。

光文社文庫

バイター

著者　五十嵐《いがらし》貴《たか》久《ひさ》

2024年1月20日　初版1刷発行

発行者　三宅貴久
印刷　堀内印刷
製本　フォーネット社

発行所　株式会社 光文社
〒112-8011　東京都文京区音羽1-16-6
電話 (03)5395-8147　編集部
8116　書籍販売部
8125　業務部

落丁本・乱丁本は業務部にご連絡くだされば、お取替えいたします。
ISBN978-4-334-10188-6　Printed in Japan

組版　萩原印刷

もう一人のガイシャ　姉小路 祐
凜の弦音　我孫子武丸
境内ではお静かに　縁結び神社の事件帖　天祢 涼
境内ではお静かに　七夕祭りの事件帖　天祢 涼
四十九夜のキセキ　天野頌子
怪を編む　アミの会(仮)
アンソロジー　嘘と約束　アミの会
みどり町の怪人　彩坂美月
神様のケーキを頬ばるまで　彩瀬まる
黒いトランク　鮎川哲也
憎悪の化石　鮎川哲也
風の証言　増補版　鮎川哲也
死のある風景　増補版　鮎川哲也
翳ある墓標　鮎川哲也
白の恐怖　鮎川哲也
死者を笞打て　鮎川哲也
りら荘事件　増補版　鮎川哲也

黒い蹉跌　鮎川哲也
白い陥穽　鮎川哲也
竜王氏の不吉な旅　鮎川哲也
マーキュリーの靴　鮎川哲也
人を呑む家　鮎川哲也
クライン氏の肖像　鮎川哲也
写真への旅　荒木経惟
白い兎が逃げる　新装版　有栖川有栖
妃は船を沈める　新装版　有栖川有栖
長い廊下がある家　新装版　有栖川有栖
ぼくたちはきっとすごい大人になる　有吉玉青
SCS　ストーカー犯罪対策室(上・下)　五十嵐貴久
PIT　特殊心理捜査班・水無月玲　五十嵐貴久
火星に住むつもりかい?　伊坂幸太郎
死刑囚メグミ　石井光太
よりみち酒場　灯火亭　石川渓月
おもいでの味　石川渓月